テラーのいる森
ニンゲンの町

サバイバーズ

SURVIVORS

嵐の予感

エリン・ハンター
井上 里 訳

小峰書店

サバイバーズ　嵐の予感

目次

サバイバーズ
おもな登場キャスト

ラッキー（ヤップ）
シェットランド・シープドッグとレトリバーのミックスで、金色と白の毛並みをもつ。自立心が強く、狩《か》りが得意。

〈**孤独の犬**〉　オス

ベラ（スクイーク）
ラッキーのきょうだいだが、ニンゲンに育てられた。仲間おもいで、勇敢《ゆうかん》。犬の本能が目覚めはじめている。

〈**囚われの犬**〉　メス

ミッキー
白黒まだらの牧羊犬（ボーダー・コリー）。群れをまとめること、狩《か》りをすることに長《た》けている。

〈**囚われの犬**〉　オス

デイジー

父犬はウェスト・ハイランド・ホワイト・テリア。母犬はジャック・ラッセル。短い足と毛むくじゃらの顔が特徴《とくちょう》。

〈囚われの犬〉 メス

マーサ

黒くやわらかな毛並みの大型犬。ニューファンドランド。おだやかな気性で、いつも仲間を気にかけている。泳ぎが得意。

〈囚われの犬〉 メス

サンシャイン

白く毛足の長い小型犬。マルチーズ。陽気な性格のいっぽう、臆病《おくびょう》な一面も。鋭《するど》い嗅覚《きゅうかく》をもつ。

〈囚われの犬〉 メス

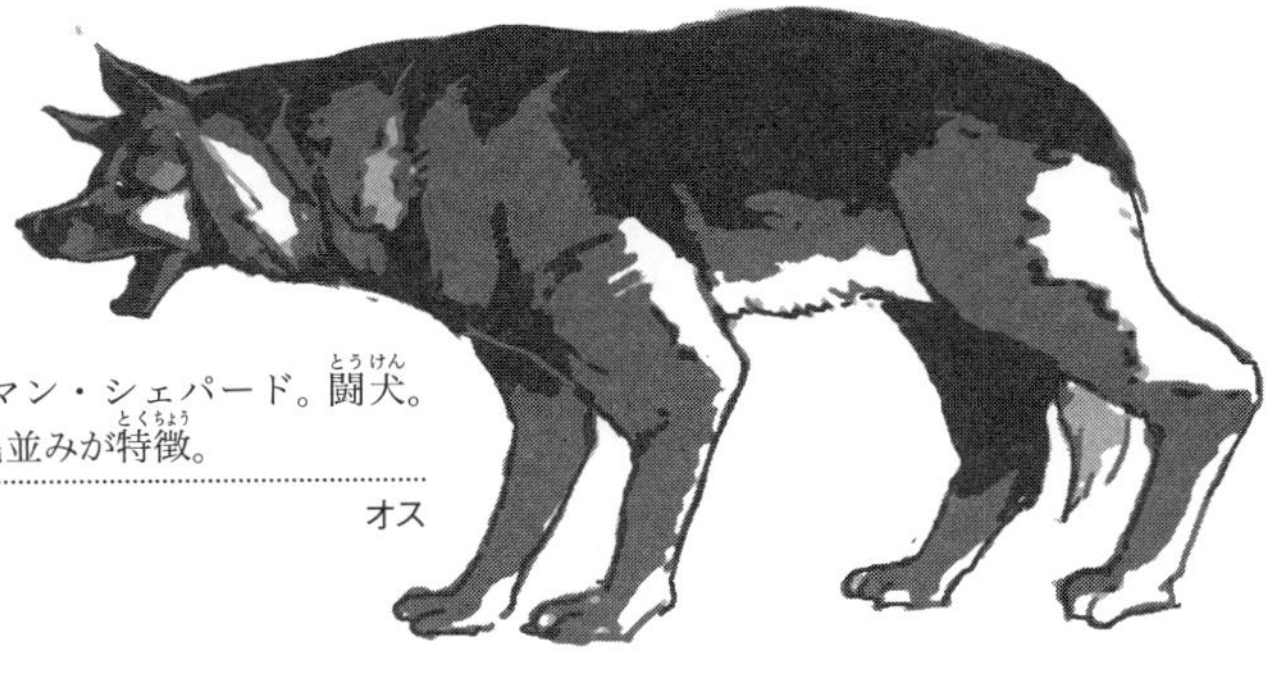

ブルーノ

母犬はジャーマン・シェパード。闘犬《とうけん》。長い鼻と硬《かた》い毛並みが特徴《とくちょう》。

〈囚われの犬〉 オス

アルファ

オオカミの血を引く大型犬。その姿は優《ゆう》雅《が》であると同時に力強い。規則を重んじ、野生の群れを厳しく統制している。

〈野生の犬〉　オス

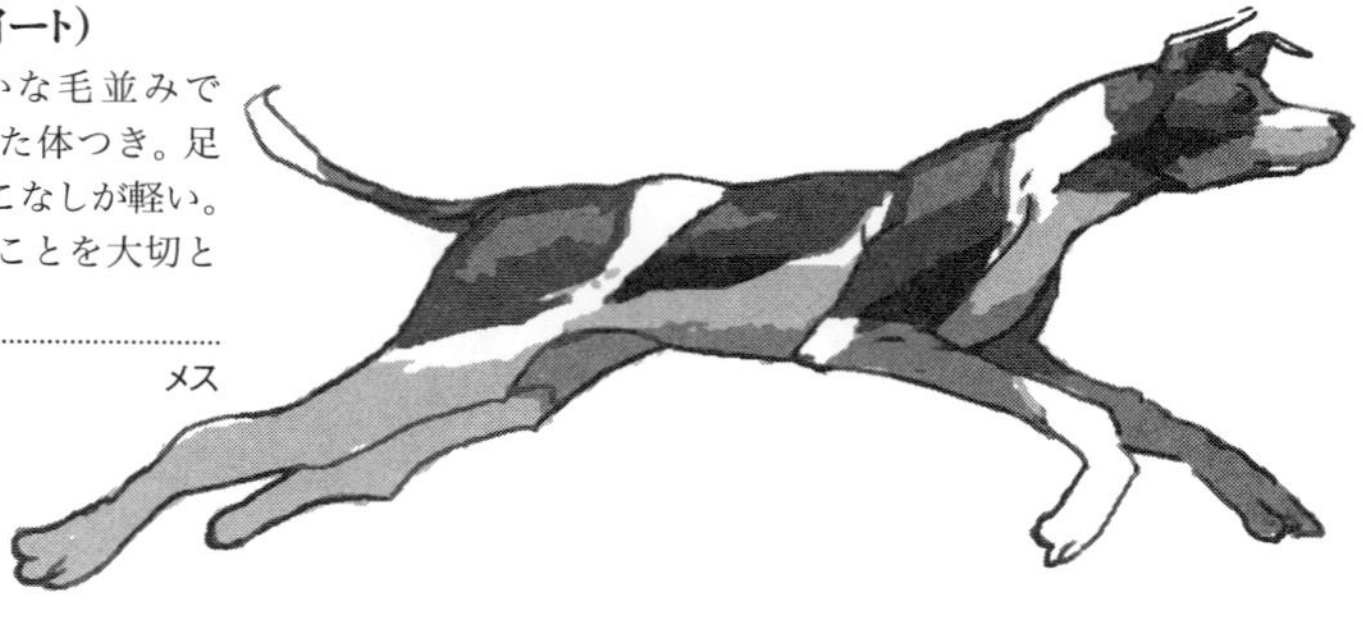

ベータ（スイート）

短くなめらかな毛並みでほっそりとした体つき。足が速く、身のこなしが軽い。群れで生きることを大切と考えている。

〈野生の犬〉　メス

ホワイン

ずんぐりとした体躯《たいく》に、しわくちゃの顔と小さな耳。群れの最下位、弱き者として下働きを担当していた。

〈野生の犬〉　オス

フィアリー
がっしりとした首と力強いあごをもつ黒い大型犬。猟犬《りょうけん》たちをまとめている。ムーンの子犬たちの父親でもある。

〈野生の犬〉 オス

ムーン
白黒まだらの牧羊犬。三匹《びき》の子犬の母親(一匹《びき》は死別)。敵の足跡《あしあと》をたどること、においをかぎつけることに長《た》けている。

〈野生の犬〉 メス

〈フィアースドッグの子犬たち〉

グラント オス

リック メス

〈野生の犬〉

スナップ メス
褐色《かっしょく》と白の小さな猟犬《りょうけん》。

スプリング メス
長い耳をした黒と褐色《かっしょく》の犬。トウィッチとはきょうだい。

ダート メス
茶色と白の小柄なやせた猟犬《りょうけん》。

装画／平沢下戸
装幀／城所潤・大谷浩介（JUN KIDOKORO DESIGN）

プロローグ

「こうさんして！　アルファはあたし！」

　スクイークは息をはずませてヤップにとびかかった。土ぼこりが巻きあがり、二匹《ひき》のまわりで波のようにうねる。きれいに刈りこまれた芝《しば》は、〈太陽の犬〉が何日も照りつけるうちに枯《か》れていた。二匹《ひき》の子犬はもつれあい、ニンゲンが植えた色あざやかな花の中で転がった。柵《さく》に囲まれた小さな場所は、手入れがゆきとどき、安全だ。取っ組み合いをするにはもってこいだ。

　ヤップは、みじかい足をばたつかせてスクイークの下からはいだし、体当たりした。

「アルファはぼくだ！」

　スクイークは砂を吸いこんでくしゃみをした。「やったわね」

　ヤップは、スクイークのむくむくした体が首にぶつかってくると、わざとあおむけに転がって下になり、小さな歯で相手の前足をかんだ。

「いたっ！」スクイークが悲鳴をあげた。

「いたかった？」ヤップは口から力をぬき、息を切らしてたずねた。

「なんてね！」スクイークは、相手がひるんだすきに、前足を引きぬいて駆《か》けだした。「ひっかかった！」

「ずるいぞ」ヤップは急いで立ちあがり、あとを追った。「まて、オメガ――」

ふとヤップは、とまどって足を止めた。鼻をぴくぴく動かす。なんのにおいだろう？

スクイークは家のむこうに姿を消した。かん高い声も遠ざかっていく。だがヤップは、急に追いかける気をなくした。変なにおいで鼻の中がひりひりする。せきこんで前足で鼻先をたたき、首を振《ふ》って目をしばたたかせる。

くしゃみが出た。息が切れているせいで、どうしてもいやなにおいの空気を吸いこんでしまう。不安でたまらず、鳴き声がもれた。

こわい。なんのにおい？　ままはどこ？　ヤップは途方にくれ、うずくまって震《ふる》えた。

ううん、だめだ。ぼくはもうおおきい。

立ちあがって体を振《ふ》った。においははっきりしている。それに、ヤップにはすばらしく利《き》く鼻がある——いや、いつかきっとそうなる。ぼくがつきとめてみせる。ヤップは鼻をくんくんいわせ、においをたどった。くしゃみやせきをしないように気をつける。においのせいで、のどが焼けるように痛い。

あそこだ！　家の戸が少し開いている。ヤップはすきまに鼻先を差しこみ、戸を開いた。においがいちだんと強くなり、涙《なみだ》が出てきた。

だけど、つきとめなきゃ。あともどりしちゃだめだ。

おそるおそる家の中に忍《しの》びこむと、かたい床《ゆか》の上で、つめがかちゃかちゃ鳴った。しばらく進むと、ニンゲンの姿がみえた。ニンゲンの群れの中では一番小さく、長い金色の髪《かみ》を編んで、しっぽのようにうしろに垂らしている。ヤップはその子が好きだった。しょっちゅうヤップのところにきては、大きな声で遊ぼうと誘《さそ》ってくる。だが、このときはちがった。

ニンゲンの女の子は、なにか新しい遊びに夢中になっていた。イスの上に乗って、ぴかぴか光る金属の箱の上にかがみこんでいる。ニンゲンたちが食べ物を焼くのにつかう箱だ。ヤップは鼻にしわを寄せ、なにをしているのだろうと首をかしげた。

ニンゲンの子は、両手になにか持っていた。かしゃかしゃ音を立てて振《ふ》り、中から小さな棒を一本ぬきだす。

ゲームかな？　ヤップは考えた。あたらしいおもちゃであそんでるんだ。ぼくもあそびたい！

だが、その棒は、においがどこかおかしかった。少し離《はな》れていてもわかるくらいだ。先は血にひたしたように赤く、鼻をつくにおいがする。いきなり、シュウッという恐《おそ》ろしい音がした。ヘビが立てるような音だ。

なんだかへんだ……。

急に、ニンゲンたちに叱《しか》られてもいいや、という気になった。とにかく、あのおかしな棒も、あのにおいも、音も、いやでたまらない。

そんなあそび、やめて！　はやく！　ヤップは上を向いてせいいっぱい吠《ほ》えた。

金色の髪《かみ》の女の子は、びっくりして箱を落とした。箱が床《ゆか》に落ち、中に入っていた棒がざっと散らばる。ヤップはまた吠《ほ》え、つやつやした床《ゆか》を引っかいた。きついにおいの小さな棒がこわくて、うしろを向くこともできない。そのあいだも、シューッという音は大きくなっていく。

小さなニンゲンは、びっくりしたのとこわいのとで顔をくしゃくしゃにしていた。その表情をみると、ヤップはますます激しく吠《ほ》えた。なにが起こっているのかはわからないが、とにかく母犬にきてほしかった。

だが、やってきたのは母犬ではなく、おとなのニンゲンたちだった。いっせいに駆《か》けつけ、どなったり、はっと息を飲んだりしている。女の人がひとり、鋭《するど》い悲鳴をあげて、金色の髪《かみ》の少女を抱《だ》きあげた。叱《しか》りつけるような声をきいて、一瞬《いっしゅん》ヤップは吠《ほ》えるのをやめた。なにかまずいことをしたのだろうか。

だが、ニンゲンたちがみているのはヤップではない。ひとりが壁に走りより、窓を大きく開けて、息がつまるようなにおいを外に出そうとした。そのとき、おとなと子どものあいだくらいの男のニンゲンが、ひざをついてヤップを抱《だ》きあげた。

ヤップはおびえて震《ふる》えだしたが、そのニンゲンは怒《おこ》っているわけではなさそうだった。あやすような声を出しながらヤップを胸に抱《だ》き、あごの下をそっとなでる。「よしよし、いい子だ」ニンゲンは何度もくりかえし、ヤップを外に連れていった。「えらかった」

全員が外に出た。においはうすれはじめている。ほかのニンゲンたちもヤップを取りかこんで、頭や耳をなでた。さっきまで怒《おこ》っていた母親らしいニンゲンは、今度は目に涙《なみだ》を浮《う》かべて、子どもをぎゅっと抱《だ》きしめていた。

ヤップは、しっぽをきつく巻いてニンゲンたちをみあげた。だが、吠《ほ》えたことで怒《おこ》られているわけではないらしい。「いい子だ」ニンゲンたちはくりかえし、そして続けた。「ラッキーだった。ほんとうにラッキーだった。ラッキーだった……」

もう、がまんできなかった。ヤップがおびえて激しく暴れると、ニンゲンは地面におろしてくれた。ヤップは、すぐに犬小屋に向かって走った。

半分もいかないうちに、ようすをみにきた母犬にむかえられた。しっぽを大きく振《ふ》り、誇《ほこ》らしげに目をかがやかせている。ヤップが前足のあいだにもぐりこむと、やさしく頭をなめてくれた。

「ヤップ、えらかったわ」母犬は小さな声でいった。「あなたは、ニンゲンたちにとても大事なことを知らせてあげたのよ」

「ほんと？」ヤップは鳴いた。「ほえたからおこられるのかとおもった。まえもそうだった。きょうはちがった？」

「ええ」母犬はうなずき、子犬の耳をなめて洗ってやった。「それに、あなたの名前を決めてくれたみたい。あなたは、大きくなったらその名前になるの。ラッキーという名に」

ヤップは鼻にしわを寄せた。誇《ほこ》らしかったが、少しだけがっかりもしていた。「なまえ、じぶんできめられるとおもった」

「そうね、野生の犬はそうするわね」母犬は、感心できないけど、といいたげな顔をしてみせた。「〈囚《とら》われの犬〉も、ニンゲンにもらった名前を受けいれないことがあるわ。でも、ニンゲンがいったすてきな言葉を名前にするんだから、おなじことよ――誇《ほこ》りに思って」

「らっきー」ヤップは小さな声でいってみた。振《ふ》りかえったが、ニンゲンたちはすでに家に入って戸を閉めたあとだった。「らっきー」

母犬はヤップを鼻先でそっとなでた。「いい名前だわ、ヤップ――いなずまの犬《ライトニング》も、〈天空の犬〉に救われたとき、幸運《ラッキー》だった。〈森の犬〉も、むかしから幸運に味方されているといわれてきたのよ」母犬はほほえみながらいった。「この名前なら、あなたを危険から守ってくれる――あなたには幸運が必要な気がする。この名前は〈森の犬〉からの贈《おく》り物だと思って」

ヤップは、うれしくて小さな胸がいっぱいになった。

「らっきー」口のまわりをなめ、名前のひびきを味わう。「わかった。もりのいぬがくれたなら、すごくいいなまえだ」

母犬は笑って吠《ほ》え、ヤップを押《お》して犬小屋に連れていった。ヤップも母犬もきょうだいたちも、みんなそこで眠《ねむ》っている。傾《かたむ》きかけた太陽が壁を照らしていた。ヤップは、少し眠《ねむ》くなってきた。今日は大変な一日だった。ニンゲンたちのくれたやわらかい寝床《ねどこ》が恋《こい》しかった。

ニンゲンたちは、家とぬくもりだけではなく、名前もくれた。あのニンゲンたちは優しい。

これまでもずっと優しくしてくれた。信頼《しんらい》していいのだ。

ぼくはラッキーだ。ヤップはうとうとした。涼《すず》しい犬小屋の中で心地よさそうに寝そべる母犬に、体をすり寄せる。ずっとラッキーでいられますように……。

1 白いウサギ

走るラッキーの足の下で、森の地面をおおう落ち葉が音を立てた。濃《こ》い赤色の太陽の光が、枝をすかして落ち葉をかがやかせている。すぐ前には、フィアリーのたくましいうしろ足がある。ラッキーは、大きな群れといっしょに、森を走っているところだった。

速度をあげ、遅《おく》れまいとして、四本の足をせいいっぱい伸ばす。小さなリックがうしろを追ってくる。ついてこられるよう祈《いの》るしかない。群れの足手まといにはなってほしくない。心臓はどきどきいい、舌は赤くそまった森の冷たい空気を感じている。生まれてから〈月の犬〉が何度も空をめぐってきた長いあいだ、こんなに力強く速く走れたのははじめてかもしれない。永遠に走っていられそうだ。

自然は最高だ――。ラッキーは考えた。太陽の光が、でこぼこの地面の上でゆれている。むかしの暮らしとはまるっきりちがう。あのころは、街の路地で食べ物をあさっていた。いまの暮らしのほうが好きだ。

これまでは変化にとまどい、いごこちが悪くなることがしょっちゅうあった。〈孤独《こどく》の犬〉として街をうろつき、ニンゲンのごみをあさっていたころを恋《こい》しがっていた。むかしのラッキーの誇《ほこ》りは、食堂のゴミ箱から残り物の古いチキンを盗《ぬす》むことだった。だけど、いま、ぼくはここにいる。街からずっとはなれて、〈森の犬〉にみまもられている。体中の感覚をとぎすませて、逃《に》げ足の速い獲物《えもの》をつかまえることもできる。

倒れた木をとびこえると、〈野生の犬〉としての誇《ほこ》りがわいてきた。しばらく前までは、オメガの地位を押《お》しつけられていた。群れをスパイしていた罰《ばつ》だ。スパイをしていたのは、きょうだいのベラのためでもあり、荒《あ》れたニンゲンの街から連れだした〈囚《とら》われの犬〉たちのためでもあった。オメガの地位はいやだったが、それでも、おかげでいろいろなことを学んだ。忠誠心、ひかえめであることの大切さ、負けるつらさ。前よりも勇敢《ゆうかん》な犬になり、新しい地位をもっと大事に思うようになった。オメガは、群れで最下位の犬だ。それまで、狩《か》りやパトロールを任される重要な地位にいたラッキーには、おちぶれたことがショックだった。

もちろん、どの群れにもオメガは必要だ。雑用をこなし、きたない仕事や、みんながいやがる仕事をする。重要な役目だ。ラッキーも、そのことはわかっていた。

だが、その役をつとめることは二度とない。

旅のあいだは、パトロール犬よりも、群れに食料を運ぶ猟犬《りょうけん》のほうが重要だった。もとの地位にもどるのは簡単ではなかったが、ラッキーはあきらめなかった。ゆううつな仕事をすべてこなしながら、いつもチャンスをうかがい、群れの犬と正式な戦いをし、ことあるごとに、力を証明する機会をくださいと頼《たの》みつづけた。はじめて戦いに負けたときのくやしさは、いまでも覚えている。褐色《かっしょく》と白の猟犬《りょうけん》、スナップに負けたときのことだ。だが、最後には地位を取りもどすことに成功した。いまのラッキーは猟犬《りょうけん》だ。地位も高く、群れの仲間から一目置かれる犬だ。獲物《えもの》を探し、群れを養うようになった。いま、仲間たちは、森の中の新しい野営地で獲《え》物《もの》を待っている。

野営地のあるせまい谷は、前ほど住みごこちがよくない。前の野営地は、白い峰《みね》のずっとむこうにあり、敵から守ってくれる低い丘《おか》と、花の咲く草地にはさまれていた。だが、いま住んでいる谷は安全だったので、群れはしばらく旅を中断することにした。フィアースドッグたちからも十分に離《はな》れている。

森のこのあたりにくるのは初めてだったが、ラッキーは、自分の鋭《するど》い本能と、〈森の犬〉への忠誠心を信頼《しんらい》していた。いまも誇《ほこ》りは傷ついている。群れが移動するはめになったのは、ブレード率いるフィアースドッグに攻撃《こうげき》されたせいだ。それでも、いろいろなことを考えると、移動したのは正解だった。あれから〈太陽の犬〉が何度かめぐったが、すべて順調にいっていた。ラッキーは、こんな生活がいつまでも続きますようにと願った。

「ラッキー！」大きな茶色い犬のフィアリーが、肩《かた》ごしに呼んだ。「忘れるなよ――ブレードたちのにおいがしないか気を配っておけ」

「わかってる」ラッキーは答えた。フィアースドッグのリーダーのことを忘れるつもりはない。牙《きば》をむいてうなるごうまんな顔は、思いだすだけで毛が逆立つ。森の冷たい空気のにおいをかぎ、敵がそばにいないかたしかめた。だが、落ち葉や流れる水、小動物のにおいしかしない。

ぼくがいるうちは、ブレードを群れに近づけたりするもんか。

「よし。とにかく油断するな。ほかの犬たちにもいいきかせろ」フィアリーは大きな頭をめぐらせ、森をみまわした。「アルファは、かならずブレードが仕返しにくると考えている」

「そうだと思う」ラッキーは足を速め、フィアリーのとなりに並んで走った。「一匹《ぴき》で行動するなって指示も正しいよ」

フィアリーは走る速度をゆるめ、身がまえた。「ここからは慎重《しんちょう》にいこう。そろそろ狩《か》り場だ」

フィアリーは、猟犬《りょうけん》にもどってはじめての狩《か》りをするラッキーにつきそうことになった。オオカミ犬のアルファの命令だ。だが、アルファがそんな指示を出したのは、仲間といっしょに狩《か》りをしたほうが安全だからだ。いまもラッキーを信用していないことをみせつけるためではない。アルファが自分の身を心配していると思うと、奇妙《きみょう》な感じがした。二匹《ひき》のあいだにはいろいろなことがあった。だが、ラッキーとオオカミ犬の関係は、よくなったといってもいい。

いまのところは。

アルファを心から信用することはできないが、そんな気持ちをフィアリーに打ち明けるわけにはいかない。フィアリーは、群れの三番手で、二番手《ベータ》のスイートのすぐ下にいる。アルファに対する忠誠心がゆらぐはずがない。

「ラッキー！」左の草むらからはしゃいだ声がきこえ、リックがとびだしてきた。

「ちゃんとついてこられたのか」ラッキーはうれしくなって吠《ほ》えた。「よくがんばった」

幼いフィアースドッグは、みるからに得意げに首をそらした。ラッキーはリックを誇《ほこ》らしく思ういっぽう、不安にもなった。まだ子どもだが、フィアースドッグの特徴ははっきりと表れている。たくましい筋肉、つややかな毛並み、がっしりしたあご、鋭《するど》い牙《きば》。群れの中にはいまも、フィアースドッグを迎えいれたことをよく思っていない犬が何匹《なんびき》かいた。

ばかげてる。リックが危険なら、ウサギだって危険だ。

「リック、注意してみてるんだよ」ラッキーは声を抑《おさ》えていいきかせた。「ぼくたちが探しているのは白いウサギだ。ダートによると、このへんに一匹《ぴき》いるらしい」

「どうして白くなくちゃいけないの？」リックは顔をしかめた。「えものがいっぱいいるにおいがするのに」

ラッキーは気持ちが沈《しず》んだが、暗い声にならないように気をつけた。「アルファが、〈名付けの儀式《ぎしき》〉には雪みたいに白いウサギが必要だといってるんだ」

リックは急に元気をなくし、うなだれた。「ふうん。スカームとノーズのためでしょ。きっとすごい式になるね」すねたような声で続ける「あたしにはかんけいないけど」

「ぼくだってそうだよ」ラッキーはふざけるようにリックを鼻で押《お》した。「ぼくも〈名付けの儀式《ぎしき》〉なんかしてもらってない」

「ほんと？」リックは少し期待をこめて、首をかしげた。

「ほんとだよ。この名前になったときのことも覚えてない。ときどき記憶《きおく》がぼんやりよみがえることもあるけど……」ラッキーは肩《かた》をぶるっと振《ふ》った。「小さいニンゲンのことを覚えてるんだ。しっぽみたいな金色の髪《かみ》の子が危ない目にあって、そのときぼくがなにかした。母さんはぼくをほめてくれたよ。そのとき、だれかが『ラッキー』といった……だけど、記憶《きおく》をつかまえようとすると、こわがりの獲物《えもの》みたいにさっと逃《に》げられてしまう」

リックはのどを鳴らすような笑い声を立てた。その低い声をきけば、どんどん成長していることはいやでもわかる。「じゃあ、仲間はずれはあたしだけじゃない」

「みんなが〈名付けの儀式《ぎしき》〉をするわけじゃない。〈囚《とら》われの犬〉だってそうだ」

リックは、皮肉っぽくふんと鼻を鳴らした。「あの犬たちは、正しいやり方なんて知らないもの」

かわいそうに――。気にしてないって顔をしてるけど、リックだって、ほかの子犬たちみたいにおとなの名前がほしくてしかたがないんだ。ラッキーは、アルファに対する怒《いか》りを感じながら、リックを鼻先でそっと押《お》した。「きみだって〈名付けの儀式《ぎしき》〉をしてもらえる。だいじょうぶ」

「そうだといいな」リックは顔をしかめた。「どうしてアルファは、いましてくれないの？」

「わたしが自分の名前をみつけたときの話をしようか」いつのまにか、フィアリーがそばにもどってきていた。

「うん、ききたいな」ラッキーはほっとしていった。たとえ名前にまつわる話だとしても、リックの気をまぎらわせたかった。

もちろんリックは、フィアリーの話をききたくてたまらないようだった。「子犬のときはなんて名前だった？」リックはたずねた。

「スネイル！」フィアリーは笑っていった。

「かたつむり《スネイル》？」リックは、ぽかんとした。

「ああ」フィアリーはうなずいた。「母犬にそう呼ばれてた。かたつむりが大好きだったからな。しょっちゅう探しだしちゃ転がして、からに引っこんだやつを鼻でつつきまわした」

「うええ」リックはぶるっと身ぶるいした。

「こら、リック！」ラッキーは叱《しか》ったが、内心ではぞっとしていた。かたつむりで遊ぶ気にはなれない。

「わたしは大好きだったぞ。いまでもときどきかたつむりで遊ぶんだ」フィアリーは愉快《ゆかい》そうにうなった。「もちろん、いつまでもスネイルのままでいるわけにはいかん。だから、奥歯が生《は》えるとすぐに、群れのみんなに、ほんとうの名前を選べといわれた」

「どうやってえらんだの？」リックはうらやましそうにたずねた。

「自分が大柄《おおがら》なわりに足が速いことは知っていた。はじめて走り方を学んだときから知っていたんだ。いなずまの犬《ライトニング》にも負けないくらい速かった」フィアリーは笑った。「いや、幼くてこわいもの知らずだったから、そう思いこんでいたんだ。ライトニングをみると、炎《フィアリー》のようだと思った――そしてわかったんだ。フィアリーこそが、自分のほんとうの名前だ、と。ぴったりだろう？」

ラッキーはうなずいた。フィアリーが自分の名前をむじゃきに自慢《じまん》しているのがおかしかった。「うん、ぴったりだ。だから〈名付けの儀式《ぎしき》〉が大事なのか。どんな犬になるか自分で決めるんだ」

フィアリーはうなずいた。「そうだ。名前は犬の性格をあらわす。だから大切なんだ。名前についてちゃんと理解することはとても大事だ。死ぬまでずっと、名前がその犬をあらわすのだから」

「いい儀式《ぎしき》なんだね」ラッキーはつぶやいた。

「ほんと」リックは沈《しず》んだ声でいった。

ラッキーは同情をこめてリックの耳をなめた。「ぼくはずっと〈孤独《こどく》の犬〉だったし、群れから名前を選べといわれたこともない。だけど、群れで暮らすつもりなら、自分がどういう存在なのかわかっておくのはいいことだと思う」

「そのとおり」フィアリーがうなずいた。「ほんとうの意味で群れの一員になるのは、自分の名前を決めたときだ。オスの犬も、メスの犬も」そして、あたたかい目でリックをみた。

「ニンゲンに名前をつけられるよりずっと自然だ」ラッキーはつぶやいた。自分はニンゲンに名前をつけられたのだと思うと、胃がちくちく痛んだ。

「ああ、ずっと自然だ」フィアリーがいった。「だから――おや！　いたぞ！」

影《かげ》がひとつ、むこうの茂《しげ》みをさっとくぐりぬけていった。くすんだ茶色で白ではないが、それはまちがいなく……。

「ウサギ！」だっと駆《か》けだしたリックが、激しく吠《ほ》えた。

「リック！」ラッキーは急いであとを追い、子犬の腰のあたりを鋭《するど》くひとかみした。「静かに！」

リックは金色の枯《か》れ葉を舞いあげながら、あわてて止まった。「だめ？」

フィアリーが追いついてうなった。「ここにはウサギがどっさりいる――だが、こわがらせれば、一匹《ぴき》残らず逃《に》げてしまうぞ」

リックはうなだれてしっぽを垂れ、許しをこうように鳴いた。「ごめんなさい、ラッキー。ごめんなさい、フィアリー」

ラッキーは、気にしなくていいというしるしに、愛情をこめて耳をそっとかんだ。「いいんだよ。失敗はだれだってする」だが、ラッキーは不安になっていた。ニンゲンがフィアースドッグをしつけるのは、攻撃《こうげき》させるためだ。静かに狩《か》りをさせるためではない。リックは心の優しい犬だが、あたりに気を配り、ぬけ目なく動くようには生まれついていない。このままでは、群れで生活するのはむずかしい。

ラッキーは背を丸め、枝のからみあう茂《しげ》みの中を忍《しの》び足でくぐっていった。フィアリーも同じ歩き方で左に向かう。ラッキーの反対側から獲物《えもの》を追いたてるためだ。ウサギはあきらかに警戒《けいかい》していた。二匹《ひき》は風下から近づいていたが、ウサギの何匹《なんびき》かは巣穴に逃《に》げこんでいる。残りのウサギは上半身を起こして長い耳を立て、心配そうに鼻を動かしながら冷たい秋の空気のにおいをかいでいた。

いつものことだ——どんなに注意していても、気づかれずにウサギをつかまえるのはむずかしい。ラッキーは自分にいいきかせた。また、三匹《びき》のウサギが巣穴に逃《に》げこんでいく。むこうの茂《しげ》みに、フィアリーの黒い影《かげ》がみえた。ラッキーはフィアリーと目を合わせ、わかったというしるしにまばたきをしてみせた。むこうのねらいはわかっているし、フィアリーは、ラッキーが自分のねらいどおりに動くと信じている。こんなふうに通じあっていることが、群れの暮らしではなによりも大事だ——。

うしろを向き、リックに片耳を立てた。リックはもう落ちついていた。体を低くしてそばにはってくる。目はやる気にかがやき、しっぽを小さく振《ふ》っていた。

「リック、きみの力を思いきり出してほしい」ラッキーは小声でいった。「ぼくたちより体が小さいから、こんなときにはすごく役にたつんだ」

リックの顔が明るくなるのをみて、ラッキーはうれしくなった。「あそこにウサギの巣穴があるだろう？　あそこを襲《おそ》う振《ふ》りをしてほしい。ウサギを追いかけていって、巣穴を掘《ほ》るんだ」

「振《ふ》りだけ？」リックはほっそりした首をかしげた。

「いまはね。ほら、いってごらん」ラッキーは狩《か》り場の入り口を頭で指した。「今度は好きなだけ吠《ほ》えていい！」

リックは楽しげにひと声吠《ほ》え、巣穴に向かって走っていった。残っていたわずかなウサギがちりぢりになり、遠くにあるいくつもの巣穴に逃《に》げていく。白いしっぽもいくつかまじっていた。だがリックには、ラッキーが教えた巣穴しかみえていなかった。激しく吠《ほ》えながら巣に頭をつっこみ、尻《しり》を震《ふる》わせてしっぽをちぎれんばかりに振《ふ》る。前足は巣穴の土を引っかいていた。

計画は、まるで〈森の犬〉が仕組んだようにうまくいった。狩《か》り場にある巣穴という巣穴からウサギたちがいっせいにとびだし、一目散に逃《に》げはじめたのだ。たくさんの茶色いウサギたちが、黄色く枯《か》れかけた草原を走っていく。ラッキーは一匹《ぴき》にかみつき、あっというまにしとめた。つぎの一匹《ぴき》を前足でなぐりつけ、背中に牙《きば》を立てる。息を整えながら、フィアリーがいたほうを振《ふ》りかえった。

フィアリーは、三匹《びき》のウサギが目の前を横切っても無視していた。盛りあがった筋肉が本能的に震《ふる》えても、獲物《えもの》が逃《に》げていくのをただみている。ウサギの一匹《ぴき》はあわてすぎて足をもつれさせ、フィアリーの鼻にぶつかった。それでも、フィアリーはじっとこらえ、目当ての獲物《えもの》を待って伏《ふ》せていた。

「きた！」ラッキーは吠《ほ》えた。白い影《かげ》がひとつ、巣穴からとびだしてきたのだ。

だが、フィアリーのほうが早かった。すばやくとび、太い牙《きば》でウサギの細い背骨を砕《くだ》く――血で赤く染まった白ウサギが、フィアリーの口からだらりとぶらさがった。ラッキーはいつものように、ぞくぞくするほどうれしくなった。狩《か》りは大成功だ。

だが、ふいに不吉《ふきつ》な予感がして、背筋が冷たくなった。森の中が静かになったような気がした。白いウサギの体をみると目がくらみ、体が動かなくなった。フィアリーが首をかしげ、問いかけるような目でこちらをみている。

どうしたっていうんだろう。狩《か》りはうまくいったのに！

「フィアリー、やったな！」ぶるっと体を振《ふ》ると、まひしたような感覚はうすれていった。顔としっぽをあげ、草原を走っていく。

リックは、いまも巣穴に半分もぐっていた。くぐもった吠《ほ》え声が、狩《か》りの興奮でかん高くなっている。ラッキーは笑いをこらえて、リックが振《ふ》っている尻《しり》を鼻でつついた。「もういいんだよ、リック」

リックは身をよじりながら後ずさり、泥《どろ》だらけの頭を巣穴から引っ張りだした。両耳をまっすぐに立てて口を大きく開け、舌をのばして鼻についた土をなめ取る。

「おもしろかった！」リックは叫《さけ》んだ。

「そりゃよかった」フィアリーは、白いウサギをくわえたまま、くぐもった声でいった。「よくやった」

ラッキーはしっぽをゆっくり振《ふ》り、白い毛皮の獲物《えもの》のにおいをかいだ。また、背筋がちくちくしはじめる。だが、白ウサギから顔をそむけ、自分がしとめた獲物《えもの》を取りにいった。

「おいで、リック。狩《か》りはむりでも運ぶのは手伝えるよな」

「うん！」リックは子犬らしくはしゃぎ、ウサギを二匹《ひき》ともくわえた。

空《あ》き地をあとにしながら、ラッキーはもういちど、フィアリーが白ウサギをつかまえた場所を振《ふ》りかえった。白っぽい岩の上に、黒ずんだ血がたまっている。ラッキーは、獲物《えもの》をくわえた口に力をこめた。

ただの狩《か》りじゃないか。毎日している狩《か》りを今日もした、それだけのことだ。あれは特別なウサギなんかじゃない。まぶしいくらい白いってだけだ。

2 不《ふ》審《しん》なにおい

ラッキーたちは、あさい谷間を通って野営地をめざした。谷の左右には、トゲのある低木やアザミが生《は》えている。赤い木の葉のあいだから〈太陽の犬〉の光が射し、低い木も影《かげ》を長くのばしていた。野営地はあまり遠くないが、ラッキーは油断しなかった。

空気は静かで、霜《しも》がおりそうなほど冷たい。生き物がそばを走るとすぐにわかる。ラッキーはふと足を止めた。金色の影《かげ》がひとつ、葉の落ちた低木のあいだをすりぬけてきたのだ。

「ベラ」ラッキーはかたい声でいった。

ベラは気まずそうにフィアリーとリックのほうをみた。体を振《ふ》ったが、その場から動こうとはしない。「ラッキー、おつかれさま」

ラッキーはウサギを地面に置き、フィアリーにいった。「先にいってくれ」

フィアリーは肩《かた》ごしにうなずき、リックを連れて歩いていった。

ラッキーはベラをみた。ベラはそわそわ歩きまわり、ラッキーと目を合わせようとしない。ベラはぼくのきょうだいだ。ラッキーは自分にいいきかせたが、いまではフィアリーよりも遠い存在に感じられた。少し前、ベラはすすんでラッキーを危険にさらした。〈囚《とら》われの犬〉たちを守るために。

ベラは歩きまわるのをやめ、片方の前足で地面を引っかいた。乾《かわ》いた土に傷跡《きずあと》のようなみぞができる。

「ラッキー」ベラは、おずおずと口を開いた。「わたしたち、ちゃんと話をしてなかったわよね。あれから――」

「いつから?」ラッキーは、ベラの声が消え入りそうなほど小さくなると、鋭《するど》く吠《ほ》えた。「はっきりいえよ、ベラ。自分がなにをしたかいえばいい」

ベラは金色の毛におおわれた顔をあげ、ようやくラッキーの目をみた。のどの筋肉がぴくぴく震《ふる》えている。

「ラッキーを、アルファの群れに置きざりにしたわ」ベラは低くうなった。「そして、キツネたちといっしょに攻撃《こうげき》した」

「ぼくはきみのきょうだいだぞ」ラッキーは怒《いか》りをこめて吠《ほ》えた。「なのに、利用されてる気しかしない」

「そんな」ベラは苦しそうにいった。しっぽをきつく巻き、前足をのばして頭を下げる。「子犬だったときのこと、覚えてる？　みんなでいっしょに丸まって眠《ねむ》った夜のこととか、母さんの温かい体にくっついてたときのこと」

ラッキーはのどの奥でうなった。「思い出話をして、きみのしたことは水に流せって？」

「ちがう！　そんなつもりじゃない。母さんがしてくれた話を覚えてる？」ベラは、茶色い目ですがるようにラッキーをみた。「オオカミの話をしてくれたでしょ？　オオカミには近づいちゃだめだって、いつもいってた。悪いやつだから離《はな》れていなさいって。アルファをやっつけるのは正しいことだと思ったのよ。ぜったいしなくちゃいけないって思ったの」

「へえ。子ども向けの話におびえてぼくを裏切った。そういいたいのか？」

「アルファはオオカミ犬だけど」ベラは必死で続けた。「見た目はオオカミそっくりでしょう？　わたしたちみんなが危険だと思ったの。ラッキーも危ないって思ったの！」

「だから、ぼくにアルファの群れをスパイさせたっていいたいのか？」ラッキーはかみつくようにいった。「うそをついたのもそのせいだって？　ベラ、変わった方法でぼくを守ろうとしたんだな」

「ほんとうに、正しいことをしようとしたの。こっちの計画を教えたら、ラッキーがもっと危なくなるって思ったの」

ラッキーは皮肉っぽく鼻にしわを寄せた。「で、結局どうなった？　きみはそのオオカミ犬といっしょにくらしてる！　オオカミ犬の群れで！　オオカミには近づいちゃだめなんだろ？　母さんにいわれたんじゃないのか？　母さんの話をいいわけにつかうなよ」

ベラはさらに体を低くし、ぎこちなくラッキーに近づいた。頼《たの》みこむようにしっぽを振《ふ》って草を打っている。あごを地面に押《お》しつけ、まばたきをしながら上目づかいにラッキーをみた。

「いまなら、自分がまちがってたってわかる。ラッキーを危ない目にあわせたかったわけじゃない。いいことをしようとしたけど、まちがってた」

ベラの目はぬれ、耳は悲しげに垂れていた。ぼくが許すのを待ってるんだ。ラッキーは苦しくなった。だけど、許せない。まだむりだ。

「それでぼくが納得すると思ってるのか？」

ベラがいきなり顔をあげ、ラッキーはたじろいだ。暗く悲しげだった目つきが、怒《いか》りに燃えている。

「自分をあわれむのはやめて！」

「なんだって？」ラッキーは驚《おどろ》いて両耳を立て、体をこわばらせた。

「アルファがわたしを殺そうとしたときのことは？」ベラは大声を出した。「わたしたちはきょうだいよ。なのに、あのときラッキーはかばってくれなかった！」

ラッキーは怒《おこ》っていたのも忘れて、恥《は》ずかしさでいっぱいになった。そのとおりだ。ベラをかばったのはブルーノだ。自分はだまってみていた。

ラッキーはすわり、ベラをみつめた。ベラは、怒《いか》りと後悔《こうかい》がまじった苦しそうな顔をしていた。


ベラに再会した日のことが思いだされてきた。にわか作りのベラの群れが、キツネを追いはらってくれた日のことだ。あの日ラッキーは、ニンゲンのデパートで、キツネたちを相手に苦戦していた。大きくなったきょうだいに会ったとき、どんなに驚《おどろ》いたか、どんなにうれしかったか思いだした。ベラたちとしばらくいっしょに過ごそうと決めたときは、胸がはずんだものだった。こんなふうになるとは、だれに予想できただろう。

きょうだいでいがみ合うなんていやなんだ――。

そのとき、なにかのにおいがした。ラッキーは、トゲのある低木が立ちならんだほうを振《ふ》りかえった。野営地を守っている木立《こだち》だ。すると、とがった細い顔に並ぶふたつの黒い目がみえた。いつのまにかリックがもどってきていたらしい――はじめから話をきいていたのだ。

「リック」ラッキーは吠《ほ》えた。

リックはきまり悪そうに茂《しげ》みをくぐりぬけ、ラッキーとベラのほうにやってきた。しっぽを足のあいだにはさんでいる。赤い葉のあいだから射してくる夕日が、リックのつやつやした毛を、濃《こ》い赤茶にかがやかせていた。ラッキーはその姿をみると胸がざわついた。リックが以前いた群れのアルファ、ブレードのことを思いだしたのだ。

だが、おとなしい声は、ブレードと似ても似つかない。「ごめんなさい、ラッキー。ぬすみぎきなんかしちゃいけなかったのに。でも、心配だったの」

ラッキーは困ったようにちらりとベラをみて、またリックのほうを向いた。「なぜ？　ベラのことは知ってるだろ」

「だから心配なの。ラッキーとベラのことが心配」リックはすわって耳を垂れた。「あたし、いまもきょうだいがここにいたらいいのにって思う。ふたりはわかってない。いっしょにいられるのは、すごくしあわせなことよ」

ラッキーは、恥《は》ずかしくて胃が重くなった。たしかにリックはきょうだいをなくした――一匹《ぴき》は死に、もう一匹《ぴき》は冷酷《れいこく》なブレードに連れていかれた。

「ごめんよ、リック」ラッキーは静かにいった。「きみが寂《さび》しがってることを忘れてたわけじゃないよ。だけど、ぼくとベラには――いろいろあったんだ。ぼくたちは……」

リックは悲しげな目をあげた。「いっしょにいられるんだから、よろこばなくちゃ」ためらいがちな声だ。「あたしはそう思うの。それだけ」

フィアースドッグの子どもは立ちあがり、野営地のほうへもどっていった。しょんぼりと尾《お》を垂れていた。ラッキーは胸が高鳴った。リックが誇《ほこ》らしくなり、しっぽを大きく振《ふ》る。リックは、子どもとは思えないほどしっかりしている。

アルファにいまの言葉をきかせたかった。リックがどんなに優しい犬かわかっただろう。

ベラの小さな鳴き声に気づき、ラッキーは振《ふ》りむいた。きょうだいの目をみると、ふと胸が痛くなった。ベラがさっきよりも身近な存在に感じられる。

リックのいうとおりだ。いまのぼくたちは頭に血がのぼってる。だけど――。

なにか思いやりのある言葉をかけようと口を開いたとき、空に大きな音がとどろき、目もくらむような光がひらめいた。二匹《ひき》はけんかをしていたことも忘れ、はっと上をみた。雲はぶきみに黒くなり、重たげで、落ちれば世界を砕《くだ》いてしまいそうにみえた。

「ライトニング！」ベラが叫《さけ》んだ。「吠《ほ》えてるわ！」

「隠《かく》れよう」ラッキーはいった。

ウサギを拾ってしっかりとくわえ、ベラと並んではねるように走る。地面にはすでに大きな雨粒《あまつぶ》が落ちはじめている。ライトニングがはね、天をゆるがすような声で吠《ほ》えた。

「ラッキー！」ベラがおびえて吠《ほ》えた。

「はやく！　こっちだ！」ラッキーはウサギを放って叫《さけ》んだ。すぐそこに、砂におおわれた土手がある。雨でしめっているが、谷よりは近く、なだらかだ。ラッキーは、すべりやすい砂の上にとびあがった。その瞬間《しゅんかん》、ぽっかりと開いた小さな洞《どう》くつが目のすみに映った。こんな洞《どう》くつにかならずいるのは――

アナグマだ！　一匹《ぴき》のアナグマが、恐怖《きょうふ》と怒《いか》りにかられて巣穴からとびだしてきた。全速力で走っていたラッキーは巣穴をとびこえることができたが、ベラはまだうしろにいる。アナグマはベラにむかっていき、背中に襲《おそ》いかかった。ラッキーが、敵の凶暴《きょうぼう》な小さい目と、太く白いたてじまの入った顔を振《ふ》りかえったときには、アナグマはベラの首に牙《きば》を立て、長い爪《つめ》で肩《かた》を引っかいていた。ベラは痛みで悲鳴をあげ、よろめいた。

ラッキーは土手からとびおり、両方の前足でアナグマをつきとばそうとした。だが、敵は意外なほどすばやかった。振《ふ》りむくなり、ラッキーの鼻に深々と爪《つめ》を立てる。焼けつくような痛みが走り、ラッキーは必死で首を振《ふ》った。だが、獣《けもの》は容赦《ようしゃ》なく爪《つめ》を食いこませ、牙《きば》をむいて荒々《あらあら》しくうなった。

土手が白い光に照らされた。ライトニングがはねたのだ。不意をつかれたアナグマが力をぬいたすきに、ラッキーは敵の体を振《ふ》りはらった。アナグマはひっくり返った。ベラがとびかかり、砂におおわれた地面に相手のしっぽを押《お》さえつける。ラッキーは、銀色がかった白い首筋にかみつき、もがいて暴れるアナグマの体を押《お》さえこんだ。

胸は痛み、鼻は熱い。トゲが何本も刺《さ》さっているようにずきずきした。それでもラッキーは、アナグマに体重をかけることに集中した。こいつにかまれたら大変だ！　アナグマと出くわしたのははじめてではない。敵とみると命がけで挑《いど》んでくるような獣《けもの》だ。

またライトニングがとびはね、雲が震《ふる》えた。あたりがあかあかと照らされるのと同時に、鼻をつくにおいがした。このにおいはよく覚えている。

あれだ。あのいやな雨だ。前の野営地にいたとき、この雨を浴びると、体が焼かれているようにひりひりした。

ラッキーはぞっとして、体をひねって空をみあげた。アナグマはそのすきにラッキーの下からはい出し、つかまえようとしてくるベラをよけた。かんかんになったアナグマの長い爪《つめ》が、ラッキーのわき腹をえぐる。

ラッキーは、すぐにはなにも感じなかった。だがつぎの瞬間《しゅんかん》、勢いを増した雨とともに、しめった灰が降ってきた。黒い灰がぬれた毛にくっつき、傷の中にも入ってくる。アナグマの爪《つめ》に引っかかれるよりも、雨に打たれるほうが痛かった。肉を切りさかれ、骨をかじられているようだ。

痛みと怒り《いか》でわれを忘れ、ラッキーはアナグマに猛然と襲《おそ》いかかり、首に思いきりかみついた。敵をくわえたまま激しく振《ふ》りまわす。やがて、ぬれそぼってぐったりした体を地面に捨てた。

「ラッキー、もう死んでるわ！」ベラは息を切らし、震《ふる》える体でうずくまった。

「ベラ、だいじょうぶか？」ラッキーはあえぎ、心配そうにベラのわき腹のにおいをかいだ。

「わたしはだいじょうぶ」ベラはふらつく足で立ちあがり、体を振《ふ》って雨をはらった。「ケガしてるのはそっちじゃない！」

熱い雨は小降りになり、冷たい風に舞う黒い灰もまばらになっていた。だが、わき腹にできた傷は、燃えるように痛かった。においをかいでなめてみる。舌が灰にふれたとたん、刺《さ》されたように感じてぞっとした。

「だいじょうぶだよ」ラッキーはいった。「かすり傷だ。だけど、この雨のせいでひりひりする」

ラッキーは顔をあげ、遠ざかっていく紫《むらさき》がかった黒い雲をみつめた。滝のような雨は、山脈のむこうに遠ざかり、影《かげ》のようにしかみえない。これであのいやな雨から逃《に》げきったわけではない――旅を続ける理由がひとつ増えたことになる。土地を汚《けが》す毒からは、それがなんであろうと、逃《に》げなくてはならない。白い峰《みね》のこちらがわにみつけた新しい野営地も、ほかの野営地とおなじくらい危険だ。〈大地のうなり〉が街とすみかをめちゃくちゃにしてから、ラッキーたちはずっと旅を続け、オオカミ犬たちと新しい群れを作り、フィアースドッグと戦ってきた。いつ終わるんだろう。ラッキーは途方に暮れた。

トウィッチのことを考える。群れを去った足の不自由な犬だ。ラッキーはいつも、ひとりが好きな犬は自分だけだと考えていた。だが結局、群れを去ったのはトウィッチだ。自分をじゃまものだと思いこんでいた。こんなに大変な時期に、どうやって生きのびていくのだろう。

「助けてもらったわね」ベラが小さな声でいった。「ありがとう」

ラッキーは口をなめ、またぶるっと体を振《ふ》った。いま、たくさんのことが大きく変わろうとしている。希望を捨ててはいけない。「〈天空の犬〉たちが教えてくれたんじゃないかな。いまみたいに不安定なときには、いがみ合ってちゃいけないんだって」

ベラはためらいがちに近寄ってきた。ラッキーはきょうだいの首に鼻をすり寄せた。リックのいうとおりだ。家族といっしょにいられるだけで運がいい。ベラがどんな失敗をしたにしても、自分がどれだけ怒《おこ》っているにしても、きょうだいを恨《うら》みつづけるわけにはいかない。

「いこう」ラッキーはかすれた声でいった。「野営地にもどろう。なにがあったのか群れに報告しなくちゃいけない。それに、今夜は儀式《ぎしき》がある」

「遅《おそ》くなっちゃったわね」ベラはうなずき、土手をのぼるラッキーのとなりに並んだ。「アナグマに襲《おそ》われたんだから、アルファが大目にみてくれるといいけど」

「とにかくアルファと話したい」ラッキーのつぶやきは、半分はひとりごとだった。「決めることがたくさんある」二匹《ひき》はウサギをくわえて出発した。

山のむこうに隠《かく》れかけた〈太陽の犬〉が、濃《こ》い金色の光を投げかけている。二匹《ひき》は野営地に続く道を歩いていった。森がとぎれるあたりにくると、ラッキーは足を止めてにおいをかぎ、目を見開いた。

「子どものにおいだ」ラッキーは両耳を立ててあたりをみまわした。「ベラ、わかるか？」

ベラは鼻をふくらませた。「ほんと。まだ新しい。さっき雨が降ったばかりなのに」

ラッキーはうなずいた。「だれだかわからないけど、ここを通ったばかりだ」

「リックかしら」ベラは自信がなさそうにいった。

「ちがう。あの子のにおいならよく知ってるけど、これじゃない」ラッキーはとまどって顔をしかめた。「群れの犬じゃない」

「でも、あの子ならそこにいるわよ」ベラは幼いフィアースドッグを耳で指した。リックは、野営地のはしで、不安そうに二匹《ひき》をみていた。

「そんなところでなにしてる？」ラッキーは近づいていきながらたずねた。

「心配だったの」リックは二匹《ひき》のほうへはねてきた。「だいじょうぶかどうかたしかめたくて」

「だいじょうぶだよ」ラッキーはいった。「ライトニングが走ってただけだ」だが、リックの心配そうな鳴き声は止まらない。

「ほかにはなにもなかった？」リックは、木立《こだち》や岩のあいだに視線を走らせた。「だれもいなかった？」

「大きなアナグマがいただけ！」ベラが大きな声で吠《ほ》えた。急にいばった声になっている。

「でも、やっつけた。ラッキー、そうよね？」

ベラはいきなり自信を取りもどし、リックはようすがおかしい。どちらを気にするべきだろう？　リックは、なぜラッキーたちがべつの動物に出くわしたと思ったのだろう。それに、なぜ、ラッキーたちのうしろから目を離《はな》そうとしないのだろう？

ラッキーは鼻でリックの耳を押《お》し、野営地に向かった。

「さっき、そこでにおいがした」注意深くリックの反応をみまもる。「子どもの犬が通りすぎたらしい。すぐそこだよ。群れの犬じゃない。みかけたかい？」

「ううん。その子、こんなところでなにしてたの？」リックは顔をこわばらせ、口のまわりをなめた。ラッキーがけげんな顔をすると、目をそらした。「あ、スプリングがよんでる！」そういうと、茂《しげ》みのかげでくつろいでいる仲間の犬たちのほうへ走っていった。

ラッキーはとまどい、走っていくリックのうしろ姿をみまもった。スプリングが呼ぶ声などきこえなかった。黒と褐色《かっしょく》のあの犬の姿は、リックが駆《か》けよっていった一団の中にもない。

かぎなれない子犬のにおいを思いだし、ラッキーは背筋がぞくっとした。リックが走っていったのは、あれ以上質問をされたくなかったからだ。

なにかある――。ぼくがつきとめてみせる。

3 名付けの儀式《ぎしき》

「なにをしていた？」

ラッキーが振《ふ》りかえると、アルファの刺《さ》すような黄色い目がこちらをみていた。敵意のこもった目つきだ。ラッキーは大きく息を吸い、オオカミ犬のほうへ歩いていった。アルファは土の小山に長々と寝そべり、薄《うす》れかけた夕陽を浴びていた。ほかの犬たちは、少しむこうのねぐらのまわりに集まり、数匹《すうひき》ずつにわかれていた。野営地の空気は霜《しも》がおりそうなほど冷え、うずをえがく霧《きり》が草のあいだを流れていた。影《かげ》が長くなっている。ラッキーは身ぶるいした。

「答えろ」アルファは低くうなった。「フィアリーはずっと前に白いウサギをくわえてもどってきた。おまえはどこにいた」

「遅《おく》れてすみませんでした、アルファ」ラッキーは声を抑《おさ》えていった。「ベラと話をしていたんです。その……話しあうことがあったんです。それから、ひとつ報告があります。むこうでにおいが――」

「いいかげんにしろ！」だしぬけにアルファが立ち上がった。「〈街の犬〉、命令を忘れたか？野営地の外では危険な真似《まね》をするなといっただろう。近くをうろついたり、しゃべったりすることも許さん。群れを待たせるな！」

ラッキーは毛を逆立てた。「そうではなく――」

「なぜひとりで行動した？　ブレードの群れが迫《せま》っていることは知っているだろう。あいつらはわたしたちを追っている。気をぬけばみつかるぞ」アルファが目を見開いた。ラッキーのわき腹についた傷に気づいたのだ。

「なにがあった？　襲《おそ》われたのか？　もしブレードのしわざなら――」大きなオオカミ犬はいきり立った。

「ちがう！」ラッキーは思わず叫《さけ》び、詫《わ》びるように頭を低く下げた。「ちがいます。ブレードではありません。姿もみませんでした。襲《おそ》ってきたのは、ただのアナグマです」

アルファは牙《きば》をむいた。「アナグマに手間取ったのか？　情けない。つまらんケンカをしおって」

「そうではありません」ラッキーははっきりと否定した。「もっと大きな問題が起こりました。

また、あの雨が降ってきたんです――毒の雨が」

アルファは耳を立てた。「たしかか？　こちらでは気づかなかった」

「通り雨でしたが、あの黒い灰も降ってきました。ケガをしたところが焼けるように痛くなったんです。ここまで逃《に》げても、逃《に》げきれたわけではなかったようです」

はじめて、アルファの顔に迷いが浮《う》かんだ。怒《いか》りが引いていくにつれて、逆立っていた首筋の毛が平らになる。「ならば、また移動しなくてはならない」オオカミ犬はひとりごとのようにつぶやいたが、すぐに目を金色に光らせた。「だが、〈名付けの儀式《ぎしき》〉が終わるまではむりだ。あれだけは中止できん」

その言葉がきこえていたかのように、スカームとノーズがはずむような足取りで駆《か》けよってきて、落ち葉を舞いあげながら勢いよく止まった。冷たいオオカミ犬をこわがっていたことも忘れ、はしゃいだ声できゃんきゃん吠《ほ》える。「アルファ、もうすぐでしょ？　もうすぐなんでしょ？」

二匹《ひき》のうしろを、リックがおずおずと追ってきた。耳を立て、期待をこめてアルファをみている。自分も儀式《ぎしき》に入れてほしくてたまらないのだ。ラッキーは胸が痛くなった。

むりなんだ。ラッキーは声に出さずにいった。リック、今夜はきみの〈名付けの儀式《ぎしき》〉はできない。フィアリーとムーンの子どもたちより年下だということだけが理由ではない。敵の一族の犬だからだ。群れの犬たちは全員、アルファが幼いリックを群れに入れるのをいやがったことは知っている。今夜だけでなくこれからもずっと、〈名付けの儀式《ぎしき》〉はしてもらえないだろう。ぼくがどうにかしてやらなくちゃ――。

だが、なにをすればいいのかはわからない。そのとき、群れの二番手《ベータ》のスイートが、集合の号令をかけた。散らばっていた犬たちがいっせいに立ちあがる。〈囚《とら》われの犬〉も、〈野生の犬〉に負けないくらい浮《う》きたっていた。心の優しい牧羊犬のミッキーは、スナップといっしょに軽く走ってきた。がっしりした体のブルーノは、野営地の真ん中にいた黒と褐色《かっしょく》の猟犬《りょうけん》スプリングのとなりに並んだ。そばにいたいらしい。

〈囚《とら》われの犬〉たちは、いまも、むかしからいっしょにいる仲間たちのことが大好きだ。ときどきは、会えなくなったニンゲンたちの思い出話をすることもある。だがラッキーは、みんなが〈野生の群れ〉になじんでいるのをみてうれしくなった。黒と褐色《かっしょく》の猟犬《りょうけん》のダートは、〈囚《とら》われの犬〉たちとはまだ少し距離《きょり》を置いていたが、いじわるではない。どちらの群れでも、鼻のつぶれたホワインはきらわれていた。サンシャインだけは、気にするようすもみせずにホワインと並んで走り、親しげに話しかけていた。泳ぎが好きなマーサは、おだやかな声で、気の強いムーンとおしゃべりをしていた。この二匹《ひき》は、子犬を世話する役目があるという共通点で結ばれていた。小さなデイジーは、がっしりしたフィアリーのそばに走っていき、のんきな声できゃんきゃん話しかけた。ラッキーはしあわせだった。〈囚《とら》われの犬〉たちは、この群れとすっかりうちとけている――。

群れは獲物《えもの》を置いた場所に集まってきた。今夜は、けだるそうに伸びをしたり、のんびり歩いてきたりする犬は一匹《ぴき》もいない。獲物《えもの》を分けあう時間はいつも全員の楽しみだったが、今夜は、あたりの空気がいちだんと張りつめていた。きれいな円になった〈月の犬〉は、まだ少し山のむこうに隠《かく》れている。犬たちは、いまかいまかと待っていた。耳を立てて目をかがやかせ、尾《お》を振《ふ》り、舌を出してあえいでいる。興奮がにおいでわかるほどだ。

ぼくだってそうだ――。ラッキーは胸の中でつぶやいた。リックはかわいそうだ。だけど、儀式《ぎしき》ってどんなものなんだろう！

獲物《えもの》を分けるあいだも、犬たちはいつもとようすがちがっていた。お祝いの楽しい雰囲気のなかで、厳しい規律もどこかないがしろにされている。犬たちは大きな声でおしゃべりをしていた。ときどき、スイートがにらんだり、うなったりして注意をした。意外なことに、アルファは、群れが少しはめを外しても大目にみていた。黄色い目で軽くにらむだけだ。

「スプリング、あなたの番じゃないでしょう！」

「ごめんなさい、ベータ！」黒と褐色《かっしょく》の犬がきゃんと吠《ほ》えた。「ちょっと、ホワイン！　あんたならズルしていいってことじゃないわよ！」

「そうよ。まだアルファじゃないんだから」ダートはからかうようにいった。

「〈月の犬〉はいつ起きる？」ノーズははしゃいで食欲をなくしていた。しっぽをちぎれんばかりに振《ふ》り、スカームの顔をたたいていることにもおかまいなしだ。

「もうすぐよ、ノーズ。いい子にして」スイートは叱《しか》りつけるように吠《ほ》えたが、その声は楽しげだった。

「ベータが食べ終わるまで、獲物《えもの》にさわるんじゃない」アルファがうなり、子犬を前足でたたいた。だが、たたき方は弱く、ノーズの毛を少しゆらしただけだった。

名前を付けるっていうのはおおごとなんだな。ラッキーは、はじめて知った。今夜はアルファまで甘《あま》くなっている。

犬たちは順番に自分の取り分の獲物《えもの》を食べていったが、どの犬も興奮で食欲が落ちていた。ラッキーも、ふだんより食べられなかった。儀式《ぎしき》がはじまるのが待ちきれない。影《かげ》が落ちてきたのに気づき、目をあげた。水の好きな大きな犬、マーサだ。マーサの顔にも、好奇心ととまどいが浮《う》かんでいた。水かきのある前足を土の上にのばし、爪《つめ》をかむ。

「よくわからないのだけど」マーサは小さな声でラッキーに話しかけた。「どうしてこんなに騒《さわ》いでいるの？　わたしは〈名付けの儀式《ぎしき》〉なんてしたことないわ。きょうだいもみんなそうよ。でも、わたしたちには名前があるじゃない！」

「あたしもおなじこと考えてたの」小さな白いテリアのデイジーが考えこむような顔でいって、ラッキーとマーサのあいだにぎゅっと体を押《お》しこんできた。ふと左をみると、いつのまにかサンシャインがそばにいる。〈囚《とら》われの犬〉たちは、説明を待つような顔でラッキーをみていた。

ニンゲンたちに守られて暮らしてきたんだから――。ラッキーは自分にいいきかせた。いままでもときどき、この犬たちがなにも知らないのだということを忘れてしまう。

「フィアリーが少し説明してくれた」ラッキーは口を開いた。「犬は自分で名前を決めなくちゃいけないんだ。きみたちがニンゲンにつけてもらう名前とはちがう。奥歯が生《は》えはじめたら、自分で名前を決める。ちゃんと自分に合った名前を選ぶんだ」

サンシャインは首をかしげた。絹のようになめらかな毛が、月の光を浴びてかがやいている。サンシャインは、だれよりもがまんしていた。オメガだからだ。食事をする順番はいつも最後になる。さいわいこの小さなマルチーズは、オメガになったことをあまり気にしていないようだった。今夜、オメガは大きくてやわらかいウサギを半分もらった。全員にお祝いをする権利があるらしい。

「〈名付けの儀式《ぎしき》〉なんてやらされなくてよかった」サンシャインは小さく吠《ほ》えた。「すごく大変そうだもの。それにあたし、あたしのニンゲンがくれた名前が好きなの。ぴったりだもん。こんなにぴったりな名前、自分じゃ選べなかったわ」

「ほんとにぴったりな名前だね」ラッキーはおかしくなった。だがサンシャインは、もう〝あたしのニンゲン〟などいないことに気づいているのだろうか。いまでは群れの一員だということをわかっているだろうか。

それでも、いまのサンシャインは、むかしのような甘《あま》やかされたペットではない。もしかしたら、〈大地の犬〉のもとに召《め》されるまで、〝あたしのニンゲン〟という言い方をするのかもしれない。この小さな犬が、その習慣を変えることはないのかもしれない。

「白いウサギをここへ！」アルファの吠《ほ》え声をきいて、物思いに沈《しず》んでいたラッキーははっとした。犬たちはいっせいに姿勢を正した。

「あたしの仕事！」サンシャインはくるっとうしろを向き、ホワインのそばへ走っていった。重要な仕事に胸をはずませているようだった。すぐに、小柄《こがら》な二匹《ひき》の犬は――むかしのオメガといまのオメガだ――やぶの下から出てきた。白いウサギを両側からくわえて運んでいる。アルファの前の平たい岩の上にそっと置くと、すぐにうしろに下がった。サンシャインは誇《ほこ》らしげに尾《お》を高くあげていたが、ラッキーは、ホワインが投げてきた視線を見逃《みのが》さなかった。鼻のひしゃげたえらそうな顔は、憎《にく》らしげにゆがんでいた。

「あの犬、どうかしたの？」リックがそっとラッキーのそばに近づいてきて、小声でたずねた。

「静かに！　もうすぐ儀式《ぎしき》がはじまるよ」ラッキーはたしなめた。元オメガに恨《うら》まれていることを説明する気にはなれなかった。意地の悪いあの犬は、望んでいたとおり地位をあげることができたが、いまもラッキーをきらっていた。

だけど、それはホワインの問題だ。ぼくには関係ない――。

アルファがホワインの表情に気づき、鋭《するど》くにらみつけた。「ホワイン！　サンシャイン！　おまえたちの仕事は終わった。群れにもどれ」

サンシャインはすぐに命令に従った。自分の立場をちゃんとわかっているからだ。だが、ホワインは牙《きば》をむき、左目のまぶたをぴくぴくけいれんさせた。反抗《はんこう》したくても、その勇気はない。

ホワインは悔《くや》しそうな顔で、並んでみている犬たちのほうへこそこそ下がった。今度はラッキーと目を合わせようとしない。

またあいつがやっかいごとを起こすんだろうか。ラッキーはいやな予感を振《ふ》りはらい、アルファとスイートに注意を向けた。スイートは、真剣《しんけん》な顔をしてオオカミ犬のとなりに立ち、気品にあふれていた。

アルファが一歩前に進みでて、真っ白なウサギの前に立った。「スナップ、スプリング。前へ」

二匹《ひき》はやるべきことを心得ていた。両端からウサギの体を押《お》さえる。スプリングがウサギの前足、スナップがうしろ足だ。頭は、アルファががっしりした前足で押《お》さえる。もう片方の前足を高くあげたかと思うと、すばやく振《ふ》りおろし、いけにえののどに爪《つめ》を深々とつきたてた。のどから腹にかけて毛皮を引きさき、牙《きば》をむいて首にかみつく。骨が砕《くだ》ける音がした。

しばらく、皮をはぐ音だけが続いた。アルファはウサギの毛皮を完全な形のままはぐと、それを岩の上でたたきつけるように広げた。スイートが進み出てウサギの体をくわえ、わきへ放る。ラッキーはごくりとのどを鳴らした。これほどきれいに皮をはがれたウサギをみたのははじめてだ。腹を満たすために食べるウサギとはちがって、毛皮をなくしたウサギはとても奇妙《きみょう》なものにみえた。

ふと気づくと、群れの犬たちは息をつめていた。灰色の平たい岩の上では、血まみれの白い毛皮が〈月の犬〉の光を浴びてぼんやりと光っている。

「スカーム。ノーズ」アルファのうなり声はいつものように厳しかったが、誇《ほこ》らしげでもあった。「〈月の毛皮〉の上へ」

二匹《ひき》はこわごわと前に進みでた。二匹《ひき》とも震《ふる》えている。はじめにノーズが、つぎにスカームが、岩にとびのって振《ふ》りむき、白い毛皮の上にしゃちほこばってすわった。ノーズは不安そうに毛皮のにおいをかいだ。

「こわがることはない」アルファは静かにいった。ラッキーは、オオカミ犬がこんなに優しい声を出すのをはじめてきいた。「おまえたちが名前を決める時がきた。〈大地の犬〉のもとに召《め》されるまで、その名を名乗ることになる。目を閉じろ。そして〈月の犬〉のほうへ顔を向けろ。〈月の犬〉は、一番明るくなるとき、おまえたちが何者であるのか教えてくれる」

アルファは、食い入るようにみまもっている群れを振《ふ》りかえり、かしこまった表情の犬たちと一匹《ぴき》ずつ目を合わせた。それから、ゆっくりと天をあおぎ、暗い空に響《ひび》きわたるような声で遠吠《とおぼ》えをした。

犬たちは、順番にアルファに続いた。群れの声と荒々《あらあら》しいオオカミ犬の声が重なり、崖《がけ》の岩肌にはねかえって、森と谷間の中でこだました。ラッキーの番がきた。心臓から、腹から、骨から、自分の声がわきあがり、仲間の吠《ほ》え声が体の中に入ってくる。すべての声が溶けあって高まり、夜の闇《やみ》の中、群れはまるで巨大な一匹《ぴき》の獣《けもの》のようになった。

ラッキーは、皮ふが張りつめ、毛が逆立った。遠吠《とおぼ》えが波のように体を飲みこみ、頭の中の考えをさらっていった。みんなと〈グレイト・ハウル〉をするときには、いつも、自分はこの群れにいるべきだ、それが正しい、と確信した。今夜、自分は群れの一員だという感覚は、いっそう強くなった。目を開き、こうこうとかがやく銀色の〈月の犬〉をみあげる。ところが、うすい雲が流れてきて、〈月の犬〉を隠《かく》した。群れに動揺が走る。みるみるうちに、群れは影《かげ》におおわれた――だが、ノーズとスカームだけはべつだ。白いウサギの毛皮の上ですくみあがっている二匹《ひき》だけは、いまも、あわい光に照らされていた。

ラッキーのとなりにいたデイジーが、興奮で体を震《ふる》わせながらささやいた。「〈月の犬〉にはちゃんとわかってるみたい」

ラッキーは、おしゃべりをしたデイジーをとがめなかった。おなじことを考えていたからだ。これまではいつも、よく眠《ねむ》りたいときには、どうかぼくをお守りくださいと〈月の犬〉に祈《いの》りをささげてきた。だが、それは祈《いの》りにすぎなかった。〈月の犬〉に自分の声がきこえるわけがないと思っていた。だが今夜は、〈月の犬〉には自分たちの吠《ほ》え声がきこえている、と心から信じられた。この儀式《ぎしき》がどんなに重要なのか、ちゃんと伝わっているのだ。

「デイジー、ぼくもそう思う」ラッキーは小声で返した。

〈グレイト・ハウル〉は少しずつ小さくなり、やがて完全に消え、あたりにはりつめた静けさが訪れた。アルファは頭を低く下げ、子犬たちをじっとみた。

「おまえたち、名前は決まったか？」アルファは、静かだがはっきりとした声でたずねた。

スカームは、つぶっていた目をぱっと開いた。銀色の光を受けて瞳《ひとみ》がかがやいている。

「ぼく……」声はすぐにとぎれた。そのとき、なにか小さな影《かげ》が岩の横で動き、割れ目の中に姿を消した。スカームは、大きくはっきりした声でいった。「ぼくの名前は、ビートル《かぶとむし》だ。すばしこくて、あっというまにみえなくなるし、ぼくの毛皮はがんじょうで強い！」

ラッキーのうしろで、ダートが声をもらした。しゃがれた声には笑いがまじっているようにもきこえたが、すぐにそれは、賛成するようなうなり声に変わった。ほかの犬たちも、つぎつぎに賛成の声をあげた。

変わった名前だ、とラッキーは声に出さずにつぶやいた。きっとビートルは、自分の名前に慣れるまでに時間がかかるだろう。

ノーズも、きょうだいのとなりで目を開けていた。ビートルよりもずっと落ちついていて、ヒントを探そうとあたりを見回すこともしない。声は少し震《ふる》えていたが、きっぱりといった。

「あたし、ずっと前から名前のことを考えてたの」ノーズは、はにかみながらアルファの黄色い目をみた。「あたしの名前はソーン《とげ》にする。鋭《するど》くて、すごく危険だから」

アルファは低くうなって許可を与《あた》えたが、ラッキーは驚《おどろ》いてぴくりと耳を動かした。ノーズが〝すごく危険〟だなんて、思ったこともない！　だが、犬たちは、自分らしいものではなく、自分がなりたいものを名前に選ぶのかもしれない。

もしかすると、ノーズにはラッキーの知らない一面があるのかもしれない。大きくなったらどんな犬になるのだろう。

「いい名前を選んだね」ラッキーはベラに耳打ちした。

「ええ」ベラは答えたが、どこか上の空だ。「だけど、みんながみんなトゲをこわがるわけじゃないでしょう？」

「トゲのある茂《しげ》みは群れを守ってくれる」ラッキーはいった。

「そうね……」ベラはうなずいたが、なにかべつの考えに気を取られているようだった。

「どうかしたのか？」ラッキーは小声でたずねた。

「べつに、自分だったらどういう名前を選んだか考えてただけ」ベラは遠くをみるような目つきで鼻をぴくぴく動かした。「もちろん、選べてたらの話だけど。〈囚《とら》われの犬〉だったことを後悔《こうかい》してるわけじゃない。でも……」

「ベラは『美しい』という意味だって、自分でいってたじゃないか」ラッキーはベラに鼻を押《お》しつけた。「いい名前だよ。ぴったりだ」

ベラは前をむいたまま、悲しげな顔でちらっとラッキーをみた。「ありがとう」そうはいったが、表情はどこかくもっていた。

きょうだいを元気づけようとラッキーが口を開きかけたとき、二匹《ひき》のあいだにだれかがむりやり体を押《お》しこんできた。リックだ。〈月の毛皮〉の上にいる新しい名前になった子犬たちをもっとよくみようと、いっしょうけんめいになっている。けおされたように、目を真ん丸にみひらいていた。

「ラッキー、あたしもいつか新しい名前がほしい」リックは小さな声でいった。

ラッキーは心臓をつかまれたような気分になった。リックは、きょうだいたちといっしょに助けだされたとき、ミッキーに名前をつけてもらうと大よろこびしていた。だが、そろそろつぎの名前を決めてもいいころだ。リックはりっぱな犬になるだろう。ほんものの名前を選ぶのは、あたりまえの権利だ。「きっとその日がくる」ラッキーは優しい声でいった。「どんな名前がいい？」

リックは首を振《ふ》った。「それはいえないの」落ちついた声だ。「だれにもいえない――〈月の毛皮〉の上にあがるまではだめ。だって、〈月の犬〉が力をかしてくれるまでは、あたしにだってわからないもの」

ラッキーは、胸に愛《いと》しさがこみあげてきた。フィアースドッグの血が流れてはいても、リックはほんとうに気立てがよく、優しい。それなのに、いまもこの子が群れにいることをよく思わない犬がいるんだ！　ラッキーはむしょうに腹が立った。今夜、そのことがはっきりとわかった。

「アルファ」ラッキーは声をあげた。リックを軽く押《お》して円陣の真ん中に連れていき、そこに並んで立った。「リックはいつ〈名付けの儀式《ぎしき》〉をしてもらえるんですか？」

アルファは二匹《ひき》を振《ふ》りかえった。リックはしっかりとその場に立っていた。おびえてはいないが、ためらっているようだ。足のあいだにしっぽをはさんでいる。ラッキーは、いどむようにアルファをみた。

ところがアルファは、ラッキーの挑発《ちょうはつ》には乗らず、鋭《するど》い声で命じた。「下がれ！　儀式《ぎしき》は終わった。おまえの番はまだだ」

ラッキーは言い返そうと口を開いたが、どういえばいいのかわからなかった。リックがわき腹に体を押《お》しつけてきたとき、もうこの話は終わったのだと気づいた。

いまのところは。

ソーンとビートルが岩からとびおりると、群れはうれしそうに二匹《ひき》を囲み、頭をなめたり、お祝いをいったりした。フィアリーとムーンは、自分の子どもたちに寄りそい、誇《ほこ》らしさと幸福でしっぽを激しく振《ふ》っていた。とりわけフィアリーは、よろこびではちきれんばかりになり、黒い目をかがやかせてビートルをみつめていた。

ラッキーは、サンシャインが群れから少し離《はな》れているのに気づいた。皮をはがれたいけにえのウサギを運んでいくと、深い穴を掘《ほ》って埋《う》めはじめる。ラッキーは驚《おどろ》いて目をしばたいた。

スプリングがラッキーの表情に気づき、近づいてきて静かな声でいった。「あの白いウサギは食べないのよ。〈月の犬〉と〈大地の犬〉にささげるの。そしたら、子どもたちが選んだ名前を認めてくれるでしょ」そういうと、すぐにソーンのところへいき、熱心に耳をなめた。

ラッキーも、よろこんでいるみんなの輪に加わろうとしたが、リックがかわいそうで、そんな気にはなれなかった。リックは、小さくなってラッキーのわき腹にくっつき、うなだれていた。

「リック、そのうちきみの番がくる」ラッキーは、なぐさめようと軽くなめてやった。

また雲が流れてきて〈月の犬〉を隠《かく》し、あたりがふっと暗くなった。まるで、儀式《ぎしき》の終わりを告げているかのようだ。だれかがかすれた声でうれしそうに吠《ほ》え、ほかの犬たちもつぎつぎとそれに続いた。吠《ほ》え声がいくつもきこえる。近くからも、そして遠くからも――。

ラッキーは凍《こお》りついた。両耳が立ち、背筋が寒くなる。いまのは群れの犬の声じゃない！

川の水のように血が冷たくなった。アルファと目が合う。

「静かにしろ！」オオカミ犬が吠《ほ》えた。

群れは水を打ったように静まりかえった。

耳ざわりな吠《ほ》え声は、そう遠くないところからきこえていた。森の中でぶきみにこだまする声には、脅《おど》すような調子があった。

「フィアースドッグよ」サンシャインがきゅうきゅう鳴いた。

アルファは、岩からとびおりて牙《きば》をむいた。「よくきけ」犬たちの顔を順番ににらみつける。

「あの犬どもは攻撃《こうげき》をしかけてくるつもりだ。だが、いますぐにではない。今夜のところはだいじょうぶだ。だが、やつらが近くにいるかぎり、ここにとどまるのは賢明《けんめい》とはいえん。ねぐらにもどり、野営地から出るな。いかなる理由があろうと、それは許さん」オオカミ犬は怒《いか》りで鼻にしわを寄せていたが、ラッキーは、どこかあきらめたような声の調子をききのがさなかった。「明日、つぎの野営地を探す」

ためらいがちに反対する声がいくつかあがったが、アルファににらまれると、すぐに静かになった。ラッキーも、ほかの犬たちも、アルファが正しいとわかっていたのだ。

ラッキーは重苦しい気分で自分のねぐらに向かった。横から小さな影《かげ》がひとつ、こそこそ近づいてきて、行く手をさえぎった。はっと足を止めると、すぐに影《かげ》の正体がわかった。ホワインだ。顔だけラッキーのほうに向け、あざけるように口をゆがませて歯をみせた。

「〈街の犬〉、おれたちの儀式《ぎしき》に参加できてよかったな」みにくい顔で首をかしげる。「さぞ新《しん》鮮《せん》な体験だっただろ。おまえにはまともな名前がないんだ。だから、いつまでたってもまともな〈群れの犬〉になれない」

もうがまんできなかった。ラッキーがホワインの耳にかみつこうとしたそのとき、ベラが二匹《ひき》のあいだにとびこみ、元オメガをにらみつけた。

「なんですって？　あんた、なにも知らないのね。ラッキーはちゃんと名前を選んだわよ！」

二匹《ひき》は少しのあいだにらみあっていたが、そのうち、ホワインはばかにしたようにそっぽを向き、よたよた歩いていった。

「ありがとう」ラッキーは小さな声できょうだいにいった。「あんなふうにいってくれてうれしかったよ。ほんとうのことじゃないけど」

「そんなことないわよ」ベラは、とがめるように片耳を立てた。「覚えてないの？　ニンゲンの家で名前を決めた日のこと、忘れた？　あなたはニンゲンに名前をつけられたって思ってるみたいだけど、そうじゃない。あのひとたちがしゃべってた言葉から自分で選んで、それを名前にしたのよ！」

ラッキーは、ぽかんとして立ちつくしていた。ベラの言葉で、記憶《きおく》がよみがえってきたのだ。ニンゲンの子どものこと、鼻をつくにおいのこと。だが、体をぶるっと震《ふる》わせると、とたんに記憶《きおく》は消えた。ラッキーはほっとした。そのことは思いだすな、と本能が命じる声がした。ラッキーは、よろこんでその声に従った。

「もう寝よう」あくびまじりにいった。「みんなはもっとお祝いを続けたいかもしれないけど、ぼくははやく横になりたい。ほら、おいで」ラッキーはリックを鼻で押《お》した。「きみもくたびれただろ」

一日のうちにあまりにもたくさんのことが起こって、頭がパンクしそうだった。

二匹《ひき》はねぐらに歩いていき、〈月の犬〉の光を浴びながら心地よく寝そべった。リックは、あたたかいわき腹をラッキーの体にくっつけ、すぐに深い寝息を立てはじめた。夢のなかでなにかを追いかけているかのように、前足をかすかに動かし、小さくうなっている。

今夜は逃《に》げなくていいんだよ——ラッキーは、声に出さずにつぶやいた。安心していいよ、リック。

4 切られた耳

ラッキーははっと目を覚まし、暗やみの中で体を震《ふる》わせた。みていた夢が、生《は》えかわりの時期の毛のように、ゆっくりと体からぬけていく。激しい風にあおられた氷の粒《つぶ》が、体を刺《さ》し、切りつけてくる夢だった。犬たちが、永遠に続きそうな戦いの中で、たがいの体にかみついていた。

犬たちが起こす嵐《あらし》だ……〈アルファの乱〉だ……。

同じ夢を、〈大地のうなり〉が起こってから、何度もみてきた。

空気の冷たさだけは、目が覚めても変わらない。木の葉とコケで作ったあたたかい寝床《ねどこ》のむこうでは、木立《こだち》を吹《ふ》きぬける風が、鳴き声のような音を立てている。弱い風がわき腹をなでた。

ラッキーは、ぶるっと震《ふる》え、急いで立ちあがった。

となりでくっついて眠《ねむ》っていたはずのリックがいない。あたたかい体が消えている。

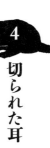

リック！　いったいどこにいった？

体を低くして茂《しげ》みの下をくぐりぬけ、まっすぐに立って伸《の》びをした。まさか、あの向こうみずな子犬は、遠くにいってしまったのだろうか。この真夜中に？　群れにきこえるほど近くでフィアースドッグが遠吠《とおぼ》えをしていたというのに？　まさか。

ラッキーは心配で毛が逆立った。野営地を忍《しの》び足で歩き、眠《ねむ》っているアルファを大きく回りこむ。オオカミ犬は長々と寝そべり、少しよだれを垂らしながら、ぐっすり眠《ねむ》りこんでいた。夢をみているのか、水かきのあるがっしりした前足がぴくぴく動いている。ラッキーは胸がどきどきしていたが、リックが野営地の外に出てしまったのなら急いでみつけなくてはならない。空《あ》き地で眠《ねむ》っている群れの中には見当たらなかった。このことが目を覚ましたアルファに知れれば、リックは群れから追放され、二度ともどれない。どんな犬でも、この違反《いはん》は許されないだろう。もともときらわれているリックなら、なおさらだ。

リック、どうしてだ？　どうして、よりによって今夜いなくなった？　そう問いかけてみたものの、答えはわかっていた。きっと、〈名付けの儀式《ぎしき》〉でのけものにされたことで、深く傷ついたのだろう。

どうしてわからないんだ——アルファは絶対に考えを変える！　すぐに、きみが群れに欠かせない存在だと気づく。

だが、とにかくいまは、リックを探さなくてはならない。一瞬《いっしゅん》ためらったが、野営地の境界線をこえた。これで、ラッキーも命令にそむいたことになる。そっとあたりのにおいをかぎ、地面をおおう枯《か》れ葉を踏《ふ》みながら、森のはしに向かう。できるだけ音を立てないように気をつけた。空気は冷たく、もやがかかっていた。白くかすんだ空気の中から、また、あのにおいがただよってきた。前にもかいだ知らない子犬のにおいだ。まだ新しい。ラッキーは顔をしかめた。やっぱりあれはリックのにおいだったのか？　まちがうことがあるのだろうか。

ラッキーは、砂の土手のふもとまでくると、足を止めた。リックが、ラッキーとベラを待っていた場所だ。まずはこのあたりを探したほうがいいのかもしれない。

思ったとおりだった。砂の斜面《しゃめん》を静かにすべりおり、そのむこうの空《あ》き地におりると、なにか影《かげ》が動いているのがみえた。〈月の犬〉が空の低い位置におりたいま、あたりは儀式《ぎしき》のときほどは明るくない。だが、白くくもった月明かりの中に、リックの姿が浮《う》かびあがった。ラッキーはほっと息をついた。

リックはなにかを引っぱりながら、頭を低くして腰を高くあげていた。ラッキーが声をかけようとしたとき、茂《しげ》みの中から、小さな黒い影《かげ》が転がるようにとびだしてきた。べつの子犬だ！　リックはそのオスの子犬とじゃれあいながら、一本の枝を取りあって遊んでいた。楽しげな低いうなり声や鳴き声が、すんだ空気のなかではっきりときこえた。

ラッキーは二匹《ひき》に近づこうとしたが、驚《おどろ》いて立ちどまった。

グラントだ！

リックのきょうだいだ。グラントは、子犬たちを取りもどしにきたブレードに自分からついていった。だが、いまのグラントはなにかがちがう。以前とはにおいが変わっている。冷淡《れいたん》な犬のにおいだ。みるからに攻撃《こうげき》的で、自信にあふれていた。ラッキーの知らない面がこんなにたくさんあったのだ。

ラッキーは怒《いか》りに心臓をつかまれたような気がした。三匹《びき》のフィアースドッグの子犬のなかで、グラントだけが、進んでブレードについていった。きょうだいのウィグルを殺されたあとでさえ、よろこんでブレードに従った。グラントは生まれついてのフィアースドッグなのだ。

だが、リックはどうだろう？　ラッキーは、自分の命と名誉を危険にさらして、リックをこの群れに入れた。だが、リックはここできょうだいとこっそり会っている。ラッキーは体に力をこめて斜面《しゃめん》を駆《か》けおり、一気に空《あ》き地を横切った。子犬たちが気づくより先に、ラッキーは二匹《ひき》にとびかかった。

リックが驚《おどろ》いて悲鳴をあげたが、遅《おそ》かった。ラッキーは二匹《ひき》をあおむけに転がし、それぞれの腹に前足をかけて地面に押《お》さえつけた。二匹《ひき》は目を丸くして息を切らし、ショックで凍《こお》りついたようになっていた。

二匹《ひき》ともぐっと大きくなり、もう、なにもできない赤ん坊ではない。グラントは最初の驚《おどろ》きから覚めると、身をよじってうなった。リックも抵抗《ていこう》して暴れた。だが子犬たちは、すぐにおとなしくなった。

グラントの目は怒《いか》りと敵意に燃えていた。ラッキーは、この子犬が森の大きなけもの《ジャイアントファー》に挑《いど》みかかり、仲間を危険にさらしたことをはっきりと覚えていた。子犬たちがラッキーを追いはらうことはできない。理由は力の差だけではない。それは、どんな犬もわかっている。ぼくはリックよりもグラントよりも、群れの地位が高い。だからグラントは、本能でぼくに従ってるんだ。ラッキーは、群れに序列があってよかったと思った。これが犬たちの生きのびる方法なのだ。

三匹《びき》は押《お》しだまっていたが、やがて二匹《ひき》は、ラッキーのほうが位《くらい》が上だということをはっきり認めた。ラッキーはうしろに下がり、二匹《ひき》を押《お》さえていた前足をはなしてすわった。

「どういうことだ?」ラッキーはうなった。

リックは急いで起きあがり、おずおずとラッキーに近づいてきた。グラントはそのすぐうしろで鼻にしわを寄せ、とびかかろうとするかのように肩《かた》をいからせていた。

「昨日、子犬のにおいがした。あれはグラントだったんだろう？」ラッキーはきつい口調でリックにいった。

リックは気まずそうにうなずいた。

「そうなの。ごめんなさい、ラッキー。どうしてもきたかったの。夢をみたから――」

ラッキーは、リックの言葉が信じられず、声を荒《あら》げて問いかえした。「夢？」

「そう」リックは、さっきよりも目に力をこめていった。「どういうことかなんてきかないで。でも、ここにきたらグラントに会えるってわかったの。夢がおしえてくれた」

ラッキーは、どう返せばいいのかわからず、目をぱちぱちさせた。うそをついているのだろうか。作り話をすれば逃《に》げられると思っているのだろうか。だけど、ふしぎな夢なら自分もくりかえしみてきた。夢のなかで、吹《ふ》きつけてくる氷の粒《つぶ》や、激しい〈アルファの乱〉に震《ふる》えあがったことを思いだす。凍《こお》った地面は血にぬれていた。

だけど、リックの話は変だ。夢がするべきことを教えてくれただなんて！

「ほんとだ」グラントはけんか腰だった。「おれもおなじ夢をみたんだ。だから、自分の群れからぬけだしてきた。べつにいいだろ？」

ラッキーは、子犬の挑《いど》むような態度に毛を逆立てた。記憶《きおく》がよみがえり、内側から強く引っぱられたように体が痛くなった。小さなウィグルのことを思いだす。恥《は》ずかしがりやで、こわがりで、かよわく、ラッキーといっしょにこの群れにいたいとすがってきたウィグル。ラッキーはウィグルを助けてやらなかった。群れの犬全員が、あの子犬を助けなかった。そしてもう、あの子は……。

「ウィグルは死んだんだぞ」ラッキーはリックにつめよった。「あの子がどんなふうに死んだか忘れたのか？　グラントのせいでもあるんだ。リック、かかわらないほうがいい相手もいる——たとえ家族でも」

グラントが一歩踏《ふ》みだし、牙《きば》をむいた。しっぽがかすかにふるえている。「おれは自分のきょうだいをころしたりしてない！」

「ウィグルが死んだとき、きみはその場にいた」ラッキーは刺《さ》すような声でいった。

「そうだ。だけど、あいつにかみついたのはおれじゃない。おれのせいじゃない！」

「あの子を守ってやろうとしたか？」ラッキーはのどの奥から低いうなり声を出した。「ブレードを止めようとしたか？」

グラントはだまりこんでうつむき、恥《は》じるような小さな鳴き声をもらした。

「なにもしなかっただろう」ラッキーはいった。「グラント、きみはあの子を見殺しにしたんだ」

グラントはぱっと顔をあげた。目をぎらつかせ、冷ややかにいった。「おれはもうグラントじゃない。ファング《きば》だ」

それをきくと、リックはうなだれた。ほんとうの名前をもらえていないのは自分だけだと思っているのだろう。かわいそうに。ラッキーは心が沈《しず》んだ。

沈黙《ちんもく》が続いた。あらためてグラントをみたラッキーは、耳がどこかおかしいことに気づいた。ちぎれて、短くなったせいでまっすぐに立ち、ふちがぎざぎざになっている。どうしてだろう……？

ラッキーは理由に思いあたって目を見開いた。グラントの耳は、ほかのフィアースドッグたちの耳に似せて荒《あら》っぽくかみちぎられているのだ。あの獣《けもの》たちは、ニンゲンに耳を切られて形を整えられていた。グラントの耳も仲間とおなじ形になっている。ブレードか、ほかの犬のしわざだろう。ニンゲンのやり方をまねしているのか。ラッキーは背筋が冷たくなった。どんなに痛かったことだろう。フィアースドッグたちは、グラントが暴れないように押《お》さえつけたのだろうか。

どうしてそこまで残酷《ざんこく》になれるのだろう。思わず体が震《ふる》えた。ブレードのような犬は、どんなことでもやりかねない。

ラッキーは、グラント――いや、ファングがかわいそうでたまらなくなった。怒《いか》りは消えていった。「グラント、その耳はどうした？」静かにたずねる。

ファングはそっぽを向き、ふきげんな声で答えた。「教えるもんか。おれの群れのことだ」

「仲間を傷つけることが？　そんなことを知れば、だれだって放っておけないよ」ラッキーは子犬に一歩近づいたが、ファングはぶかっこうな耳をけいれんさせて低くうなった。

「いっただろ」かみつくようにいう。「これはおれの群れの話だ。こういう決まりになってるんだ」

ラッキーはため息をついて首を振《ふ》り、おだやかな声でいった。「リック、すごく危ないことなのに、どうしてここにきた？　きみの命だって危ない！　ブレードがどんなに残酷《ざんこく》か知ってるだろう――アルファだってそうだ。アルファが知れば――」ラッキーは、どんなことになるか想像して息を飲んだ。「グラントは、仲間を危険にさらすような失敗をいくつもしてきた。だけど、リック、きみはちがったじゃないか。どうしてこんなことをした？」

リックはためらいがちにラッキーをみあげたが、口を開く前に、子犬たちの上に大きな影《かげ》が落ちた。急に、空気が冷えこんだような気がした。

木立《こだち》の中から、ほっそりした影《かげ》がひとつあらわれた。ラッキーは心臓が止まりそうになった。ぎらつく目、なめらかな毛並みのひきしまった体。

ブレードだ。

ブレードは、星明りに牙《きば》を光らせながら、音もなく近づいてきた。目をぴたりとラッキーにすえてうなる。「ファング、こちらへ」

ラッキーは、子犬が反抗《はんこう》するのではないかと少し期待していた。どんな命令もきらう子どもだ。ところがファングは、すぐに頭を低くし、びくびくしながらブレードのそばに駆《か》けよった。尾《お》は足のあいだにはさみこまれている。ブレードは子犬を前足でなぐりつけた。わき腹からぱっと血がとびちり、ファングは悲鳴をあげてよろめいた。

「さっさといきなさい」ブレードはうなった。ファングは弱々しく足を引きずり、フィアースドッグの仮の野営地があるらしい場所へ向かっていった。一度もリックを振《ふ》りかえらなかった。

空《あ》き地は静まりかえっていたが、ラッキーは、ブレードに自分の心臓の音をきかれている気がした。

「〈街の犬〉」ブレードはぶきみなほどやわらかい声でいった。「おまえが連れているのはわたしの子犬よ」

ラッキーは首をかたむけ、ため息をついてみせた。内心では、きぜんとしてみえますようにと祈《いの》っていた。不安のにおいをかぎつかれませんように。

「ブレード、リックはあんたの子犬じゃない。この子はあんたのペットじゃないんだ」

ブレードは体をこわばらせ、うしろ足をあげてわざとらしく耳をかいてみせた。「よくきこえなかった。もういちどいってちょうだい――言葉は変えたほうがいい」

「この子は物じゃない。あんたの物でも、ほかの犬の物でもない。リックは自分で自分の道を決めた。ぼくたちの群れを選んだんだ」ラッキーは、口の中が砂まみれの岩のようにかわいていた。「ブレード、あんたに口をはさむ権利はない。リックの母犬じゃないんだから」

「母犬以上よ。この子犬のアルファなのだから！」

「この子はもう、乳《ちち》しか飲めない赤ん坊じゃない！」ふと、好奇心が警戒心《けいかい》に勝り、ラッキーはほんとうに知りたかった疑問を口にした。「だけどブレード、どうしてそんなにこの子たちがほしいんだ？」

きいてはならないことだったと気づいたのは、ブレードがかすれたうなり声をもらしたあとだった。急に恐《おそ》ろしくなった。ラッキーは震《ふる》えあがり、その場に立ちつくした。ブレードがとびかかってくる。大きく開けた口のなかで、牙《きば》がぎらついている。

ひとりじゃブレードには勝てない！〈大地の犬〉よ、あなたのもとへ召《め》されるときがきたのでしょうか――。

ラッキーはちぢこまり、牙《きば》と爪《つめ》に引きさかれる恐《おそ》ろしい瞬間《しゅんかん》を待った。そのとき、ブレードに体当たりする小さな影《かげ》がぼんやりとみえた。大きなフィアースドッグは、痛みで悲鳴をあげ、よろめいた。ラッキーは、言葉をなくして口を開けたまま、ブレードのうしろ足にかみついた小さなリックをみつめていた。針のように鋭《するど》い牙《きば》を、力いっぱい食いこませている。傷から血がしたたった。ブレードの顔はショックでこわばっていた。

リックは、われに返った顔でブレードの足から口をはなした。自分がしていることにようやく気づいたかのようだった。

「逃《に》げろ！」ラッキーは吠《ほ》えた。二匹《ひき》は急いでうしろを向き、走りだした。

うしろから、ブレードが茂《しげ》みの中を突進《とっしん》する音がきこえてくる。ラッキーは恐怖《きょうふ》に駆《か》りたてられ、いつもの倍の速さで走った。リックがすぐうしろに続く。きこえてくるブレードの足音は不規則だった。足を引きずっているらしい。小さなフィアースドッグは、まともに走れなくなるほどの傷を負わせたのだ。これなら逃《に》げきれるかもしれない！

ラッキーは、なわばりの境界線までたどり着くと、全身のばねをつかってはね、野営地の中に転がりこんだ。あえぎながら胸をなでおろす。目のはしに、すぐうしろから駆《か》けこんでくるリックの姿が映った。急いで立ちあがって振《ふ》りむく。茂《しげ》みをかき分ける音はきこえない。ブレードは、こちらの野営地の手前で止まったらしい。だが、暗い木立《こだち》の中に、憎々《にくにく》しげに光るブレードの目がみえた。

襲《おそ》ってくる気だろうか？　だけど、ひと声吠《ほ》えれば、ぼくは群れを起こすことができる。

「覚えていなさい！」静かな野営地に、荒々《あらあら》しいうなり声が響《ひび》きわたった。ブレードはきびすを返し、森のほうに歩いていった。一度も振《ふ》りかえらなかった。離《はな》れたところから、ブレードの群れの犬たちがいっせいに吠《ほ》える声がきこえた。アルファに合わせて脅《おど》し文句を叫《さけ》んでいるのだ。どうしてここがわかったんだ？　ラッキーは恐怖《きょうふ》で体が冷たくなった。どうしてあいつらは、いつだってかぎつける？

まわりから、ざわめきや鳴き声がきこえてきた。こちらの群れが目を覚ましたのだ。フィアースドッグの吠《ほ》え声に耳をすましている。

「なんだ？　なにごとだ？」フィアリーの低いうなり声がきこえた。

「フィアースドッグのにおいがする――血のにおいも！」サンシャインが叫《さけ》んだ。

群れの犬たちは目をぱちぱちさせて立ちあがり、口々になにかいいながら、ラッキーのところへ駆《か》けよってきた。

リックはほかの犬たちの陰《かげ》に隠《かく》れていたが、そのうち、ひしめき合う犬たちの足をよけている姿がちらりとみえた。群れの中をすりぬけてラッキーのそばにもどってくると、耳元ですまなそうにささやいた。

「ごめんなさい、ラッキー」だが、子犬の声はすぐに、不安そうなほかの犬たちの声にかき消された。

「ラッキー、どういうこと？」ダートが吠《ほ》えた。

「いったいなにが――」スナップがきゃんきゃん叫《さけ》ぶ。

「ブレードだったの？」サンシャインの鳴き声は恐怖《きょうふ》でかん高くなっていた。

「騒《さわ》ぐな！　静かにしろ！」アルファが太い声でどなりつけ、あたりはしんと静まりかえった。

オオカミ犬は、犬たちのあいだをゆっくりと歩いてきた。黄色い目が鋭《するど》く光っている。

あたりが静かになったすきに、ラッキーはリックにすばやく耳打ちした。

「だまってるんだよ」

アルファがラッキーの前に立ち、大きく牙《きば》をむいてうなった。

「なにがあった？」

ラッキーは頭を低くして答えた。「アルファ、夜中に物音をきつけたんです。なんでもないのかもしれないと思いましたが、念のため、野営地のまわりをたしかめにいきました。すると、ブレードがこのあたりをかぎまわっていました」

アルファはなにもいわなかった。耐《た》えられないほど長い沈黙《ちんもく》が続いた。ラッキーはじっとうつむいていた。リックのほうをみることもできない。みれば子犬に疑いがかかるかもしれない。それでも、穴が開くほど自分をにらんでいるアルファの視線は感じていた。

ようやく、アルファのしゃがれ声がきこえた。「もうすぐ夜が明ける。準備をしろ。集まりしだい、また旅をはじめる。さあ、いけ！」

ラッキーは、アルファがおおまたで歩いていくのを見送りながら、自分が震《ふる》えていることに気づいた。スイートがオオカミ犬のとなりに並ぶ。美しいスウィフトドッグは、考えこむような目つきでラッキーのほうをちらっとみて、アルファになにかささやいた。

ラッキーは不安で気分が悪くなった。ほんとうのことなんていえるわけがない。リックがこっそりグラントと会ってたなんて。そんなことを知ったら、アルファはリックを群れから追いだすだろう。いや、殺してしまうかもしれない。
どうか、ぼくの判断がまちがっていませんように——。

5 長い旅

空が白みはじめても、〈太陽の犬〉は灰色の雲に隠《かく》れていた。赤い葉のあいだをただよう霧《きり》が、うずをえがいてねぐらの中にまで忍《しの》びこんでくる。時々、日の光が朝つゆの上でかすかに光ったが、それもすぐに消え、あとには冷たくぬれた草だけが残った。群れの犬たちは、スイートのきびしい監視《かんし》のもとに、おとなしく集まってきた。

アルファが、自分のねぐらからゆったりと歩いてきた。スイートに軽くうなずき、野営地のはしに立って群れを見回す。

「わたしとベータが先頭をいく。おまえたちは二匹《ひき》ひと組になってついてこい。わたしたちのうしろはフィアリーとラッキーだ。パトロール犬たちは群れの左右について、子犬たちをみまもれ。スナップとスプリングは一番うしろにいき、あとをつけてくる者がいないか目を光らせておけ。われわれが通った跡《あと》は一切残すな。ダート、命令にそむいた者を報告しろ。オメガは猟犬《りょうけん》のすぐ前をいけ。ホワインはオメガと並んで前に出ろ。群れの規律をみだす者は許さん——わかったな？」

「わかりました、アルファ」群れはいっせいに返事をした。ラッキーも、自然にほかの犬たちと声をそろえていた。こうして考えてみると、ほんとうにたくさんのことが変わった。街を出るときは、うろたえる〈囚《とら》われの犬〉をまとめていたのはラッキーだった。認めたくはなかったが、アルファを少し尊敬していた。オオカミ犬は、問題が起こったときにいつも落ちついているわけではないし、厳しすぎることもある。だが、その厳しさこそが、いまの群れには必要だ。

張りつめた空気は、ニンゲンたちがつかう〝デンキ〟という力でびりびり震《ふる》えているようだった。フィアースドッグが近くにいるのだ。凶暴《きょうぼう》でけんか好きなあの犬たちは、いままで以上にこの群れを敵視している。ラッキーがブレードと出くわしたという話は群れのみんなに広まり、広まるうちにだんだんおおげさになっていた。憎《にく》らしげにラッキーをにらんでくる犬までいた。まるで、おまえがブレードを怒《おこ》らせたんだといいたげな目つきだった。

ラッキーは身ぶるいした。はやくここを離《はな》れたい。そうすれば、きっと気分もましになる。

群れは出発した。いくつもの足が、森の地面を慎重《しんちょう》に踏んでいく。ラッキーは指示された位置についた。どの犬も持ち場を守り、アルファの指示に従い、毛を逆立てて警戒《けいかい》し、動く影《かげ》はないかと茂《しげ》みに目をこらしている。森を出てウサギ狩《が》り二、三回分の距離《きょり》を進むと、左右に草木がうっそうと茂《しげ》る谷に入った。ラッキーは足を速めてアルファのとなりにいった。

「計画は？」声を抑《おさ》えてたずねる。「どこへ向かっているんです？」

「川だ」アルファは冷ややかに答えた。「流れをたどっていけば、おそらく……」

オオカミ犬は口ごもり、前をにらんであごをなめた。ラッキーは続きを待った。

ちがう、計画なんかないんだ。ラッキーはふいに気づき、めまいがした。えらそうにしてるくせに、ぼくたちをどこに連れていけばいいかわかってない。

だが、いまそれを指摘《してき》することはできない。アルファに恥《はじ》をかかせてしまう。ラッキーは明るい声を作っていった。「いい考えですね。めざす場所はひとつ――水が流れつくところです」

「水がどこに流れつくという」アルファはうなった。「水は流れつづける。目的地などない」

「アルファ、いい作戦だと思います」ラッキーはいった。「きっとこれで、フィアースドッグから離《はな》れられるでしょう」

アルファは誇《ほこ》らしげに頭をそらせた。丸まっていた背が急にしゃんとのびる。「当然だ。教えてもらうまでもない。おまえなどにわたしの計画を認めてもらう必要はない」

計画だって？　ラッキーはむかむかした。こんなにいばったやつはみたこともない。たしかにこのオオカミ犬は群れのアルファだ――じゃあ、アルファに必要なことってなんなんだ？　ほかの犬の意見をかたっぱしから鼻であしらうことか？

だが、ラッキーはだまっていた。アルファの反応がこわいだけではない。仲間はただでさえ不安になっている。ラッキーとアルファが争えば、その不安をいたずらにあおってしまう。

マーサはラッキーのすぐうしろを歩いていたが、リックはいつのまにか前に出てきて、水の好きな大型犬のとなりをちょこちょこ走っていた。二匹《ひき》ははじめから仲がいい。マーサがフィアースドッグの子犬たちを世話していたころから、ずっとそうだ。ちぐはぐなコンビだが、リックが成長したいまも、仲のよさは変わらなかった。ラッキーはおかしくなった。マーサが、小さなフィアースドッグに、水かきのある足について説明していたからだ。

「いいえ、リック。わたしも、わたしのきょうだいも、生まれつきこうなの」マーサは根気よくいいきかせた。「すごく変わった犬種なのよ。わたしのニンゲンたちが、いつもいってたけど――」

「そこのちび！　リック！」アルファが振《ふ》りむき、荒々《あらあら》しくうなった。「持ち場にもどれ」

リックは不満そうにきゃんと鳴いた。「でも、アルファ、あたし――」

「口答えをするな！　罰《ばっ》として、ホワインとオメガといっしょに歩け」

リックはうなだれ、足のあいだにしっぽをはさんでうしろに下がった。ラッキーは非難をこめた目でアルファをちらりとみると、きびすを返し、軽く駆《か》けながらリックを追った。アルファはいい顔をしないだろうが、なにかいわれれば、自分の考えをはっきりいってやるつもりだ。

元オメガのホワインが、意地の悪い目つきでリックをにらんだが、なにもいわなかった。うしろのサンシャインは、小走りに急ぐあいだもオメガの仕事を忘れず、大きくむしり取ったコケをくわえていた。この子はいつだって、野営地でぼくたちの寝床《ねどこ》をととのえることを考えてるんだ。ラッキーは優しい気持ちになった。うしろのようすをみにきたのは正解だった。仕事で頭がいっぱいなサンシャインと、へそ曲がりで意地悪なホワインのそばにリックを放っておきたくない。ラッキーの考えをみすかしたかのように、ホワインは鼻を鳴らして足を速めた。

「おまえたちだけにしてやるよ。お友だちだもんな」ホワインはリックをみてせせら笑い、ビートルのそばにいった。

よろこんであんたの尻《しり》をおがんでやるよ、ホワイン——。ラッキーは声に出さずにやり返した。だが、鼻のつぶれたあんな犬のことはどうでもいい。口のまわりをなめながら、幼いフィアースドッグの表情をうかがう。いいたいことはたくさんあったが、がまんした。リックは落ちこんでいるにちがいない。話をしたい気分になれば、なにを考えているのか自分から打ち明けてくれるだろう。

予想していたとおり、リックは長く重苦しいため息をついて首を振《ふ》った。「ラッキー、どうしてみんなはあたしをきらうの？」

ラッキーは驚《おどろ》いてまばたきをした。そんなに悩んでいたのだろうか。「リック、だれもきらってなんかないよ！」

だがラッキーは、自分の言葉に自分でばつが悪くなった。うそだ——胸がどきりとする。視界に入ってきたハエに反射的にかみつき、どうすればリックを元気づけられるだろうと考えた。前のほうを歩くフィアリーは、遅《おく》れはじめた犬たちを急がせていた。デイジーをそっと押《お》しては、ビートルに、茂《しげ》みに隠《かく》れている敵に気をつけろと注意している。スイートは少しうしろに下がり、ムーンとなにか話しながら、あたりの木立《こだち》を見回していた。群れの犬たちは団結していたが、ラッキーは、アルファに叱《しか》られたリックを思いやっているのは自分だけだと気づいた。

「わかるでしょ？」押《お》しだまっていたリックが悲しそうに鳴いた。「いったとおりでしょ。アルファは、あたしなんかみるのもいやなのよ」

「そんな。アルファは、群れにフィアースドッグがいることに慣れてないんだ。それはたしかだけど、どうしていまになってそれが気になりはじめた？」

「グラント」リックはきまり悪そうにいった。「グラントに会ったから。ううん、グラントじゃなくてファング。ファングは、自分の群れがすごく好きみたいだった。ちゃんと……なんていうか、いばしょがあるみたいだった。ほんとの名前も決まってたし、ぎしきもしてもらってたし……」リックは消えいりそうな声になり、大きく息を吸った。「ラッキー、あのね。ファングに、いっしょにこいってさそわれたの」

ラッキーはどきりとした。怒《いか》りで毛が逆立つ。リック、ぼくはきみを群れに入れるために全力をつくしたんだぞ！　ファング、きみはリックにそんなことをいっちゃいけなかった！

だが、リックに本音をいうわけにはいかない。「どうして迷ってる？　ブレードの群れに入りたいのかい？」

「だって、ファングはしあわせそうなんだもん。ちゃんと自分のいばしょがあって。あっちの犬はみんなそうみたい」

「居場所じゃなくて、役割だ」ラッキーは鋭《するど》い声でいった。「ブレードに支配されてるだけだよ。それに、〈儀式《ぎしき》〉ってなんのことだい？　耳をちぎられただけじゃないか。乱暴に。なんの意味もないのに！」

リックはむきになり、きらっと目を光らせた。「でも、ブレードの群れはにげたりしてない。子犬はみんなくんれんしてもらってる」

「殺し屋になるための訓練だ」ラッキーはいった。「殺すのは獲物《えもの》だけじゃない」

リックは、どうしたらいいのかわからないというように首を振《ふ》り、ため息をついて木をみあげた。「ラッキーのいってることはわかる。ほんとにわかってる！　でも、あっちの群れにいるのはそんなにわるいこと？　ファングはしあわせそうだった――ブレードはファングのことを愛してた！　いっしょうけんめいファングをつれもどしにきた！」

気をつけろ――ラッキーは、自分にきびしくいいきかせた。いまのリックはすごく落ちこんでるんだ。つきはなすようなことをいっちゃいけない。

ラッキーは深呼吸をした。「リック、ほんとうにあれが愛だと思ってるのか？　愛という言葉にはいろんな意味があるんだ。だから、意味をねじまげてしまえる。ブレードみたいな犬ならよろこんで利用するよ」

「ほんとに？　ほんとに、そんなにむずかしいもの？」リックは黒い目でまっすぐにラッキーをみつめた。「じゃあ、愛ってどういういみだと思ってる？」

ラッキーはとまどい、返事につまった。記憶《きおく》がぼんやりとよみがえってくる。あのにおい、あの音……。母犬の甘《あま》くほっとするにおいと、〈精霊《せいれい》たち〉の話をしてくれるときの優しい声。よちよち歩くきょうだいたちのぬくもり。急にベラの顔が頭に浮《う》かんだ。すると、ラッキーに呼ばれでもしたかのように、ベラが軽い足取りで走ってきた。

「ラッキー、きて――リックも！　猟犬《りょうけん》が何匹《なんびき》か狩《か》りにいって、獲物《えもの》をとってきてくれたの！」

獲物《えもの》ときいたとたん、ラッキーはおなかが鳴った。大きな音だった。恥《は》ずかしくなり、それからおかしくなって、ほかの二匹《ひき》といっしょに笑い声をあげた。

「いこう。ぼくのおなかも、食事の時間だっていってる！」

三匹《びき》は仲間のもとに走っていった。ラッキーはほっとしていた。あの話を続けたくなかったからだ――絶対に。

食事がすむと、また旅が続いた。〈太陽の犬〉は空の下のほうにおりてきていた。ラッキーは足の裏が痛くなってきた。サンシャインは泥《どろ》だらけでくたびれたようすだ。うつむいているせいで、口いっぱいにくわえたコケを地面に引きずっている。ビートルとソーンとリックは歩きながら眠《ねむ》りそうになっていた。がまん強いミッキーでさえ、疲《つか》れでふらついている。スイートも足を引きずっている。すらりと長い足は、長く歩くことには向いていないのだ。

だが、アルファは足をゆるめようともしないで、干上《ひあ》がった川沿いに山をのぼりつづけた。進むことしか頭にないようだ。群れのようすには気づいてもいないらしい。リーダーがこれでいいのか――。ラッキーは考えた。がんこなだけじゃないか。それでも、とりあえず空腹ではない。食事をしていなかったら、いまごろだれか死んでいたかもしれない。フィアリーは、デイジーの首をくわえ、引きずるように歩かせていた。ラッキーは少し空腹を感じはじめた。子犬たちはもっとつらいはずだ。

冷たく強い風が、乾《かわ》いた川床《かわどこ》を吹《ふ》きぬけていった。空は、〈太陽の犬〉が顔を出してからずっと、さむざむしい灰色だった。ラッキーはちらっと空をみあげ、さっきよりくもってきたな、と考えた。いま、空の色はほとんど黒だ。

いきなり、目もくらむような光がひらめき、ラッキーはとびあがった。〈ライトニング〉だ！　とどろくような吠《ほ》え声が谷の中でこだまする。大粒《つぶ》の雨がばらばらと降りかかってきた。

「雨だ」ラッキーは叫《さけ》んだ。「毒の雨かもしれない。急げ――雨をよけろ！」

反対する者はいない。隠《かく》れる場所を求めていっせいに駆《か》けだし、干上《ひあ》がった川の急な斜面《しゃめん》に開いた小さな横穴に向かった。流れにえぐられてできた小さな穴の上に、岩が張りだしているだけの場所だ。だが、ここでがまんするしかない。一番最後のスナップとスプリングのしっぽが岩棚《いわだな》の下に入った瞬間《しゅんかん》、雨は本格的に降りはじめ、地面を激しくたたいた。

犬たちは身を寄せあい、激しい雨をみまもった。黒い灰がはっきりとみえる。雨の中で舞いとび、地面に落ちるとシュッと音がする。あっというまに、あちこちに水たまりができ、そのふちに黄色っぽい泡《あわ》が立った。

思ったとおりだ――。毒の雨がつきまとってくる。雨がやむ日はくるんだろうか。絶対に逃《に》げきれない気がする。

鋭《するど》く激しい鳴き声がきこえた。ラッキーはびくっとし、あわててとびすさって二匹《ひき》のネズミをよけた。ネズミは、ひしめきあう犬たちには気づかずに、穴の中にとびこんできたのだ。気が変になったように岩のまわりを走り、必死で逃《に》げようとする。一匹《ぴき》がうしろ足で立ち、ラッキーをにらみつけた。小さな鋭《するど》い目は血走り、毛は雨にぬれて光っている。痛いんだ――ラッキーははっとした。ぼくたちをこわがってるわけじゃない。雨のほうがずっとこわいんだ！

デイジーは興味がなさそうにネズミをちらっとみた。スイートでさえ、歯を食いしばったまま、疲《つか》れたようにうなるだけだ。フィアリーは、ネズミから目をはなさなかったが、動こうとはしない。空腹だというのに、ネズミをつかまえようとする者はいない。ラッキーとおなじように、みんなわかっているのだ。このネズミは安全な獲物《えもの》ではない。不吉《ふきつ》なネズミをみはっていると、アルファが近づいてくる気配がした。

ラッキーとアルファは外を振《ふ》りかえり、雨をながめた。「ここは安全ではない」オオカミ犬はつぶやくようにいった。「どんな毒かは知らんが、このあたりはだんだん危険になっている」

ラッキーは首を振《ふ》った。「どうすればいいのか」

「ライトニングさえ、われわれを守ってくれなかった」アルファはうなった。「毒の雨を降らせたのはあの犬だ。嵐《あらし》がおさまったら先に進む。ここでは生きられない」

群れの数匹《すうひき》がその言葉をききつけ、こそこそとささやきかわした。ときどき、悲しげな鳴き声があがった。デイジーは腹ばいになり、マーサのふわふわした体の下にもぐりこもうとした。

「〈大地のうなり〉があった日みたい」デイジーは鳴いた。

「デイジー、そんなこといわないで」サンシャインも鳴いた。

「だが、当たっている」ミッキーは沈《しず》んだ声でいった。「この感じは、わたしのニンゲンたちがいなくなった日にそっくりだ。地面はゆれているし、いやなにおいがぷんぷんしている」

「あの日、わたしはジドウシャが走る道のそばで狩《か》りをしてたわ。そしたら、デンキの流れてるあのヘビみたいなひもが切れて、落ちてきたの」スナップが吠《ほ》えた。「ヘビが落ちた地面が、みえない力で燃えはじめたのよ。生きたまま焼かれるところだった」

「あたしも覚えてる」ダートがうなずいた。「ホワインは、地面に開いたひびに落ちそうになった」

「わたしは、倒れてきた木の下敷きになりそうだったわ」ムーンも口を開いた。「もう少しで死ぬところだった。子どもたちは目も開いていなかったのに」

「ラッキーとわたしは、あれが起こったとき、ホケンジョに閉じこめられていたのよ。かぎのかかった針金のおりの中だった」スイートは、どこか誇《ほこ》らしげな声で、自分の恐《おそ》ろしい体験を語った。「助かりますようにと祈《いの》るしかできなかったわ。助からなかった犬もたくさんいた」

リックが、ためらいがちにラッキーのそばにきた。まわりをちらちら気にしながら、消えいりそうな声でたずねる。「ラッキー、だいちのうなりってなに？」知らないことを恥《は》ずかしがっているようだった。

ラッキーは驚《おどろ》いてぽかんと口を開け、すぐに閉じた。〈大地のうなり〉を知らない犬なんているのか？

だが、すぐに思いなおした——あたりまえだ。リックが生まれたのは〈うなり〉のあとだ！なぐられたような衝撃《しょうげき》を受けたが、元気づけられるような気もした。いつかは、〈大地のうなり〉が過去のできごとになる日がくるのだろう。永遠に生きつづける犬などいない。そのあいだも、新しい子犬は生まれつづけ、生きぬいていく。リックがその証拠《しょうこ》だ。〈大地のうなり〉は世界の終わりではないのだ。いまのところは、まだちがう。

「リック、あれは恐《おそ》ろしい日だったよ。世界がゆれて、街がくずれて、ニンゲンたちが逃《に》げていった。〈大地の犬〉が体を震《ふる》わせて、たくさんの犬が死んだ」

「そうなの？」リックは身ぶるいした。「あたし、そんなのみなくてよかった」

ラッキーは鼻で子犬の鼻にふれた。「リック、ぼくもそう思うよ」

振《ふ》りかえり、ほら穴の入り口から外をみる。めざす川の音がきこえてくる。川は先のほうにある谷を激しく流れていた。流れは速く、荒々《あらあら》しく、どこかに急いでいるかのようだ。目的地でもあるのだろうか。〈川の犬〉がそこへいけと命じたのだろうか。

川がいく場所へ、群れもいく。この危険な雨が止んだら、すぐに。

6 森の外へ

群れの半分ほどの犬たちが、ほら穴の砂地の上でうとうとしかけたころ、ラッキーは頭をもたげて耳をそばだてた。音がしたからではなく、音がしなかったからだ。雨の音がしない。水がぽたぽたとしたたるぶきみな音だけがきこえた。

アルファとスイートは、ほら穴の入り口にすわって外をみていた。ラッキーも立ちあがり、二匹《ひき》のとなりに並んだ。思ったとおり、雨はやんでいた。あちこちに、雨水が集まってできた細い流れや、水たまりがあった。すこし前までかわいていた川床《かわどこ》にも、水が流れだしていた。岩のあいだを流れ、本流にむかっていくのだ。

アルファはラッキーをちらりとみて、また雨にぬれた谷に顔を向けた。不安そうなおももちだ。「雨がにおいを消してくれたにちがいない」つぶやくような声でいう。「フィアースドッグたちをまくチャンスかもしれん——だが、あいつらにふいをつかれる危険もある。油断はできん。ベータ、パトロール犬たちにそう伝えろ。ラッキー、立っていないでほかの者たちを集めろ」

群れの犬たちは、足の疲《つか》れも取れ、息もととのっていた。空腹でも、先を急ぎたがっていた。ふたたび谷を歩きはじめると、群れの中には、なにかを待ちかまえるような期待のにおいがただよいはじめた。できたばかりのきらめく水流をたどっていく。すると、目にみえるより先に、川の音がきこえてきた。山の頂上のもろい地面にたどりついたとき、とうとう川がみえた。流れは速く、荒々《あらあら》しく、泡《あわ》だっていた。中ほどにつきだしたするどい岩を、白い激流が洗っていく。川辺の水たまりは、なにか黄色っぽい浮《う》きかすにふちどられていた。

ラッキーはそれをみて、暗い気分になった――ここもまだ危険だ。

「気をつけろ！」アルファがうなった。「川に落ちても、マーサが助けることは許さん。わかったか？　群れの者を二匹《ひき》も危険にさらしたくないからな」

ラッキーは、泳ぎの上手な大きな犬をちらっとみた。

「〈川の犬〉よ、わたしたちをお守りください」マーサはいった。張りつめた真剣《しんけん》な表情だが、アルファに反対することはしなかった。マーサでも、さかまく川はこわいのだ。

犬たちはゆっくりと列を作り、下流にむかってとぼとぼと歩いていった。できるだけ水辺には近づかない。ラッキーは、荒々《あらあら》しく流れる川のすぐそばを歩きながら、しっぽの先まで震《ふる》えていた。ここに落ちて助かる犬はいない。

川沿いを歩いていくうちに、ラッキーは不安でぴりぴりしてきた。デイジーはなんどもおびえた鳴き声をあげている。ビートルとソーンは、震《ふる》えながら重い足取りで歩き、しっぽをきつく巻いていた。だれもが緊張《きんちょう》して、小枝が折れたり小石が転がったりする音がするたびに、びくっと身をすくませた。

しばらくいくと、急な流れはおだやかになり、谷間も広くなった。川は砂まじりの平野に流れこんでいた。水辺から離《はな》れられるようになると、犬たちは自然と横にひろがった。全員が、つめていた息をほっとはく。だがラッキーは、恐《おそ》ろしい激流をあとにしても、新しい土地をみると不安になった。広々と続き、隠《かく》れる場所はひとつもない。思わず足が止まる。となりではデイジーが震《ふる》えていた。前にいるミッキーは、そわそわとにおいをかぎ、フィアリーは、あいまいな低いうなり声をもらした。

せまい谷から解放された川は、いくつもの銀色の流れに分かれていた。主流は、ふたつの小さな島のまわりを流れている。島には、みすぼらしい小さな松の木がまばらに生《は》えていた。広々とした平野をみまわして、どちらに進めばいいのだろうかと思案していたラッキーは、川だけでなく谷も分かれていることに気づき、いやな気分になった。先のほうでは、せまい道が少なくとも三本、低い丘《おか》のあいだを走っている。

〈川の犬〉！　今度はどうしろというのでしょう？　一番大きな川をたどっていけばいいのでしょうか。それとも、三本の道のどれかを選べばいいのでしょうか。

「つぎはどこにいくんですか？」ラッキーの考えを声にしたように、スナップがたずねた。ためらいがちに前に進みでて、アルファの表情をうかがう。

全員が期待をこめてアルファをみていた。だが、アルファは立ちつくし、こちらの川からあちらの川へと視線を泳がせている。首の毛がかすかに逆立ち、尾《お》は垂れ、先がぴくぴく震《ふる》えている。群れをみようともしない。そのまわりで、犬たちはちらちら視線をかわし、うなったりささやき合ったりしながら、不安そうに耳をうしろに寝かせていた。

「アルファ」ラッキーは、静かな声で返事をうながした。「どちらへいくべきだとお考えですか？」選ぶ道はいくらでもある。だが、どの道をいけば安全なのだろう。

アルファはしっぽをぴくりと動かしたが、じっと前をにらんでいた。

「だまれ。いま考えている」オオカミ犬はようやく返事をした。だがその声は、だれがきいてもわかるほど頼《たよ》りなかった。

アルファは迷ってるんだ。ラッキーは気づいた。どうすればいいかわからないんだ――。

スイートがいきなり、しっかりした足取りで軽やかに群れの前に走りでてきた。耳としっぽをまっすぐにあげ、落ちついた声できっぱりという。

「みんな、騒《さわ》がずに待ちなさい。大事な決断をしなくてはいけないときよ。あせってはだめ」

美しいスウィフトドッグは、群れの二番手として、アルファをしっかり支えている。ラッキーは、誇《ほこ》らしさと後悔《こうかい》で少し胸が痛くなった。ぼくたちは、心が通じていたこともあった。だけど、もうちがう。スイートはアルファのもとで、忠実な二番手《ベータ》になることを選んだ。スイートは、群れの中を歩いてまわり、犬の目を一匹《ぴき》ずつまっすぐにみた。いいたいことがあるならいいなさい、とでもいうかのようだ。スイートは昨日ホケンジョの話をしていたが、いまのスイートは、ラッキーがあそこで出会った犬とはちがう。ラッキーの裏切りをなじり、フィアースドッグを毛嫌《けぎら》いする犬たちの味方をしている。アルファが、一生消えない傷をラッキーに負わせようとしたときには、体を押《お》さえつけてきた。

それでも、スイートには勇気がある。アルファが困っているときに助け船を出す賢《かしこ》さもある。ラッキーは感謝した。スイートも、アルファが苦しんでいることに気づいてるんだ。

スイートは、いくつもに分かれた流れに鼻を近づけ、くんくんいわせた。ぬかるみを慎重《しんちょう》に歩き、ほっそりした頭をあげて谷にただようにおいをかぐ。

ふと、鼻をふくらませた。急にとびだし、右にある川岸を身軽に駆《か》けおりていく。長い足で低い丘《おか》をまわりこみ、またたくまに姿を消した。

スイートは、すぐにもどってきた。大急ぎで谷を駆《か》けのぼってくる。群れに近づくと、うれしそうに吠《ほ》えた。

「こっちよ！　こっちの川は、魚がいるし、黄色いかすも浮《う》いてないわ。魚が生きられるなら犬だって安全よ」

「そのとおりだ」アルファが吠《ほ》えた。また、自信を取りもどしていた。「わたしに続け」群れをみまわし、誇《ほこ》らしげに先頭を走りだす。犬たちもオオカミ犬のあとに続いた。

ラッキーは仲間をぽかんとながめていた。みんな、アルファがみせた弱気に気づかなかったのだろうか。群れは、なにごともなかったかのように、命令にしたがって走っている。スイートがもちまえの自信と頭のよさで群れを救ったことには気づいていないかのようだ。

スナップがラッキーのそばを軽い足取りで通りすぎながら、おかしそうな目でちらっと振《ふ》りかえった。ラッキーはむっとして、褐色《かっしょく》と白の小柄《こがら》な犬を追いかけ、並んで走った。

「スナップ、なにがおかしい？」

「べつに。ぶすっとして立ってるんだもの。いいじゃない、全部解決したんだから！　やっぱりアルファはすごいわ。強いし、群れに頼《たよ》りにされてる。みんなみたいに信頼《しんらい》しなくちゃ。わかった？」スナップははずむような足取りで走っていった。

ラッキーは、思わず立ちどまった。スナップのことは好きだ。まだ、ラッキーが知らない部分だってたくさんあるだろう。だが、とがめられたような気がしてならなかった。どうして、ぼくがアルファを信用してないことに気づいたんだろう？　ときどき、群れの関係の複雑さに、頭がくらくらするときがあった。

ため息をつき、体を振《ふ》ってスナップのあとを追う。たぶん、いわれたとおりなんだ。心配し過ぎるのはやめよう。

スナップは仲間を追い、低い丘《おか》のむこうに隠《かく》れてみえなくなった。ラッキーが追いつこうと足を速めたそのとき、気をつけろという叫《さけ》び声がきこえた。ラッキーは悩んでいたことも忘れて先を急ぎ、丘《おか》をまわりこんだ。息が止まり、背中の毛がざわりと逆立つ。

ニンゲンたちの家だ！

前方に、建物がいくつか並んでいる。建物の前には、ニンゲンたちがつかうかたい石の道がある。長い時間歩くと足が痛くなる道だ。このまま進めば街にいきつくはずだ。道は谷の中を走り、その先には松林がある。林のむこうはゆるやかな丘《おか》になっていた。目の前に建ちならぶ家の赤や灰色の屋根のあいだから、丘《おか》の上に整然と植えられた木や、かたい石の道が何本もみえた。看板や信号もみえる。ニンゲンたちは、そういったものを道のそばに建てておくのだ。信号は、光ったり色を変えたりすることもなく、死んでいるようにみえた。このあたりには、ガラスのはまった大きな建物がないので、町がある遠くの丘《おか》がよくみえた。ラッキーが住んでいた町よりずっと小さい。

あたりの家は、〈大地のうなり〉が起こったあとでも、倒れずに建っていた。ラッキーは、仲間が家に近づくのをみながら、不吉《ふきつ》な予感がしてぶるっと震《ふる》えた。元の形のままの白い塀《へい》や、屋根や、柵《さく》に囲われたこぢんまりした庭をみると、まだニンゲンたちが住んでいるような気がした。〈野生の群れ〉にとって、それはうれしいことなのだろうか。

「いやな感じだ」ラッキーはつぶやいた。

その言葉が終わらないうちに、白い毛玉のような影《かげ》がラッキーの足をかすめていった。サンシャインが、ニンゲンの家にむかってまっしぐらに走っていく。ふわふわしたしっぽと白い耳をなびかせ、うれしそうに吠《ほ》える。

「ラッキー！」アルファがいまいましそうにどなった。「あの毛長のチビを連れもどせ！」

やめてくれ、サンシャイン！　ラッキーは急いであとを追った。どうせ、止まれと叫《さけ》んでもむだに決まっている。サンシャインは全力で走っていたが、足が短いせいで、すぐにつかまった。「サンシャイン、落ちつけ！」ラッキーは、マルチーズのしっぽをくわえて叱《しか》りつけた。

「落ちつくんだ！」

「でも――」サンシャインは振《ふ》りかえったが、止まろうとはしない。しっぽを思いきり引いて、ラッキーから逃《に》げだした。「食べ物があるわよ！　ほんものの食べ物！　やわらかい寝床《ねどこ》も！　ラッキー、いっしょにいきましょ！」

とうとうラッキーはうなり、サンシャインのわき腹にかみついた。絹《きぬ》のような毛におおわれた体に歯を立てる。「落ちつけ！」ラッキーはあきれていた。あんなにたくさんのことを乗りこえてきたというのに、ニンゲンの家をひと目みただけでペットに逆もどりしてしまうのだ。

「落ちつけ！」

ラッキーはサンシャインの首をくわえて力ずくで引きとめ、体をゆさぶった。

サンシャインはくわえられたまま身をよじってもがき、かん高い声で必死に吠《ほ》えた。「はなして！　はなしてよ、いじわる！」

ラッキーは牙《きば》をむき、くわえたサンシャインを地面に押《お》さえつけた。本気でかんでしまわないように注意する。サンシャインはまだ、力なくもがいていた。アルファがいつのまにかそばに近づき、興味深そうに二匹《ひき》をながめていた。

ラッキーはサンシャインの毛に鼻をうずめたまま息を切らし、もういちど、軽く体をゆさぶった。「いますぐもどれ」静かな声でうなる。「アルファに、魚のいる川に放りこまれるぞ。マーサだって助けてくれない」

サンシャインはおとなしくなり、震《ふる》えだした。

「ここにニンゲンがいたとしても、きみのニンゲンじゃない。野生の獣《けもの》だと思われるのがオチだ。きみだってわかってるだろう。さあ、もどれ」ラッキーは小声でくりかえした。「ちゃんとあやまるんだぞ」

ようやく、サンシャインはあきらめて体の力をぬいた。ラッキーはマルチーズを軽く押《お》して立たせ、アルファのところに連れていった。群れのリーダーの前に立ったサンシャインはぶるぶる震《ふる》えていた。オオカミ犬のがっしりした前足のそばに立つと、いつもよりさらに小さくみえる。

サンシャインは、服従のしるしにオオカミ犬の前で横向きに倒れ、腹をみせた。石になったように動かない。やっと分別をみせてくれた――。ラッキーはほっとした。サンシャインは地面に顔をぴったりつけ、打ちひしがれたように一度だけしっぽを振《ふ》った。

「ごめんなさい」サンシャインは、かぼそい声でいった。「ほんとうにごめんなさい、アルファ。なにも考えてませんでした。なにも考えられなくて」

アルファは、鋭《するど》い目で小さな犬を見下ろした。ラッキーは息をこらしていた。体がすくんで、サンシャインをかばうこともできない。リックがそっとサンシャインに寄りそい、美しい毛に鼻をすりつけてなぐさめた。

ラッキーはそれをみて胸を打たれた。だがアルファは、吐《は》きすてるようにいった。「われわれはなぜこんなところに？　ここは、まぬけな〈囚《とら》われの犬〉どものすみかではないか」

ラッキーが言い返そうと口を開いたとき、近くのニンゲンの家から、がたんという低い音がきこえた。

「なにかいる！」ラッキーは、一瞬《いっしゅん》サンシャインの騒《さわ》ぎをわすれて叫《さけ》んだ。〈天空の犬〉よ、どうかぼくたちをお守りください――悪いことが起こりそうな気がします。

「ニンゲンの姿はみえない」アルファが顔をしかめた。「このあたりを調べろ。食べ物があるかもしれん。だが、絶対に油断するな」

アルファはあごで犬たちをうながし、道路わきの石塀《いしべい》のかげに連れていった。群れはかたい道をそっと歩いていった。ラッキーは心配になり、音のした家を振《ふ》りかえった。だが、ニンゲンはひとりもいない。音を立てたのは、ネズミか、犬が〈鋭い爪《シャープクロウ》〉と呼ぶネコだったのかもしれない。だが、ニンゲンがどこかに隠《かく》れていてもおかしくはない。前の街にも、ニンゲンが――荒《あら》っぽいニンゲンが――いた。

道路の石がやけにかたく感じられた。やわらかい草や葉や、しめった土に慣れているからだ。それでも、ラッキーにとってはなつかしい感触だ。においがさまざまなことを思い出させてくる。鼻を地面に寄せてにおいをかいでいると、自分でも思いがけないことに、むかしの町の暮らしが恋《こい》しくなった。

犬の爪《つめ》の音がやかましく響《ひび》いていた。ラッキーは、〈野生の犬〉たちのぼやき声をきいて、ゆかいになった。

「これ、なんなの?」スプリングが大声をあげ、心配そうにちらっと顔をあげた。

「岩じゃないな」フィアリーがうなった。「もっと声を抑《おさ》えてくれ」

スナップが道路のにおいをかいで毛を逆立てた。「このにおい、好きじゃない」

「あたしは好き!」デイジーがきいきい声でいった。

「静かにしろといっただろう!」フィアリーが叱《しか》りつけた。

「あたし、足がいたくなった」ソーンが元気のない声でいった。

ラッキーは、うんざりして犬たちをちらっとみた。「すぐ慣れる。ニンゲンはいつもこんな道を歩いているんだ」

「〈囚《とら》われの犬〉たちもそうだ」ブルーノが自慢《じまん》げにいった。「安心しろ」

「そうよ」デイジーがからかうようにつけくわえた。「あたしたちみたいに強くならなくちゃ」

前のほうを歩いていたスイートが、かすれた声をひとつもらした。いらだっているとも、おもしろがっているとも取れる声だ。

「それに」ラッキーが続けた。「ひとつたしかなことがある。ニンゲンがいるところには食べ物があるんだ。追いかけなくてもいい！　追いかけずに食べると、味までちがう。まちがいない」

「そのとおりよ」サンシャインはしみじみといった。「くたくたで、もう食べる気になれないなんてこともないの」

それをきいて、〈野生の犬〉たちは気を取り直したようだった。スナップとスプリングはたちまち明るい顔になり、楽しげにちらちら目配せしながら、足取りも軽く走りだした。ムーンでさえ期待しているように耳を立てている。だが、アルファはふきげんそうにラッキーを呼んだ。

「この群れを率いているのはだれだ」冷たい声だ。「〈街の犬〉、おまえか？　それともわたしか？」

スイートです、という答えがのどまで出かかった。だが〈森の犬〉のおかげか、ラッキーは危ないところで言葉を飲みこみ、おとなしくあやまった。「申し訳ありません、アルファ」

「おまえたち、足元に気をつけろ」オオカミ犬は群れに注意した。「みろ！」角を曲がった瞬《しゅん》間《かん》、アルファはぴたりと止まった。群れは水を打ったように静かになり、サンシャインがひと声鳴いた。

ラッキーはごくりとつばを飲んだ。少し先に、町の中心部があった。広く、がらんとしている。犬にとっては、隠《かく》れるところの少ない危険な場所だ。群れはおそるおそる小道を進んだ。〈大地のうなり〉の被害《ひがい》は、ラッキーのいた街より小さいようだった。ガラスのかけらが散らばっているが、くずれた家はない。少し先に、草がきれいに刈りこまれた広場があった。手入れされた木々がならび、真ん中には池がある。池をぐるりと囲んで生《は》えたアシのあいだに、大きくぶかっこうな鳥の巣がひとつあった。

「白鳥だわ」ベラがささやくような声でいった。「みんな、気をつけて」

むかしはラッキーも、大きな白い水鳥にはいつも敬意をはらい、近寄らないようにしていた。だが、この巣はからっぽだ。「だいじょうぶだ。この巣はもうつかわれてない」

「たしかに」ブルーノがつぶやいた。「鳥の姿はないな」

ミッキーは不安そうに震《ふる》えた。「どこにもいない。木にもとまっていない」

そのとおりだった。ラッキーはじわじわと恐《おそ》ろしくなってきた。鳥たちはこの町から逃《に》げたんだ。巣も作っていないし、飛んでもいない。

それも当然だった――ほかの犬たちが広場に入っていき、あたりを観察している横で、ラッキーはあるものをみつけて心臓がとびだしそうになった。

なにかある。かたく黒い石の地面にふたつ、草地にひとつ。そしてもうひとつは、半分池につかっていた。放置され、腐《くさ》りかけている。

サンシャインがおびえて悲鳴をあげた。

「ニンゲンが死んでる！」

新しいすみか

いっせいに、〈囚《とら》われの犬〉たちが、悲しみにくれた声で遠吠《とおぼ》えをしはじめた。ラッキーも胸が苦しくなってきた。

死体をみるかぎり、ニンゲンたちはいきなり襲《おそ》われたようだった。ほかにもいくつか転がっている。一体は柵《さく》に引っかかり、べつの一体は家の扉《とびら》に背中をもたせかけている。どんよりした目を見開いたままのものもあれば、目玉がなくなっているものもあった。カラスにみつかったのだ。いまでは、そのカラスも逃《に》げだしていた。死んだニンゲンたちの服はどこか奇妙《きみょう》だった。灰色にくすみ、見た目はぬれた木の皮のようになっている。口元には、黄ばんだよだれがすじになってあとになり、青く変色した指先は黒ずみはじめていた。

ラッキーはごくりとのどを鳴らした。ニンゲンたちは、公園のベンチの下にいる自分に食べ残しを投げてくれたり、軽く頭をなでてくれたり、ショクドウで残り物を放ってくれたりした。

ホケンジョのニンゲンたちでさえ、食べ物をくれ、水をくれ、いごこちのいい寝床《ねどこ》を用意してくれた。ときどきはけられたりどなられたりもしたが、こんな目にあっていいニンゲンはひとりもいない。死体がしばらく放置されていたのはまちがいなかった。キツネや鳥に荒《あ》らされているものもあれば、ほとんど骨ばかりになったものもある。町全体に、胸がむかつくほど強い死のにおいがただよっていた。

このニンゲンたちは、〈大地の犬〉のもとに返さなきゃいけないんだ――。ラッキーは、気分が悪くなってきた。どうして、そうしてもらえなかったんだろう？

「ここにいるの、あたしたちのニンゲン？」サンシャインが、悲しげに叫《さけ》んだ。「ここにいるの？」

「そうかもしれない」その横でミッキーが腹ばいになり、さびしそうに吠《ほ》えた。「いままでみつけられなかったからな」

「うそでしょう。おねがいだから、うそだといってちょうだい」マーサもきゅうきゅう鳴きながらすわりこんだ。

「騒《さわ》ぐな！　やかましい！」アルファのどなり声も、〈囚《とら》われの犬〉の吠《ほ》え声にかき消されて、ほとんどきこえなかった。

「あたしたちのニンゲン」デイジーが叫《さけ》び、ブルーノはのどをつまらせたようなかすれ声で吠《ほ》えた。「おれたちのニンゲンが死んだ！」

「静かにしろ！」アルファがどなりつけた。だが、だれもきいていない。

みんなパニックになってるんだ。ラッキーは考えた。気持ちはわかる。だけど、このままじゃいけない。

ミッキーの首をくわえてそっとゆすり、顔をあげろとうながした。

「きいてくれ」ラッキーは吠《ほ》えた。「みんな、きいてくれ。ここにいるのはきみたちのニンゲンじゃない。絶対にちがう！」

「なぜわかる？」ミッキーはすがるようにたずねた。

「きみたちは自分のニンゲンのことはよく知ってる。ここにいるなら、においがするはずだろう？　それに、きみたちのニンゲンは逃《に》げたんだ！　この町のニンゲンたちはここで暮らしていて、逃《に》げられなかった。死んだのは〈大地のうなり〉に襲《おそ》われたからだ。だから、ここにいるのはきみたちのニンゲンじゃない！　あの街はずっと遠くにある」

「ラッキー、きみはわかってないんだ……」

打ちひしがれた犬たちが騒《さわ》ぎつづけるなか、ラッキーはふいにひらめいた。

「ミッキー、きみたちは運がいい！　みんな、ちゃんときいてくれ。これはすごくいいことなんだ！」

〈囚《とら》われの犬〉たちは、ぴたりと吠《ほ》えるのをやめ、ラッキーをまじまじとみつめた。ミッキーは、ラッキーは狂犬病《きょうけんびょう》にかかったのだろうか、いまに口から泡《あわ》を吹《ふ》くのだろうかと心配そうな顔をしている。

「なんで、これがいいことなの？」サンシャインはうめいた。

「ここにいるニンゲンたちは、逃《に》げられなかったんだ」ラッキーは根気づよく説明した。「あの倒れかたをみてごらん。逃《に》げようとしたのがわかるだろう。ここにきたんじゃなくて、ここから逃《に》げようとしてたんだ！」

ミッキーは、震《ふる》えながら死体をみつめた。「だが、逃《に》げられなかった……」

「わからないのか？」ラッキーは吠《ほ》えた。「犬を連れていこうとぐずぐずしてたら、きみたちのニンゲンだっておなじ目にあってたんだぞ。みんなは、どうして自分は置いていかれたんだろうってふしぎがってた。ほら、これがその答えだ！　デイジー、わかるかい？」ラッキーは、小さなテリアをそっと鼻で押《お》した。「きみのニンゲンだって、逃《に》げたくて逃《に》げたわけじゃない。逃《に》げなくちゃこうなってたんだよ」

〈囚《とら》われの犬〉たちは、ためらいがちにすわりはじめた。不安そうな表情は消えていないが、わめき声だけはおさまった。めずらしくアルファが、鋭《するど》いが感謝のこもった目でラッキーをみた。

「そんなふうに考えたことなかった」デイジーが小さな声でいった。

「じゃあ」サンシャインが、前足をかぎながらいった。「あたしのニンゲンはぶじかもしれないの？」

「きっとぴんぴんしてるよ」ラッキーはうなずいた。「だって、〈大地のうなり〉からも、毒に汚《けが》された土地からも、ちゃんと逃《に》げだせたんだから」

ようやく〈囚《とら》われの犬〉たちは気を取りなおし、体を振《ふ》って土を払《はら》いはじめた。少し気まずそうだ。マーサは、水かきのついた前足をひたすらかみ、顔をあげようとしない。ミッキーは耳をかいた。

「じゃあ」ブルーノが低い声でいった。「もういこう」

ラッキーはぶるっと首を振《ふ》った。〈野生の犬〉たちのあきれたようなささやき声がいやでもきこえてくる。

「ほんとにおかしな犬たちだわ」ムーンがフィアリーに耳打ちした。

「理解できん」フィアリーが連れ合いにうなずいた。「もう〈野生の犬〉になったとばかり思っていた」

「そのはずですよ」ホワインがこばかにしたようにいった。「なのに、死んだニンゲンをちょっとみただけで取り乱すんですから。まったく」

「お母さん」ビートルが子犬の声でそっとたずねた。「どういうこと？」

「しーっ、ビートル。お母さんたちにもよくわからないのよ」ムーンは子どもの耳をなめた。「あとで話してあげますからね。〈囚《とら》われの犬〉たちに、意地悪をいっちゃだめよ」

ラッキーは暗い気分になった。ビートルがふしぎに思うのも当然だ。みんな、いまはもう〈囚《とら》われの犬〉じゃないはずなのに。

「全員、きいて」スイートが、うむをいわせない調子で命じた。犬たちはたちまち口をつぐんだ。「空気が重くなってきたから、また嵐《あらし》になるわ。雨宿りできる場所を探しましょう。急いで」

スイートのいうとおりだった。空がどんよりしている。〈天空の犬〉たちが雲の上に集まり、戦いをはじめようとしているのだろうか。

「どこにかくれるの？」ソーンがたずねた。

「おちびちゃん、まわりをみてごらんなさい」スイートはおかしそうにいった。「ニンゲンの家はがんじょうなのよ。それに、もうだれも住んでないわ」そういいながら、どこかすまなそうな目で、〈囚《とら》われの犬〉たちのほうをちらっとみた。

「あたしは、先を急いだほうがいいと思うけど」ダートが反対した。不安そうに死体のほうをみる。「こんなところ、いたくないもの」

「雨が降りそうなのに、外にいられるわけがないでしょう」ムーンがぴしゃりといって、大きくなりはじめた子犬たちを母親のまなざしでみた。「ダート、まだそんなこともわからないの？」

「ムーンとベータのいうとおりだ」アルファが短く吠《ほ》えた。「雨宿りができるニンゲンの家を探せ」

ラッキーは声に出さずにつぶやいた。そりゃ、安心して命令できるよな――ほかの犬が賢《かしこ》い案を出してくれたんだから。

「でも、さっき音がしたのに……」ビートルが怖《こわ》そうにいった。

「きっとネズミのしわざだったんだ」ラッキーは子犬にいった。「ここに生きのびたニンゲンはいない。まちがいないよ」

マーサは顔をくもらせ、ぶるっと身ぶるいした。「わたしもそう思うわ」

群れの犬たちはひとつにかたまり、かたい石の道を歩きはじめた。道路に転がったいくつもの死体を、注意深くよけていく。

「あれはどう？」スナップが、一軒の長く平たい家を頭で指した。

「出口が少なすぎる」アルファはそっけなくはねつけ、スナップがそのうしろの家はどうかというより先に、続けてこういった。「それに、うしろの家と近すぎる。あそこに敵が隠《かく》れるかもしれん」

「これはどうでしょう？」ムーンが、木でできた小さな家を鼻で指した。

「もろすぎる。ちゃんと探せ」

神経質になっているんだろうか。ラッキーは首をかしげた。それとも、自分がアルファだということをみせつけたいのか？

スナップは提案するのをあきらめたようだ。リックといっしょにラッキーのとなりを歩きはじめる。「ラッキー、正直にいうけど、死んだニンゲンをちょっとみたくらいで、あなたの仲間があんなにうろたえるとは思わなかった」

「野生の犬になろうとがんばってるところなんだ」ラッキーは鋭《するど》く言い返したが、スナップの驚《おどろ》いた顔に気づき、あやまって頭を下げた。むきになってはいけない。スナップの言葉はもっともだ。「ただ――その、〈囚《とら》われの犬〉たちがニンゲンと別れてから、まだそんなに時間がたってないだろう。たぶん……みんなにとってのニンゲンは、きみたちにとっての群れみたいなものなんだと思う。想像してほしいんだ。群れが消えたらどんな気分になるか、ひとりぼっちで残されたらどんな気分になるか」

スナップはしばらくだまっていた。「そうね、ひどい話だわ」深いため息をつき、太く短いしっぽを振《ふ》った。「だけど、あのニンゲンたちは、いい食料になるかもよ」

「スナップ！」ラッキーはうなった。「しっ！　きこえるだろう」

「だって、ほんとに――」

「さっきの取り乱し方をみてただろう。ニンゲンを食べようなんていったらどうなるか」ラッキーはとがめた。「どっちみち、あれは食べ物じゃない。においをかいだか？」

スナップは疑わしそうに死体のそばで足を止め、軽くにおいをかいだ。たちまち悲鳴をあげ、大急ぎでラッキーのそばに駆《か》けもどってくる。「ほんとだわ。毒の川みたいなにおい」

ラッキーはうなずいた。「置きざりにされて、毒の雨にさらされてたんだから。ずっと前からあのままだったんだと思う」

「ここだ！」アルファの大きな声がひびき、犬たちはぴたりと足を止めた。オオカミ犬がまっすぐに立っているのは、かたい石の壁にはまった大きなガラスのそばだ。ガラスは割れて穴が開いていた。「ここで雨宿りをする」

「いい考えです」スプリングは小さな声でいった。「雨もふりだしました」

ラッキーは思わずとびあがった。大きな雨粒《あまつぶ》がふたつ、体に落ちてきたのだ。雨はすぐに勢いを増し、ぱらぱらと音を立てはじめた。犬たちはガラスの穴から中にもぐりこんだ。部屋は広く、たくさんのテーブルやイスが転がり、白く四角い布や、ガラスのびんが散らばっていた。びんには、赤いどろりとした液体や、白い粉が入っている。割れたびんから散らばった花は、まだ枯《か》れていなかった。ダートは、花に近寄ってにおいをかいだ。

「しおれてないのも当然よ」ダートは、ぎょっとして声をあげた。「だって、にせものだもの。石の道とおなじにおい」

「ここ、どこ？」ビートルは目を丸くして、風変わりな部屋をきょろきょろみまわした。ほかの犬たちは、うずくまったり、部屋の中を観察したりしている。

ラッキーは、テーブルのにおいをかぎ、うれしくなって叫《さけ》んだ。「ここはショクドウだ！」

「なんだって？」フィアリーは、ぽかんとして片耳を立てた。

「ショクドウだよ。ニンゲンたちは、ここに集まって食事をする。群れとおなじだ。ぼくたちみたいに順番に食べるし、狩《か》りをするニンゲンたちが食べ物を運んでくる。みんな、獲物《えもの》に粉や赤い液体をかけるんだ」

アルファは、まさかといいたげに鼻を鳴らした。

「ここにはいつだって食べる物がどっさりある。ニンゲンは狩《か》りがうまいんだ」ラッキーは説明を続けた。「ときどきは、全部食べきれないこともある。そんなときは、残り物をぼくにくれた」

「ニンゲンが食べ物をくれた？」ムーンがいぶかしげにたずねた。「自分からくれたという意味？　いらない食べ物を？」

「そうだ。変にきこえるかもしれないけど、そんなことがしょっちゅうあった」

「わたしも、これと同じような部屋を、街でみたことがあるわ」スイートが口をはさんだ。「ラッキーの話はほんとうよ。親切なニンゲンがひとりいて、あまった食べ物をラッキーにくれてたんですって」

「あまった食べ物？」アルファが鼻を鳴らし、スイートの言葉をくりかえした。「親切なニンゲン？」

「ここにもなにか残ってるかもしれない」ラッキーは、アルファのこばかにしたような声は聞き流した。ゆれる扉《とびら》を鼻で押《お》して通りぬけると、そこに、探していたものがあった。「あった！　食べ物の部屋だ」

部屋の真ん中には、足がつかるくらいの深さの水がたまっていた。割れた水道管から、ときどき水が噴きだしている。だが、きれいな水だ。ラッキーはかがみこみ、少し飲んでみた。こんなにおいしい水は久しぶりだ。口をなめながら、壁沿いに並んだ金属の箱を調べる。ほかの犬たちも、おそるおそるラッキーのあとをついてきた。ゆれる扉《とびら》にはびくっと身をすくめたが、すぐに、うれしそうにきゃんきゃん吠《ほ》えはじめた。新鮮《しんせん》なすんだ水をみつけたからだ。

だが、ラッキーのとなりにいたスイートは、かすれた低い鳴き声をそっともらした。もしかしたら、街のショクドウで怖《こわ》い目にあったことを思い出しているのかもしれない。あのとき二匹《ひき》は、死んだニンゲンをひとりみつけたのだ。

そのスイートがいまはどうだろう。アルファがうろたえれば、かわりに堂々と群れをまとめる。道いっぱいにニンゲンの死体が転がっていても、まったく動じない。ラッキーは少しだけ、以前のスイートが恋《こい》しくなった。だが、もちろん、いまのほうがいいに決まっている。たくましく自立したスイートのほうが、びくびくしているよりずっといい。

いま、世界はこんなに危険な場所になってしまった。ぼくたちは、スイートが身につけた強さを少しみならうべきなんだ。

ミッキーが、大きな金属の箱のひとつに前足をかけた。「いいものがある」

「それは開かないよ」ラッキーはいった。「いつも鍵《かぎ》がかかってるんだ」

「いいや、ちゃんと開く」ミッキーはいたずらっぽく答え、厚い金属の扉《とびら》のふちに爪《つめ》をかけた。前足をたくみにつかい、ぐっと引っぱる。すると扉《とびら》は、ぎいときしんで大きく開いた。

ラッキーは目を丸くしてぽかんとした。ミッキーの知恵《ちえ》に感心していた。こんなしかけだったのか。前から知っていれば！

「さすがだな、ミッキー！」ブルーノが吠《ほ》えた。犬たちは先を争うように箱の中をのぞいた。

食べ物の一部は古くなり、カビが生《は》えていたり、悪臭《あくしゅう》をはなったりしていた。それでも、食べられるものはまだたくさん残っている。ブルーノが、ふた付きの大きなナベをくわえて引っぱりだすと、中に入っていたやわらかく炊《た》かれた米が床《ゆか》に散らばった。乾燥《かんそう》させた食材もたくさんあった。べつの箱を開けたミッキーは、中から降ってきた氷のように冷たい水を浴びてびしょぬれになった。だが、そこには、丸くかためて凍《こお》らせた肉がひと袋《ふくろ》入っていた。まだじゅうぶんに食べられる。

狩《か》りをする必要はなく、食べ物はたっぷりある。きつい旅を終えたいま、群れの規律を守る者はいなかった。はじめのうち、サンシャインは遠慮《えんりょ》がちにうしろに下がっていた。ダートは、食べようと近付いた米をホワインに奪《うば》われて目を丸くした。だが、スイートとアルファは、序列にかまわず好きなだけ食べている犬たちをだまってみていた。凍《こお》った肉は、全員がおかわりができるくらいあった。そして犬たちは、おかわりができるくらい腹を空《す》かせていた。かんだり、飲みこんだりする音が続いた。

「ラッキーのいったとおりね」スプリングが、半分溶けた肉を口いっぱいにほおばっていった。

「ショクドウはべんりな場所だわ」

だが、ラッキーはいまいち気が晴れなかった。ニンゲンの食べ物が前ほどおいしくないのだ。古いせいだろうか。しとめたばかりの温かい獲物《えもの》に慣れたせいだろうか。気づかないうちに自分は変わってしまったらしい。

おかしいよな、アルファと意見が合うなんて、とラッキーは考えた。オオカミ犬は、ニンゲンの食べ物などさわりたくもないといいたげに、ほんの何口か飲みこむと、食べ物をいやそうにわきへ押《お》しやった。そして、食事を続けるほかの犬たちを、見下したような目でながめた。とくに〈囚《とら》われの犬〉たちをみる目はきびしい。〈野生の犬〉よりも熱心に食べているせいだろう。

「お米を食べるのひさしぶり」サンシャインはなつかしそうにいって、残った数粒《つぶ》をなめとった。

「それで最後だ」アルファの鋭《するど》い声が飛んだ。「明日、〈太陽の犬〉がのぼりしだい、猟犬《りょうけん》は森へいってまともな獲物《えもの》をしとめてこい」

サンシャインはため息をついたが、だまっていた。

群れの犬たちは、腹が満たされると、いつもの組にわかれて眠《ねむ》る準備をはじめた。おもてでは雨が激しく降っている。ラッキーは、寝床《ねどこ》で円をえがきながら、どしゃぶりの雨音に耳をすました。毒の雨をよけられたのは運がいい。割れたガラスから一番遠い部屋のすみには、アルファとスイートがよりそって丸くなっている。猟犬《りょうけん》とパトロール犬たちは、それぞれべつの場所で眠《ねむ》っている。倒れたテーブルの下が寝床《ねどこ》だ。サンシャインはひとりで横になっていた。割れたガラスから吹《ふ》きこむ雨に一番近いところで、さみしそうにきゅうきゅう鳴いている。オメガであるということが、いまになってつらくなってきたのかもしれない。ラッキーはかわいそうになった。

落ちこんでいる小さな犬をみまもろうと、猟犬《りょうけん》の寝床《ねどこ》のはしまでそっと歩いていく。冷たい風に体をなでられ、ぶるっと震《ふる》えた。〈天空の犬〉よ、凍《こご》えないようにお守りください——。

かわいそうなサンシャイン。ぼくもひとりで眠《ねむ》れるだろうか。

そのとき、わき腹があたたかくなった。振《ふ》りかえると、白い布をくわえたリックがいた。布をラッキーにかけ、愛情をこめて鼻をひとなめすると、急ぎ足でパトロール犬の寝床《ねどこ》のはしにもどっていった。

ラッキーはリックのうしろ姿をみおくった。感謝しながら、胸を打たれてもいた。あの子が危険なわけがない。あんなに優しい犬はいないくらいだ。

ラッキーはうとうとしながら床《ゆか》に鼻を横たえた。やがて、つかれた体は眠《ねむ》りに落ちていった。

夜明けのぼんやりした光がまぶしくなり、ラッキーは目を覚ました。いつのまにか雨は弱まり、割れたガラスのむこうで小雨になっている。あたりには、毒の雨がふったあとにはおなじみの、つんとしたにおいがただよっていた。思いきって外をのぞいてみると、水たまりから、煙《けむり》のようなものがしゅうしゅう音を立てて立ちのぼり、宙でうずをえがいていた。ラッキーはぶるっと体を振《ふ》った。

ほかの犬たちも起きはじめ、体をのばしたり、あくびをしたりしている。サンシャインが寒そうに震《ふる》えながら、ラッキーのすぐそばを通りすぎていった。スイートの指示をききにいくのだ。

「眠《ねむ》れたかい？」ラッキーは声をかけた。

サンシャインは、感謝をこめた目でラッキーを振《ふ》りかえった。「うん、ちょっとは。ありがと」

かわいそうなサンシャイン。せいいっぱいがんばっているのだ。

「猟犬《りょうけん》とパトロール犬、きけ」アルファが、寝床《ねどこ》から声を張りあげた。「何匹《なんびき》か、ニンゲンの家を偵察《ていさつ》にいってもらう。ベータが指揮をとる。マーサとデイジーは、ベータについていけ」

「アルファ、ほんとですか？」デイジーはしっぽをちぎれんばかりに振《ふ》り、誇《ほこ》らしさではちきれそうになっていた。

アルファはあきれた顔をした。「おまえはニンゲンに飼われていた犬だろう。なら、町には詳しいはずだ。その経験を生かして、われわれが知りたいことを探ってこい。ここにとどまって町に野営地を作るべきなのか――それとも、出発するべきなのか」

デイジーは舌を垂らし、わかりましたと熱心に鳴いた。ラッキーはかっとなった。なぜアルファは、偵察《ていさつ》隊から自分を外したのだろう。おまえは〈街の犬〉だとしつこくいやみをいってきたのはアルファだ。いやがらせのつもりだろうか？

ラッキーはデイジーに向きなおった。「デイジー、ショクドウの扉《とびら》の開け方を教えておこうか。ゴミ箱から食べ物をみつけるやり方も教えておくかい？」

「そうね」デイジーはうなだれ、目を泳がせた。「ラッキー、あたし、街の歩き方はあんまり知らないの」

アルファは首をかしげてラッキーをにらんだ。「わたしの選んだ偵察《ていさつ》隊に文句があるなら、はっきりいったらどうだ」

「アルファ、なぜぼくを選ばないんです？」ラッキーは挑《いど》むようにいった。「ぼくは役に立てます」

オオカミ犬は、前足の爪《つめ》を調べながら返した。「わたしの考えでは、この仕事にはデイジーとマーサが向いている」

ラッキーが言いかえそうと息を吸ったとき、フィアリーが割って入った。「アルファ、なぜラッキーをつかわないのです？　ニンゲンのすみかのことなら、〈囚《とら》われの犬〉に負けないくらいよく知っていますし、街でひとりで暮らしてきたのはラッキーだけです——ほかの犬たちはちがうでしょう」

「アルファ、フィアリーのいうとおりです」デイジーは耳を寝《ね》かせ、小さな声でいった。「ラッキーは、いろんなことを知ってるもの」

「あたしもそう思います」と、スナップ。

「わたしにだってそれはわかります」ベラが静かにいった。ラッキーはきょうだいと目を合わせ、よろこんで息をはずませた。ベラが味方をしてくれたことがうれしかった。

「たしかにそうね」スイートが落ち着いた声で賛成した。「わたしもラッキーがいくべきだと思うわ」

「アルファ、お願いです」マーサがいった。

一瞬《いっしゅん》、オオカミ犬の黄色い目が、冷たい怒《いか》りで燃えるようにぎらついた。ラッキーは、しっぽを振《ふ》ってしまいそうになるのをどうにかこらえていた。こうなればアルファもいやとはいえないはずだ。反対すれば、群れよりも自分の意見を優先させたようにみえる。

アルファは鼻にしわを寄せていたが、ふと、ずるそうな表情になった。「わたしはおまえを猟犬《りょうけん》にした。狩《か》りにいってこい。おまえとフィアリー、スナップ、ブルーノ、ミッキーだ。森へいって食べ物をみつけてこい。雨のあとで獲物《えもの》を追うのはむずかしいだろうが、しとめられるものは残らずしとめてこい。ニンゲンの汚《けが》らわしい食料は、二度と口にする気になれん。

あれはもう、ゆうべ十分に食ったはずだ」

「ですが、探せばまだ――」フィアリーが口をはさもうとした。

「この群れを率いているのはわたしだ！」アルファが吠《ほ》えた。

「あなたは――」ラッキーは思わずいいかけたが、危ないところで口を閉じた。だいたい、どういえばいいのだろう。あなたは楽なときしか群れをまとめない、だろうか。あなたはスイートの決めたことにとびついて、自分の手柄《てがら》のようにふるまっている、だろうか。

群れは息をこらしてラッキーをみつめていた。「あなたは――あなたは、この群れを率いています」ラッキーは、つぶやくような声でいった。

「そうだ」アルファは牙《きば》をむいた。「偵察《ていさつ》に出る犬はすでに決めた。話は終わりだ」

ラッキーは頭をさげ、わかりましたとうなった。とにかく、猟犬《りょうけん》には選ばれたのだ。それでも、アルファの強情《ごうじょう》さには腹が立ってしかたがなかった。偵察《ていさつ》をするという判断は、賢《かしこ》いというより、意気地がないといったほうがいい。この街にいてはいけない理由などあるだろうか。危険はないとわかっているのだ。いまなによりも大事なことは、この町で、ちゃんとした食べ物と安全なすみかをみつけることだ。そして、この場所でこそラッキーは活躍できる。ところがアルファは、自分のプライドを守るためだけに、ラッキーの知識をむだにした。

ラッキーは、アルファのいるショクドウから離《はな》れてほっとしていた。また森を走るのもいい気分だ。獲物《えもの》を探そうと鼻に神経を集中させる。体をなでる弱い風は、冷たく、新鮮《しんせん》だった。町を出るとすぐ、フィアリーとスナップは、安心したように息をはいた。

「助かった」フィアリーがいった。「また草の上を歩ける！　あのかたい石の上だと、足の裏が痛くてたまらないんだ」

「あたしもよ」スナップが、そのとなりでいった。「爪《つめ》もけずれそう」

ラッキーは意外に思って二匹《ひき》をちらっとみた。ひやりとした土を踏《ふ》むのは、たしかに気持ちがいい。だが、このたくましい二匹《ひき》が、かたい石をそこまで気にするとは思わなかった。

ブルーノとミッキーのほうをみる。二匹《ひき》の〈囚《とら》われの犬〉は、地面がやわらかい土に変わってもだまっていたが、町にいたときのようなすばやさと自信は消えていた。爪《つめ》のあいだには土がつまり、毛は泥《どろ》のせいで汚《よご》れ、もつれている。

犬もそれぞれなんだな——。ラッキーはそっとため息をついた。みんな、慣れなくちゃいけないことがある。

うす暗い森に入ると、猟犬《りょうけん》たちは慎重《しんちょう》な足取りになった。茂《しげ》みの中や、こけむした木々のあいだを、ゆっくりと進んでいく。日の光は弱い。霧《きり》のような小雨が、枝にまばらに残った葉を散らしていた。こんな天気の日に獲物《えもの》を探すのはむずかしいが、獲物《えもの》のほうでも犬のにおいに気づくのはむずかしいはずだ。

　小さな空《あ》き地に出ると、ミッキーとフィアリーは足を止めた。この二匹《ひき》は、猟犬《りょうけん》の中でも獲《え》物《もの》をみつけるのがとくべつにうまい。鼻をあげ、しめった空気の味とにおいをたしかめる。犬たちはそろって耳をすました。遠くのほうで、一羽の鳥が力なくさえずっている。ふと、フィアリーが真剣《しんけん》な顔になり、小声でいった。

「においがするが、なんだろう？」

「どうせみつかったのはそれだけだ」ブルーノがいった。「追ってみよう」

「そうするか」フィアリーはうなずいた。「だが、気をつけろよ。アナグマかもしれんし、コヨーテかもしれん……ジャイアントファーかもしれん」

　ラッキーは身ぶるいした。ジャイアントファーに出くわしたときの記憶《きおく》は、まだはっきりと残っている。あのにおい、丸い耳がついた頭に埋《う》まった小さな目、黒い毛におおわれた大きな体、かぎ爪《づめ》のあるすばやく動く足、むき出しの牙《きば》、土のような茶色い鼻。あれほど大きな生き物を前にして、勇敢《ゆうかん》にふるまえる犬などいない。

「ジャイアントファーじゃないといいけど」スナップがうんざりした声でいった。「いまは戦う気分じゃないもの」

「どうかな」ブルーノがからかうようにいった。「ジャイアントファーをしとめれば、アルファにいいみやげができる」

「まさか」フィアリーが笑った。「冗談《じょうだん》をいうな」

ラッキーもいった。「ほんとだよ、ブルーノ。ジャイアントファーがいたら、ぼくはしっぽを巻いて逃《に》げるからな。いまのうちにいっておく」

「あたしもいっしょににげるわ、ラッキー」スナップも調子を合わせた。一行はおしゃべりをしながら、森の中を駆《か》けつづけた。

「わたしも逃《に》げる」ミッキーが不安そうにあたりをみまわした。

「いや、心配しなくていい。これはジャイアントファーのにおいじゃない」フィアリーは冷静にいった。耳をそばだて、大きく息を吸う。「これは――」

フィアリーは、先頭でぴたりと足を止めた。ふざけ合っていた犬たちも、しんと静かになった。

「これはジャイアントファーじゃない」フィアリーは牙《きば》をむき、毛を逆立てて身がまえた。

「犬の群れだ!」

鋭《するど》い吠《ほ》え声がいくつも宙を切りさき、森の中でこだました。
「近い！」ラッキーが声をあげた。べつの群れが近づいていた——。

8 恐怖《きょうふ》の犬

フィアリーは、根が生《は》えたように立ちつくし、動けなくなっていた。自分の失敗にぼうぜんとしているのだ。仲間を危険にさらしてしまった。ラッキーは、自分がみんなを引っぱらなくてはいけないのだ、と気づいた。少しのあいだでも。

「みんな、円になれ！」ラッキーは吠《ほ》えた。「闘《たたか》いの準備を！」

ラッキーは、群れがきちんと訓練をしていたことに感謝した。以前、フィアースドッグとの戦いで、さんざんな負け方をしたからだ。あのときはおびえて降参してしまった。いま、ミッキーとスナップとブルーノは、すばやく横一列に並び、守備についた。仲間と密着し、おびえたようすはみせない。フィアリーも気を取り直し、ぶるっと体を振《ふ》ってラッキーのとなりに並んだ。犬たちは、近付いてくる相手を待ちうけて身がまえた。

枝や枯《か》れ葉がかさがさいう音がきこえ、しだいに大きくなってきた。むこうの犬たちが茂《しげ》みをぐってこちらへ向かっているのだ。いったい何匹《なんびき》いるのだろう。九匹《ひき》、いや、十匹《ぴき》。もっとたくさんだろうか。こちらより数が多いのはまちがいない。ラッキーは体に力をこめ、牙《きば》をむいた。相手がフィアースドッグなら、こちらもあっさり退散するつもりはない。

最初の一匹《ぴき》が、目の前の茂《しげ》みからとびだしてきた。フィアースドッグではないと気づいて、ラッキーはほっとした。見知らぬこの犬は、ずんぐりして、もじゃもじゃした長く茶色い毛に、うすいクリーム色のぶちがある。目を丸くしてあわてて止まり、落葉の山の中で足をすべらせた。急いでうしろを向き、群れの仲間に気をつけろと吠《ほ》える。

むこうもぼくたちに気づいてなかったのか。ラッキーは考えた。一匹《ぴき》目のうしろから、むこうの群れの犬たちが、つぎつぎともつれ合うようにして空《あ》き地の中にとびだしてきた。ラッキーの胸に希望がわいてきた。この群れは、できたばかりの寄せあつめだ！　むやみに走ったり叫《さけ》んだりしながらぶつかり合い、気をつけろと吠《ほ》えている。みすぼらしい茶色の犬が、あわてたあまり落葉の中に引っくりかえった。すぐうしろにいたやせた犬が、ぎょっとして「気をつけろ！」と叫《さけ》びながら、転んだ仲間の上に倒れこみそうになった。油断はできないが、少なくとも、ブレード率いるフィアースドッグほど危険ではなさそうだ。

フィアリーたちは、相手の群れをにらみつけながら毛を逆立て、いっせいにうなった。

〈囚《とら》われの犬〉よりちぐはぐな群れがいるなんて助かったよ——ラッキーは顔をしかめた。逆立てていた毛を平らにし、注意深くにおいをかぐ。

にわか作りの群れは、まごついたようすでときどき吠《ほ》えながら、ラッキーたちをじろじろみていた。鋭《するど》い声で吠《ほ》えてはいるが、敵意があるようにはみえない。

そのときスナップが、驚《おどろ》きとよろこびのまじった声で、きゃんと吠《ほ》えた。「トウィッチ！」

ラッキーは、はっとした。スナップが茂《しげ》みに駆《か》けよっていく。茂《しげ》みの中から、一匹《ぴき》の犬が足を引きずりながら出てきた——黒と褐色《かっしょく》の猟犬《りょうけん》だ。足が不自由なことはひと目でわかる。たしかにトウィッチだった。

ぼくたちのところを去ってからも、ちゃんと生きのびてたんだ。足が不自由なのに！　ラッキーはうれしさがこみあげてきた。新しい群れをみつけたんだ！　だがつぎの瞬間《しゅんかん》、恐怖《きょうふ》で背筋が冷たくなった。トウィッチの足はいま、不自由ではなく——消えていた。切りとられていた——いや、おそらくかみきられたのだ。付け根はこぶのようになっている。こぶは皮ふにおおわれ、ゆがみ、毛は生《は》えていない。傷もない。ラッキーはぼうぜんとして、ブルーノとフィアリーとちらっと目を合わせた。

だが、トウィッチは気にするようすもなく、三本足で体をゆらしながらとびだしてきた。すばやく楽々と走ってくると、おおよろこびで顔をなめるスナップにあいさつを返した。

「スナップ、こんなところでなにしてる？　みんないるじゃないか！」トウィッチの声はうれしそうだったが、どこかあせっているようだった。「黒い雲が迫《せま》ってきたあと、新しい野営地をみつけたのかと思ってた」

「みつけたの。でもね――」スナップが説明をはじめた。

トウィッチがぶるっと体を振《ふ》った。「いや、いいんだ。いまは時間がない。いいか、森を離《はな》れろ」トウィッチは、不安げにうしろをみた。「早く！」

ラッキーが理由をたずねようと口を開いたそのとき、枝が折れる大きな音がした。全員が、はっと顔をあげた。

茂《しげ》みから最後に現れた犬は、フィアリーと同じくらい大きかった。短い毛はあちこちがはげ、みにくいまだらになっている。はげた部分は赤く荒《あ》れていた。角ばった顔は、はれてゆがんでいる。だが、ラッキーがなにより恐《おそ》ろしく感じたのは、その目だった。大きく見開かれ、あざやかな黄色をしている。あちこちを偵察《ていさつ》しているぶきみなニンゲンたちが着ている服によく似た色だ。

大きな犬が現れたとたん、トウィッチたちは伏《ふ》せ、凍《こお》りついたようにおとなしくなった。

「恐れられる者《テラー》！」まだらの茶色い犬が悲鳴のような声をあげた。

大きなみにくい犬は群れをみまわし、さげすむように低くうなった。

フィアリーは仲間に目で合図し、前に進みでた。敬意をこめて頭をさげる。この犬がトウィッチの群れのアルファなのだろう。「はじめまして。わたしたちはべつの群れの者です。あなたの森を通って新しいなわばりを探しにいく途中です。長居はいたしません」

相手は邪悪《じゃあく》な黄色い目をぎらりと光らせただけで、なにもいわなかった。

「アルファのあなたからお許しをいただきたいのです。〈太陽の犬〉が数回旅をするあいだ、ここで狩《か》りをしてもよろしいでしょうか」フィアリーは続けた。

ラッキーは耳を立ててフィアリーの言葉をききながら、感心していた。むこうの群れのアルファがいくら意地が悪くても、こんなにていねいな頼《たの》みをはねつけられるわけがない。フィアリーは、頭の回転が速く賢《かしこ》い。大きくたくましいだけの犬ではない。どんな犬でもフィアリーのいうことならきくだろう。

ふとラッキーは、フィアリーこそ群れのアルファにぴったりだと思った。オオカミ犬にもしものことがあれば、つぎのアルファには、まずスイート、つぎにフィアリーの名があがるだろう。

ラッキーたちは期待をこめて、黄色い目の大きな犬をみた。だが、返事はない。かわりにテラーは、まだらに毛の生《は》えた体をわななかせ、だしぬけに大きな笑い声をひとつあげた。わななきは震《ふる》えに変わり、とうとうテラーは大きな体をゆらして笑いだした。

ラッキーはぎょっとした。スナップはブルーノのほうへ片耳をかたむけ、ミッキーは困惑してぽかんと口を開けた。フィアリーが険しい顔になった。次の瞬間《しゅんかん》、敵のアルファは片方の前足をつきだし、フィアリーの鼻先をなぐりつけた。

ラッキーたちはかっとなって吠《ほ》え、フィアリーを守ろうととびだした。だが、相手の群れの犬たちも体勢を整え――トウィッチの姿もある――、憎《にく》らしげにうなりはじめた。

にらみ合う群れのあいだで、黄色い目をした大きな犬は、口のはしからよだれを垂らしながら、頭をことさら高くあげた。「おれはテラーだ。〈精霊《せいれい》たち〉の王たる〈恐怖《きょうふ》の犬〉に忠実に仕える者。ぶれいなまねは許さん！」

ラッキーは、あっけにとられて物もいえず、ちらりとフィアリーをみた。フィアリーは、大きな頭をゆっくりと振《ふ》りながら、腹立たしそうに返した。「なにをいっている？〈恐怖《きょうふ》の犬〉などいるものか！」

「いるのだ！」テラーの吠《ほ》え声は怒《いか》りで裏返っていた。「すべての犬は〈恐怖《きょうふ》の犬〉に従わなくてはならん！」口からつばをとばし、黄色い目をむく。「いいか、従え！」

テラーの群れの犬たちは震《ふる》えながら地面に伏《ふ》せ、おびえた顔でアルファのようすをうかがっていた。

テラーは両方の前足で地面を打ち、落葉を舞いあげながら土を引っかいた。「おまえたちはどこから忍《しの》びこんできた？　ここはよそ者のくるところではない。〈犬の王〉は、獲物《えもの》を分けあたえたりはしない！」テラーはさっと横をむき、がっしりした前足を振《ふ》りあげた。

ラッキーは攻撃《こうげき》をよけようとわきへとんだ。ところがテラーは、自分の群れの犬に襲《おそ》いかかり、その前足をたたきつけた。

毛の短い茶色の小型犬は痛みに悲鳴をあげてちぢみあがり、ほかの犬たちは、おびえてがたがた震《ふる》えだした。ラッキーはぞっとした。自分の群れの犬にわけもなくあんな仕打ちをするとは、なんというアルファだろう。フィアリーは首を振《ふ》って相手をにらみつけ、鋭《するど》く吠《ほ》えた。

「どうかしてる！　おまえも、おまえがでっちあげた〈恐怖《きょうふ》の犬〉とやらも、〈大地の犬〉に召《め》されるがいい！　さっきもいったとおり、わたしたちは旅をしている。この森で狩《か》りをすることは、〈森の犬〉が認める権利だ。おまえも、おまえのおそまつな群れも、自分の身が大事ならじゃまをするな」

「そこのおまえ！」テラーは、いまなぐったばかりの毛の短い犬にむかってどなった。「このじゃま者を追いはらえ！」

フィアリーは、テラーの奇妙《きみょう》な脅《おど》しをきくと、おもしろがるような顔でラッキーをみた。ラッキーは首を振《ふ》った。ばかげてる――。あんなに小さい犬がフィアリーにかなうはずがない。

だが、そのメスの小型犬はアルファの命令にしたがい、恐怖《きょうふ》で目をむいてフィアリーの顔に突進《とっしん》してきた。夢中で前足をばたつかせ、挑《いど》みかかってくる。

フィアリーは、驚《おどろ》いてメス犬を払《はら》いのけ、落葉の山に放りなげた。だがメス犬はすぐに立ちあがり、もういちど、牙《きば》を鳴らしながら襲《おそ》ってきた。ラッキーは身がまえたが、あいだに入るわけにはいかない。助ければフィアリーが腹を立てるだろう。あの小型犬のしていることはむちゃだった。

フィアリーは敵をなぐりとばすと、今度は前にとびだし、たくましい前足で相手の腹を押《お》さえつけた。だが、またしても小型犬は身をよじって逃《に》げだし、フィアリーに体当たりしてきた。

フィアリーは小犬をよけながら、あきれた顔でテラーをちらりとみた。テラーは気がふれたような目つきで、うなっているとも、あえいでいるともとれる音をもらしていた。おもしろがっているようだ。ラッキーは身ぶるいした。ミッキーとブルーノも、気味が悪そうな顔でなりゆきをみまもっている。

「いまだ！」テラーが吠《ほ》えた。「〈恐怖《きょうふ》の犬〉の名にかけて、かかれ！」

ラッキーたちは急いで自分の持ち場についた。だが、テラーの群れが相手では、持ちこたえられるわけがない。数が少なすぎる。

テラーは群れのうしろにまわり、犬たちのうしろ足をかんだり引っかいたりして、戦いに駆《か》りたてた。ラッキーはうなり、突進《とっしん》してきた一匹《ぴき》目の犬にかみついた。相手は牙《きば》をむき、やみくもに引っかいてくる。右をみると、スナップが気の進まない顔でトウィッチの相手をしていた。スナップが叫《さけ》んでも、トウィッチはなぐるのをやめようとしない。

「トウィッチ！　やめてよ！　あたしたち仲間だったのに！」

返事のかわりにトウィッチは、片方の前足でスナップのわき腹を思いきりなぐった。ほかの犬ほど激しい戦い方ではないが、やけくそになっているような顔だ。テラーが牙《きば》を鳴らしながら命令を叫《さけ》ぶと、すぐに従う。ラッキーは戦いながら、敵の犬たちがなぜ従順なのかわかった。テラーの群れのまとめ方は、まともではないが、まちがいなく効果がある。

アルファとしては都合がいいだろう。ラッキーは考えた。だけど、どうしてこんなことができるんだ？　犬の誇《ほこ》りに反するじゃないか！

フィアリーは、とりつかれたように襲《おそ》ってくるメスの犬を、両方の前足でどうにか押《お》さえつけた。それでも相手は暴れ、かみつこうとし、うなり、必死になってきゃんきゃん吠《ほ》えた。フィアリーの耳に、今度はやせたみすぼらしい黒犬がかみついてきた。真っ黒な目は大きく見開かれ、とびだしてしまいそうだ。

「退散だ！」フィアリーが吠《ほ》えた。「逃《に》げろ！ 戦ってもむだだ！」

フィアリーは、のどに食らいついてくる茶色い犬を力いっぱい押《お》しのけ、くるりとうしろを向いて木立《こだち》の中を走りだした。ラッキーとほかの犬たちもあとに続いた。残された手段は逃《に》げることだけだった。フィアリーは正しい。あの群れと戦っても勝ち目はない。アルファに脅《おど》され、命がけで襲《おそ》ってくるのだ。

ラッキーは、息を切らしながら、仲間といっしょに逃《に》げた。足も胸もずきずき痛む。だが、にわか作りの群れを引きはなすのは簡単だった。きっと、森を出れば追いかけるのをあきらめるだろう。

森をぬけて草地に出ると、ラッキーは思いきってうしろをみた。生き物の気配はしない――ところが恐《おそ》ろしいことに、少しするとテラーの群れが茂《しげ》みからとびだしてきた。牙《きば》をむいて首を振《ふ》り、自分で自分の足につまずくようなありさまだが、それでも追ってくる。

「あいつら、頭がおかしいのか？」ラッキーは、息も切れ切れに吠《ほ》えた。

フィアリーはショックを受けていた。「ああ、きっとそうだ。とにかく、アルファだけは絶対におかしい」

重く不規則な足音をきくかぎり、追手の犬たちは疲《つか》れきっている。それでも、茂《しげ》みをくぐり、追いかけてくるのをやめようとしない。一心に、全力で走っている。

「ショクドウにもどれ！」フィアリーが吠《ほ》えた。一行は黒くかたい石の道にさしかかった。それが、ニンゲンの町に入る最初の道だ。

建物に逃《に》げこんだとしても、あの犬たちがあきらめるだろうか。敵の荒《あら》い息の音や、かたい道を打つ足音が、塀《へい》や家のあいだにこだましている。

「あいつらはテラーをこわがってる」ラッキーは、あえぎながら仲間に叫《さけ》んだ。「命令されればどこにだっていく。命令されたからぼくたちを追ってるんだ！　このままじゃ、野営地に敵を連れていくことになるぞ！」

フィアリーは足をゆるめ、うしろをたしかめた。「だが、どうしようもない」

「あいつらは命がけで戦うつもりだ」ラッキーは走りながら続けた。「アルファがこわくて、まともに考えられなくなってる。ぼくたちの群れならテラーを倒せるかもしれないけど、むこうの犬を全滅させなきゃならない。あっちにはトウィッチがいるんだぞ！」

「だとしても、それはテラーのせいだ」フィアリーが吠《ほ》えた。「必要なら、みな殺しにすればいい」

「ほんとうにそんなことをしたいのか？　頭がおかしい犬たちだから？　戦いになれば、こっちだって仲間を失うんだ。わかってるだろう」

「じゃあどうしろというんだ。永遠に逃《に》げつづけるつもりか？　むこうはあきらめるつもりはないぞ！」

そのとき、ブルーノが大きくはねて正面にまわりこみ、ラッキーとフィアリーのゆくてをさえぎって鋭《するど》く叫《さけ》んだ。「考えがある。ついてきてくれ！」

がっしりした闘犬《とうけん》は、角をすばやく曲がり、一行を細い路地に連れていった。やがて、これかけた庭の柵《さく》がみえてきた。庭の中ほどまでくると、ブルーノは腹ばいになり、柵《さく》の下をくぐりぬけた。

「むかし、シャープクロウを一匹《ぴき》追いかけたことがあったんだ」ブルーノは、息をはあはあいわせながら説明した。ラッキーも柵《さく》をくぐり、そのあとから、フィアリー、ミッキー、スナップが続く。犬たちは体を起こすと、空《あ》き家になったニンゲンの家をみつめた。家は庭の真ん中に建っている。「前に住んでた街じゃ、そのシャープクロウを追って、家のまわりをぐるぐる回った。太った老いぼれのシャープクロウだったが、あっちもゲームを楽しんでた。そいつのおかげで、敵をけむに巻く方法を学んだんだ」そういうとブルーノは、じゃりをけちらしながら、ニンゲンの家のまわりを走りはじめた。

四匹《ひき》の猟犬《りょうけん》はあいまいな表情で顔をみあわせ、あとに続いた。ブルーノが仲間を連れて家のまわりを三、四回ほどまわったころ、ラッキーは、この闘犬《とうけん》もテラーのように頭がおかしくなったのだろうかと思いはじめた。やがてブルーノは、息を荒《あら》げながら、じゃりの上で勢いよく止まった。となりには、壁に接したそまつなまき小屋がある。

「あの犬たちが近づいてきてる！」スナップはおびえて叫《さけ》んだ。

「だいじょうぶ。打つ手は打った」ブルーノは舌を出してあえぎ、うしろ足で足踏《ぶ》みをしながら、じっと小屋の屋根をみあげた。ふいに、小屋の手前にあるぐらつくまきの山にとびのったかと思うと、屋根をめがけて、もういちどジャンプした。二度目のジャンプは少し失敗したが、うしろ足で宙をけりながら、最後にはもろい屋根によじのぼった。「ほら、あがってこい！」

ほかの犬たちもあとに続いた。あせるあまり、ブルーノの考えをたずねる余裕もない。ラッキーは、屋根のうすい板の上にあがると、ほっとひと息ついた。だがブルーノは、すでにうしろを向き、家の屋根をみあげている。ななめになっているが、そこまで急な角度ではない。屋根のはしからは、レンガ造りの塔がひとつつきだしていた。

「うそだろう」フィアリーがうめいた。「ブルーノ、これ以上はむりだ！」

「やるんだ！」ブルーノは耳をかさず、ジャンプした。

しかたなく、犬たちはあとに続いた。はじめにスナップ、つぎにミッキー、それからラッキーが、屋根の上にあがる。最後のフィアリーだけは、大きな体を屋根に引っぱりあげることができなかった。すべり落ちそうになり、うろたえてきゅうきゅう声をあげる。

「フィアリー！」ミッキーが叫《さけ》んでとびだした。屋根から落ちそうになりながら、フィアリーの首筋をくわえる。

ラッキーも屋根をじりじりおりていき、ミッキーに力をかした。フィアリーは、二匹《ひき》に左右からひっぱられ、激しく身をよじりながら、屋根のはしにはいあがった。フィアリーのうしろ足が屋根の上にのると、三匹《びき》は急いで小さな石の塔にむかい、かげに隠《かく》れた。

五匹《ひき》はそろって目を見開き、息を荒《あら》げていた。ブルーノがいった。「これでいい。じっとしててくれ！」

ラッキーは、いわれなくても動くつもりはなかった。足を少しでも踏《ふ》みはずせば、屋根をすべって地面までまっさかさまだ。こわごわ首をのばすと、テラーが、自分の群れを庭の中に追いたててくるのがみえた。犬たちの尻《しり》にかみつき、こわれた柵《さく》の下をくぐらせている。

「よそ者どもをつかまえろ！」テラーは悲鳴のような声で叫《さけ》んだ。「〈恐怖《きょうふ》の犬〉の名にかけて、みな殺しにしろ！」

奇妙《きみょう》な群れの犬たちは、地面をかぎながら家に駆《か》けより、壁にそって走りだした。押《お》したりかみついたりしているうちに、やがて、いくつものにおいをめぐって言い争いをはじめた。

「こっちだ！」

「いや、引きかえしたんだ。あっちだ！」

「じゃまをするな――うわ！」

全員が家のまわりを二周したころ、群れの半数ほどの犬たちが、ふに落ちない顔できた道をもういちどたどりはじめた。そのせいで、さっきよりもたくさんの犬たちがぶつかりあい、いがみあい、かみつきあった。

「いなくなったわ！」毛の短い小型犬が叫《さけ》んだ。「消えたのよ！」

「ばかをいうな」テラーがとどろくような声をあげた。「探せ！」

針金のようにかたい毛の黒犬が、伏《ふ》せの姿勢になり、おそるおそるテラーのそばに寄った。

「テラー、ほんとうなのです。敵は姿を消しました」

「〈天空の犬〉たちが連れていったのかもしれません」小型犬がかぼそい声で鳴いた。

「〈天空の犬〉どもにそんなまねができるものか！」テラーはかんかんになって遠吠《とおぼ》えをした。

「〈恐怖《きょうふ》の犬〉に支配されている連中だ！　さっさとみつけろ！」

テラーは目をむき、口から泡《あわ》を吹《ふ》いた——つぎの瞬間《しゅんかん》、大きく息を吸って、凍《こお》りついたように動かなくなった。〈大地のうなり〉につかまったかのように、全身が震《ふる》えだす。ラッキーたちは、屋根の上からみまもっていた。恐《おそ》ろしくて口もきけない。とうとうテラーは頭をがくりと落とし、口のはしからよだれを垂らしはじめた。

だが、テラーの群れは、驚《おどろ》いたようすもない。鳴いたりささやきかわしたりしていた犬たちは、ぴたりと静かになり、アルファを囲んでぐるりと円になった。全員、円陣の外を向いている。だれも寄せつけまいと番をしているかのようだ。円の中心で、大きな犬は地面にどうっと倒れ、四本の足を曲げた。こわばったまま横向きに倒れた体が、引きつけを起こしたように震《ふる》えている。だが、群れの犬は、決してアルファを振《ふ》りかえらない。周囲に目を光らせながら毛を逆立て、アルファの激しくけいれんする体からも、口の下にたまるよだれからも、顔をそむけていた。

「なんなの？」スナップがラッキーにささやいた。

ラッキーは、ぽかんとして首を振《ふ》った。こんな光景ははじめてだ。テラーは死にかけているのだろうか。それならなぜ、仲間は助けようとしないのだろう。

少しずつ、テラーの体の震《ふる》えはおさまっていき、大きくびくんとけいれんしたのを最後に、静かになった。だが、わき腹は波打ち、舌は垂れたままだ。テラーは口のまわりの泡《あわ》をなめとり、ごろりとうつぶせになって、よろよろ立ちあがった。あわれなほど弱々しくみえた。自分がどこにいるのかもわかっていないようだ。

群れの犬たちはアルファを取りかこみ、うやうやしく体をなめた。

「テラー！　もどっていらしたのですね」

「あなたは、いつだってもどってきてくださる。ありがとうございます、テラー」

「〈恐怖《きょうふ》の犬〉はなんといったのですか？　どうか教えてください」

テラーの目はさっきと変わらなかった。大きく見開き、どんよりとにごり、黄色い。「〈恐怖《きょうふ》の犬〉が告げた……野営地にもどらねばならない」テラーは、よだれを垂らしながら、かすれた声でうなった。

「いまですか？」茶色の小型犬がおずおずとたずねた。

「いまだ。ぐずぐずするな」テラーは震《ふる》える前足で小型犬の顔をなぐろうとしたが、ねらいは外れた。「〈恐怖《きょうふ》の犬〉はこう告げている……よそ者は殺せ。一匹《ぴき》も逃《のが》すな。みつけしだい殺せ。さあ、いけ！」

群れの犬たちはしっぽを巻いて走りだし、大あわてで柵《さく》をくぐった。そのあとにテラーがゆうゆうと続く。トウィッチは一瞬《いっしゅん》足を止め、ちらっとうしろをみたが、三本足で体を大きくゆらしながら、新しい仲間たちを追った。

「ふう」ようやくブルーノが、小さな声をもらした。「妙《みょう》なながめだったな」

ミッキーは身ぶるいした。「ブルーノ、機転をきかせてくれてよかった。きみがいなければ、いまごろ全員死んでいただろう」

「そのとおりだ」フィアリーが、しっぽを激しく振《ふ》りながら、よくひびく低い声でいった。

「ブルーノ、お手柄《てがら》だったな」

「シャープクロウのおかげで助かったわね」スナップがじゃれつくようにブルーノを鼻で押《お》した。「ラッキー、そうよね？」

「うん、危ないところだった」ラッキーは答えたが、気持ちは晴れなかった。ぎりぎりで助かったことを考えると、素直によろこべない。はじめはフィアースドッグに襲《おそ》われ、今度は頭のおかしい犬の群れに襲《おそ》われた。それに、テラーに起こったあれは、なんだったのだろう？　ほんとうに〈恐怖《きょうふ》の犬〉が〈精霊《せいれい》たち〉を支配し、テラーに命令しているのだろうか。

ラッキーは気味が悪くなった。「ショクドウにもどろう」そうはいってみたが、獲物《えもの》も持たずにもどるのは不安だった。アルファになんといわれるだろう。べつの犬と出くわしたという報告をきけば、なんというだろう。

「そうしよう」フィアリーがうなずいた。「狂《くる》ったテラーのことを、アルファの耳に入れておかねばならん。早いほうがいい」そういうと、おそるおそる屋根のはしに立ち、小屋の上にとびおりた。

「ほんとうに、あいつは狂《くる》っているんだろうか」ミッキーがたずねた。軽い身のこなしでフィアリーに続く。

「ああ、狂《くる》ってる。かごにぎゅう詰《づ》めにされたシャープクロウみたいなもんだ」フィアリーが暗い声で答えた。

「さっきのあれはなんだったの？」スナップがいった。「ばたばた暴れて、けいれんしてたでしょ。あんなの変よ！　ほんとに〈恐怖《きょうふ》の犬〉とかいうやつと話したんだと思う？」

「そんな犬はいないよ」ラッキーはそう答えたものの、自分で自分の言葉を信じたくてたまらなかった。

草地と、そのむこうの森をみつめる。自分たちのほかにも〈大地のうなり〉を生きのびた犬がいたことはうれしい。だが、あの犬たちは何者なのだろう。あんなに頭がおかしいのは、〈うなり〉のせいなのか、それとも、群れ全体にアルファの狂気《きょうき》がうつってしまったのか。

ひとつだけ、たしかなことがある。恐れられる者《テラー》という名は、あの犬にぴったりだ。

9 獲物《えもの》を探して

「どういうつもりだ」アルファは立ちあがり、険しい顔でうなった。「獲物《えもの》はどこだ？」

フィアリーたち猟犬《りょうけん》はしっぽを垂れ、荒《あ》れたショクドウに気まずそうに入っていった。ビートルとソーンがはずむような足取りで父親に駆《か》けよる。連れ合いをみたムーンも、両耳を立て、しっぽでぱたぱた床《ゆか》をたたいた。だが、残りの犬たちは伏《ふ》せをしたまま動かず、きげんをそこねたアルファの顔色をうかがっていた。弱い日の光が、ショクドウの中に長い影《かげ》を落としている。ラッキーは、自分たちはそんなに長く外にいたのか、と気づいた。

フィアリーが進みでた。ソーンのそばを通りすぎながら、子どもの耳を軽くなめてやる。かしこまってアルファの前に立ち、口を開いた。「申し訳ありません、アルファ。めんどうなことが起こったのです」

「説明しろ！」アルファは吠《ほ》えた。

フィアリーは頭をさげたが、ラッキーは、あることに気づいて感心した。フィアリーは、床《ゆか》に伏《ふ》せるような卑屈《ひくつ》なまねをしなかったのだ。ほかの犬ならそうしていただろう。「妙《みょう》な群れに出くわしたのです。こちらを攻撃《こうげき》してきました」

「フィアースドッグではないのか？」一瞬《いっしゅん》、アルファは顔色を変えた。

「いいえ。変わった群れでした」

犬たちのあいだに、驚《おどろ》きのざわめきが広がった。

「ちゃんとした群れなの？」スプリングが目を丸くし、耳をぴくっとけいれんさせた。

「そうだ」フィアリーは、落ちついた声で答えて顔をあげ、仲間の目を順番にみた。「群れを率いているのは、気のふれた犬だった」

アルファは疑わしそうに鼻にしわをよせたが、フィアリーから目をそらそうとはしなかった。

「気のふれた犬だと？　どういう意味だ」

「頭がおかしいのです。狂犬病《きょうけんびょう》にかかった犬のようでした」群れの何匹《なんびき》かが息を飲み、不安そうなうなり声をもらした。「しかし、狂犬病《きょうけんびょう》ではありません。口から泡《あわ》を吹《ふ》いて発作《ほっさ》を起こしましたが、群れをまとめていたのです。完ぺきに、まとめていました。恐怖《きょうふ》で支配しているのです」

ラッキーはアルファのようすをうかがった。大きなオオカミ犬はゆっくりとうなずいていた。ラッキーは、フィアリーの話を証明したほうがいいのだろうか、と悩んだ。フィアリーの話はすべてほんとうです、と証言するべきだろうか。だが、思いなおした。この件はフィアリーにまかせよう。アルファは、ぼくよりフィアリーを信頼《しんらい》している。

アルファはあざけりをこめていった。「その群れが恐怖《きょうふ》で支配されていようと、おまえたちまでおじけづく必要はなかろう。頭のおかしい犬に追い立てられるままに、狩《か》り場から逃《に》げだしたというわけか？」

フィアリーは首をかたむけ、口のまわりをなめた。アルファの質問に答えるまでに、長い時間がかかった。ラッキーには、フィアリーが怒《いか》りを静めているようにしかみえなかった。「ひとまずは、そうしたのです。猟犬《りょうけん》たちを危険にさらすわけにはいきません。あの群れは、自分たちのアルファを恐《おそ》れるあまり、いわれるがままに動くのです――テラーに命じられれば、なんでもやるでしょう。わたしたちは、殺されていたかもしれません」

「テラーだと？」アルファは顔をしかめた。「それがそいつの名か？」

「はい」フィアリーは答えた。

アルファはひややかに鼻を鳴らした。「なるほど。頭のおかしいテラーか。おまえたちが逃《に》げたのもしかたがなかったのだろう。だがフィアリー、ひどいしくじりだな。獲物《えもの》も持たずに帰ってくるとは」

「申し訳ありません、アルファ」フィアリーは静かにいった。

「まったくだ」オオカミ犬はうなった。「こんなことには、がまんならん。そのケダモノにはいずれ報復をする。だが、それはそれとして」声がいちだんと大きくなった。「群れは空腹に耐《た》えなくてはならぬ。おまえの責任だ」

フィアリーの声が、少し恥《は》ずかしそうになった。「わかっています、アルファ」そういうと、子どもたちとムーンのほうをちらっとみた。家族をがっかりさせてしまったと思っているのだろう。だけど、とラッキーは考えた。こんな仕打ちは不公平だ。これはフィアリーのせいじゃない――テラーのせいで起こったことだ。

ラッキーはフィアリーをかばおうと口を開きかけたが、遅《おそ》かった。アルファは肩《かた》をそびやかせ、群れをにらみわたした。なじるような厳しい声で、ひと声吠《ほ》える。

「おまえたちは、自分の仕事もろくにはたせないのか。これは全員にいっている！」オオカミ犬がスイートまでにらみつけていることに気づいて、ラッキーは驚《おどろ》いた。「ベータも失敗した。食料をみつけられなかったという報告を受けている。いいか、こんなことは許さぬ！　自分がなにをするべきなのか思い出せ。群れというのは一匹《ぴき》の犬のためにあるのではない。一部の犬たちを救うためにあるわけでもない。群れには責任がともない、犠牲《ぎせい》がともなう。そのことを決して忘れるな！」

ラッキーはかっとなったが、どうにか怒《いか》りを抑《おさ》え、にらみつけてくるアルファから目をそらした。いま争っても意味はない。だが、いら立ちはおさまらなかった。こんなやり方で群れをまとめられるもんか！　こいつはいばり散らしてるだけだ。

「たぶん」ムーンがおだやかにいった。「移動したほうがいいのでしょう。ここにいても、得られるものはないような気がします」

「あたしもそう思います」ダートが、前足をかみながらいった。

「でも、とりあえずここはあったかいわ」デイジーがおずおずと声をあげた。「あの怖《こわ》い雨にもぬれずにすむし」

「住むところがあっても、食べ物がなければ意味がないのよ」ムーンがデイジーにいった。だが、その声は優しかった。

「腹ぺこのままじゃ、旅なんてできませんよ」ブルーノが割って入った。ラッキーは、仲間の腹がぐうぐう鳴る音がきこえるような気がした。

「いま食べられる物なんてないでしょ」スプリングがきつい調子でいった。

アルファがしびれを切らして吠《ほ》えた。「明日、〈太陽の犬〉がのぼるまでは、出発するわけにはいかん。全員、しばらく休め。食べる物がないのだから、力をむだづかいするな」

オオカミ犬ににらみつけられ、群れは静まりかえった。犬たちは、しょんぼりうなだれ、すごすごと寝床《ねどこ》に向かった。ラッキーの耳には、いやでもささやき声がきこえてきた。心配そうな小声だ。

「森にべつの犬たちがいるのね。あたしたちみたいに生きのびたんだわ」

「あたしたちとはちがうみたい……けんか好きで頭がおかしいんだって」

「状況《じょうきょう》がよくわからないけど……」ムーンが、声をひそめてフィアリーにいった。「いやな予感がするわ」


長く寝苦しい夜だった。夜が深まったころ、ラッキーは起きあがった。体をのばし、寝床《ねどこ》で円をえがく。体に穴が開いたような空腹感を振《ふ》りはらいたかった。その穴が痛んで眠《ねむ》れないのだ。口のまわりをなめながら、ショクドウのかび臭《くさ》く冷たい残飯でもいいから、ひと口ほおばれればいいのに、と願った。

近くから、サンシャインの小さな鳴き声がきこえた。ほかの犬たちがかたい床《ゆか》を引っかく音もきこえる。みんな、胃をかまれるような空腹のせいで、いらいらしているらしい。ショクドウの金属の屋根が、にわか雨に打たれてばらばら音を立てていた。デイジーのいうとおりだ。屋根のある場所を出れば苦労するだろう。だけど、森にはテラーがいて、ぼくたちが獲物《えもの》を狩《か》るのをじゃましてくる。移動はさけられない。

ラッキーは、ため息をついて目を閉じた。けいれんするテラーの姿が頭にこびりついて離《はな》れない。思いだすたびに、どうしても身ぶるいしてしまう。発作《ほっさ》のあいだ、あの犬はなにをみていたのだろう。

ほんとうに〈恐怖《きょうふ》の犬〉とかいうやつがいて、テラーに話しかけるんだろうか？

ショクドウのむこうでは、フィアリーの目が光っていた。ラッキーとおなじように、テラーのことや、これからのことを考えているのかもしれない。

眠《ねむ》れるだろうかと心配だったが、つぎに目を開けたとき、ショクドウはあわい光に照らされていた。〈太陽の犬〉がのぼりはじめているのだ。重い体で立ちあがり、軽く吠《ほ》えてとなりにいるスナップを起こし、ねぼけまなこのリックの耳を鼻でそっと押《お》した。

「出発ですか？」ラッキーは、アルファに声をかけた。オオカミ犬はすでに目を覚ましていた。

あたりを警戒《けいかい》しながらショクドウの入り口に立ち、鼻を動かしてにおいをかいでいる。

アルファはしばらく返事をしなかった。ようやく振《ふ》りむくと、あからさまに見下したような顔で小さくうなった。

「いいや、まだだ。まずは、このあたりで食べる物を探す」

「ですが、スイートが――」

「スイートは〈街の犬〉ではない」アルファは顔をしかめた。「だがラッキー、おまえは〈街の犬〉だ。自分でなんどもそう繰り返してきた」

「ないものをみつけてくるわけにはいきません」ラッキーは言い返した。

「ここはかつて、ニンゲンどもの大きなねぐらだった」アルファは声をとがらせた。「おまえはニンゲンのことならなんでも知っているのだろう？　そう吹聴《ふいちょう》してきたではないか――やつらに食べ物をもらっていただの、自分の知恵《ちえ》のみを武器に生きのびてきただの。さてラッキー、そのごりっぱな知恵《ちえ》がまだ消えていないか、みせてもらおう」

ラッキーはアルファをにらみつけ、牙《きば》をむき出した。「ニンゲンたちはもういません。いまではぼくも野生の犬です。あなたと同じ猟犬《りょうけん》です！」

「群れを飢《う》えさせるようでは猟犬《りょうけん》とは呼べん」アルファはうなり返した。「おまえの実力をみせろ。ニンゲンの町で獲物《えもの》をみつけるのだ。失敗すれば、パトロール犬に格下げする」

アルファは、尾《お》をひと振《ふ》りして群れのほうを向き、注目しろと叫《さけ》んだ。「スプリング！　これから猟犬《りょうけん》を町にいかせるが、おまえにリーダーをまかせる。連れていく者を選び、ここを出発する前に食べる物をみつけてこい」オオカミ犬はちらりとも振《ふ》りかえらずに、ラッキーのそばを離《はな》れた。爪《つめ》が床《ゆか》の上でかちかち音を立てる。群れは目を覚まし、まぶしそうに目をぱちぱちさせていた。〈太陽の犬〉の光が割れた窓から射しこんでいる。

スプリングは、足取りも軽くラッキーのそばに駆《か》けよってきた。アルファとの言い争いにはまったく気づいていないようだ。「ビートルとソーンを連れていきましょうよ。狩《か》りの経験をさせたほうがいいわ」

子犬たちは耳をぴんと立て、転がるように走ってきた。そのうしろで、リックが顔をくもらせている。耳を垂れ、大きく見開いた目は悲しげだ。

「リックも連れていったら？」ラッキーはスプリングに耳打ちした。「あの子は役に立つ」

「そうね」スプリングはうなずき、大きな声で呼んだ。「リック！　あなたもいらっしゃい」

リックがはりきって走ってきて、狩《か》りの一行に加わった。いまいましそうに振《ふ》りかえるアルファの顔がいやでも目に入った。不満げなうなり声もきこえる。だが、オオカミ犬はだまっていた。そりゃ、なにもいえないよな——。ラッキーは胸の中でつぶやいた。リックには狩《か》りにいく権利があるんだ。ほかの子犬たちと変わらない。もし、群れの一匹《ぴき》だけに狩《か》りの訓練を禁じれば、オオカミ犬はアルファの座を追われるだろう。

「ラッキーが先頭をいって」スプリングは、ショクドウを出ると、ラッキーにいった。五匹《ひき》の犬たちは、久しぶりにあたたかい日の光を浴びていた。「ニンゲンたちのすみかのことをよく話してくれたでしょ」

その声にばかにしたような調子はなかった。アルファとはちがう。ラッキーは感謝をこめた目でスプリングをみてから、先頭に立ち、かたい小道のはしをたどっていった。「わかった。だけど、約束はできないよ。こんな荒《あ》れたところで、なにかみつかるかな」

「わかってる」スプリングは顔をしかめてうなずいた。「でも、みてみる価値はあるでしょ。子どもたちも軽く運動ができるし」

そのとおりだった。小さい犬たちを連れてきたスプリングの判断は正しかった。狩《か》りの経験をさせられるだけではなく、気がまぎれて、おなかがぺこぺこに空《す》いていることを忘れられる。ビートルとソーンとリックは、そろって耳をすまし、鼻を高くあげてにおいをかいでいた。真剣《しんけん》だが、はしゃいでもいた。ソーンは腰をあげた伏《ふ》せの姿勢になり、かかってこいとリックをからかった。そのソーンにビートルが忍《しの》びより、背中にじゃれつく。子どもたちは、ひび割れた道路の上でもつれ合い、くぐもった声でうれしそうにきゃんきゃん吠《ほ》えた。ラッキーは、スプリングが三匹《びき》を叱《しか》らないことがうれしかった。やさしい目でながめているだけだ。

「あんなに仲良くなってよかった」ラッキーは小声でいった。「リックは名前をもらったビートルとソーンをやっかんだりしてないし、二匹《ひき》も名前をもらってないリックをばかにしたりしない」

「ほんとね」スプリングはため息をついた。「大きくなるまでには、いろいろむずかしいこともあるわ。たとえ、相手が血のつながったきょうだいでも。大事なのは、家族と力を合わせる方法を学ぶこと。群れとおなじよ。あたしとトウィッチも……」なつかしそうな声は、そこでとぎれた。

ラッキーは、なぐさめようとスプリングを鼻で押《お》した。「トウィッチはだいじょうぶだよ。新しい群れをみつけて、そこでぶじに暮らしてる。大事なのはそれだけだろ」

スプリングは、垂れた耳を振《ふ》った。「どうしても心配になっちゃうの。あたしたち、いつも仲良しだったわけじゃないけど、きょうだいだし、ひどい目にはあってほしくない。新しい群れのせいで、トウィッチまで頭が変になったらどうしよう」

「会ったときはふつうだったんだ」ラッキーは安心させた。「あの群れでほんとにおかしいのはテラーだけだと思う。ほかの犬たちは、あいつを怖《こわ》がってるだけなんだ。その証拠《しょうこ》に、トウィッチは、テラーが近づいてるから逃《に》げろって警告《けいこく》してくれた。ぼくにはわかる。トウィッチは、あぶないと感じればテラーのもとを去るはずだ……」

ラッキーの声はだんだん小さくなっていった。気まずくなり、ふざけ合っている子どもたちのほうに視線を泳がせる。ほんとうにそうだろうか――。トウィッチにはほかにいくあてがない。どんな毎日を送っているんだろう。いつも頭のおかしい犬の顔色をうかがってなくちゃいけないなんて。

二匹《ひき》はだまりこんだ。きこえるのは、子どもたちがのどを鳴らす声や、転がる音や、うなる声だけだった。しばらくして、スプリングはため息をついた。「トウィッチの足はどうだった？　痛そうだった？」

「いや」ラッキーははっとした。そういえば、その話をしていなかった。身ぶるいしながら、ゆがんだ足の付け根や、毛のない皮ふを思い出す。「トウィッチの足は、その……」

「どうしたの？」スプリングは、けげんそうな顔で耳をぴんと立てた。「悪いの？」

「そうじゃなくて……」ラッキーはいいよどみ、口のまわりをなめた。

「なんなの？　ちゃんと話してよ！」

「足は……トウィッチの足は、なくなってたんだ。かみきられてた」

「うそでしょ？」スプリングはぴたりと立ちどまった。「どうして？　それで、だいじょうぶなの？」

「ああ、だいじょうぶだ。ほんとに、元気だった」ラッキーは仲間の耳をなめてやった。「なくしてしまったほうがよかったのかもしれない。だって、不自由な足にいつも悩まされてただろう」

「でも、どうやって暮らしてるの？　どうやって狩《か》りをするの？」

「走れるんだ――うそじゃない！　それどころか、前よりもすばやく動いてた。群れといっしょにぼくたちを追ってきた姿をみてほしかったよ！」

「ほんとに？」スプリングは、祈《いの》るような表情で首をかしげ、垂れていた耳を立てた。「それがほんとならうれしい。ちがうの、ラッキーたちが追われたのはうれしくないのよ」スプリングはあわてていいそえ、声を大きくして子どもたちに呼びかけた。「ビートル、ソーン、リック！　ほら、遊ぶのはおしまい。狩《か》りをしなきゃいけないんだから！」

これ以上トウィッチのことを考えたくないのだろう。ラッキーはほっとした。いま、群れにとってなによりも重要なのは、食べ物をみつけることだ。食べなくては先に進めない。ラッキーは、むりやり頭の中からトウィッチのことを追いだし、記憶《きおく》をさぐることに集中した。むかしのぼくは、どうやって街で食べ物を探してた？　コツを思いだせ！

道路や庭に転がっているニンゲンの死体は、みなれたものになりはじめていた。どこへいっても死のにおいがただよっている。ここにはもう、ぼくに残り物をくれるニンゲンはいない。それはたしかだ。だけど、食べ物はあるはずだ。きっと、ニンゲンたちが取っておいた食べ物がある。

弱い風が起こり、建物のあいだを静かに吹《ふ》きぬけながら、ある音を運んできた。小さな足がはいまわるような音だ。それから、チュウチュウいう鳴き声。

「こっちだ。この建物のうらにいこう」ラッキーは鼻をあげ、めあての家からただよってくるにおいを吸いこんだ。「音がきこえた気がする」

「たしかめる価値はあるわ」スプリングがうなずき、片耳をぴくっと震《ふる》わせた。

ラッキーは、慎重《しんちょう》に家に近づきながら、むせかえるような死のにおいから、生き物のにおいをかぎわけようとした。やがて、スプリングに耳打ちした。「ネズミだ！」

「ほんと」スプリングは目をかがやかせた。「ラッキー、すごい！」

ラッキーはちらっとうしろをみた。三匹《びき》の子どもたちは、静かにあとをついてくる。ふざけあっていたことも忘れて、獲物《えもの》をつかまえようと胸をわくわくさせていた。

「とびらの下に穴が開いてる。ほら！」ビートルが穴のにおいをふんふんかいだ。「ちっちゃいふたがついてる」

「小さすぎて、ビートルだってくぐりぬけるのはむりよ」スプリングがいった。「ここに住んでたシャープクロウたちの玄関ね。べつの入り口を探さなくちゃ」

「ちょっとまって」リックが、ほかの犬たちのあいだから、おずおずと進みでてきた。片方の前足を扉《とびら》にかけ、重さをたしかめるようなしぐさをする。「あたし、これならこわせるかも」

スプリングが、まさかといいたげに片目をみひらいた。「本気でいってるの？　扉《とびら》はすごくかたいのよ」

「うん、そうね」リックは恥《は》ずかしそうに小さくなった。「あたし、ばかなことはしたくないし」

「いや、いいんだよ」ラッキーは、おだやかに声をかけた。こんなにたくましいフィアースドッグの子犬が、これほど内気だとは意外だった。「スプリング、やらせてみよう。損をするわけでもないし、ほかの獲物《えもの》をみつけたわけでもない」

「そうね」スプリングは疑わしそうな顔をしていたが、扉《とびら》から一歩うしろに下がった。ほかの子どもたちはちらっと目を合わせた。ビートルは、鼻に少ししわを寄せている。

ラッキーは、はげますようにリックを押《お》した。「さあ、やってごらん。だけど、もしほんとうにこの扉《とびら》を壊《こわ》せたら、中からとびだしてくるものに気をつけるんだよ。ネズミは凶暴《きょうぼう》だ。襲《おそ》われないように注意しなきゃ」

小さな犬は、緊張《きんちょう》して自分の鼻をなめ、ごくりとつばを飲んだ。たくましい肩《かた》をこわばらせ、力をふるい起こす。体勢が整うと、扉《とびら》に突進《とっしん》した。

だが、その体ははね返され、よろめきながら着地した。扉《とびら》は枠《わく》の中で震《ふる》えたが、壊《こわ》れてはいない。リックは小さくうなった。

「むりじゃないと思う」リックは鋭《するど》い目でいった。「かたいけど、きっと割れるはず」

「もういちど、やってごらん」ラッキーははげましました。

リックは歯をくいしばって地面をけり、全力で扉《とびら》に体当たりした。今度は、板が割れるぴしっという音がはっきりときこえた。ペンキのはげかけた板が震《ふる》える。

「いいぞ」ラッキーは声をはずませた。「あと一回でいけるかもしれない！」

リックは、気合いをこめてのどの奥でぐるぐるうなり、腰を低くしてかまえた。扉《とびら》に突進《とっしん》しながら首をすくめ、あらんかぎりの力でぶつかる。すると扉《とびら》は、板が割れるばりばりという音を立てながら、内側にくずれた。リックは勢いあまって家の中にとびこみ、床《ゆか》の上に転がった。ビートルとソーンは勝ちほこって歓声をあげ、ラッキーとスプリングは、割れた扉《とびら》をまじまじとみつめた。「リックならやれるって思ってた！」ソーンが叫《さけ》んだ。「ビートル、ほらね？」「リック、すごいわ！」スプリングは、すっかり感心して声をあげた。「さあ、いきましょう！」

ラッキーは、割れた扉《とびら》の穴をすりぬけた。木のかけらが毛に引っかかったが、気にしなかった。あとに続くほかの犬たちが穴をくぐるたびに、木片がぱらぱらと落ちる音がした。リックはすでに体勢を立てなおし、ネズミを追いはじめていた。牙《きば》を鳴らし、よだれを散らしながら獲物《えもの》にかみつく。ネズミはいたるところにいた。テーブルの上をはいまわり、やぶれたカーテンをよじのぼり、腐《くさ》った食べ物にむらがっている。一瞬《いっしゅん》、時が止まったように、ネズミたちがいっせいに犬たちのほうをみた。ラッキーがふと下をみると、すぐそこに、ぎらつく小さなひと組の目があった。ネズミが一匹《ぴき》、犬の足ひとつ分しか離《はな》れていないところにいる。ラッキーは毛を逆立てた。

ネズミは金切り声で鳴き、くるっとうしろを向いて逃《に》げだした。ほかのネズミたちも悲鳴をあげ、あわてふためいて走りはじめた。仲間を下敷きにしながら、必死で逃《に》げる。

大量の獲物《えもの》だった。しとめずにいるほうがむずかしいくらいだ。ラッキーが二匹《ひき》つかまえたころ、リックはとっくに同じ数のネズミの背骨を折ったあとだった。いくつかある出口は、押《お》しかけたネズミたちでふさがれていた。逃《に》げおくれたネズミは向きなおって戦うしかなかった。追いつめられたネズミは凶暴《きょうぼう》になる。

そのとき、スプリングが、おびえた悲鳴をあげた。みると、一匹《ぴき》のネズミが、黄ばんだ長い歯でのどに食らいついている。ラッキーは、仲間に駆《か》けよろうとしたが、小さな歯に足をかまれて悲鳴をあげた。鋭《するど》く刺《さ》すような痛みが走る。振《ふ》りはらい、ふたたび襲《おそ》ってきた相手にかみついて首の骨をくだいた。リックが痛そうにきゃんと鳴く声や、ビートルが叫《さけ》ぶ声がきこえた。

「はなれろ！」ビートルはソーンを助けようと、きょうだいの肩《かた》にかみついたネズミをくわえて引きはがし、死ぬまで振《ふ》りまわした。

ラッキーは牙《きば》をむいて体をひねり、背中を襲《おそ》ってきたネズミをしとめた。リックはうしろ足にかじりついてきたネズミにかみつこうとしていたが、部屋のすみからきこえてきた激しい叫《さけ》び声をきいて、はっと顔をあげた。追いつめられたスプリングが、夢中で吠《ほ》えている。相手の数が多すぎるんだ――ラッキーは、われに返ってぞっとした。ここにきたのはまちがいだったたかもしれない。

「リック！」ラッキーは吠《ほ》えた。「急げ。スプリングを助けるんだ！」

恐《おそ》ろしい数のネズミが、目をぎらつかせてスプリングの体を埋《う》めつくし、引っかいたりかんだりしていた。一匹《ぴき》は怒《いか》りで目を赤くし、鼻に歯を立てている。リックはスプリングに走りよった。だが、ネズミを何匹《なんびき》引きはがしても、引きはがしたはしから、また同じ数のネズミが襲《おそ》ってくる。

ラッキーは新たに食らいついてきたネズミを三匹《びき》振《ふ》りはらい、大急ぎでスプリングのもとへ走った。血で足がすべる。「ビートル！　ソーン！」

二匹《ひき》は自分の獲物《えもの》から顔をあげた。目が戦いの興奮でかがやいている。スプリングが苦しんでいることに気づくと、すぐに走ってきて、リックといっしょに仲間の背や腰からネズミをもぎ取った。ラッキーは、スプリングの顔にかじりついていたネズミを激しくかんで引っぱり、骨をくだいた。ネズミのにおいでのどがつまり、息が苦しくなる。

ラッキーと子どもたちに助けられ、ようやくスプリングは、キイキイ声で騒《さわ》ぐネズミの群れを振《ふ》りはらった。かまれた痛みでかんかんになっていたスプリングは、逃《に》げていくネズミたちに襲《おそ》いかかり、手当たり次第にくわえては左右にほうった。やがて、最後の一匹《ぴき》が、血まみれの尾《お》を引きずりながら、壁の穴から逃《に》げていった。背を丸めて息を整える犬たちのまわりでは、しとめられたネズミたちが折りかさなって倒れていた。

ビートルはぶるっと体を振《ふ》り、足の傷をなめて吠《ほ》えた。「楽しかった！」

スプリングは、まだネズミに食いつかれてでもいるかのように、頭を激しく振《ふ》った。鼻先にも両耳にもかまれたあとが点々と残り、血がにじんでいる。「よかったわね」そういいながら、ぶるっと身ぶるいした。

ラッキーは、息が切れてわき腹を波打たせていたが、獲物《えもの》の山をみると達成感がわいてきた。三匹《びき》の子どもたちを大きな声でほめる。「大成功だ。みんな、よくがんばった！」

リックは目をかがやかせ、誇《ほこ》らしげな表情をちらっとのぞかせた。「スプリング、だいじょうぶ？」

「あなたのおかげでね」スプリングはかすれた声で答えた。「ラッキーとビートルとソーンも、ありがとう。ネズミってほんとにやっかい」

「やっかいだけどおいしい！」ソーンが元気よく叫《さけ》んだ。

スプリングは笑って、ひと声吠《ほ》えた。「とりあえず、これでアルファも満足でしょ。ショクドウにもどるわよ」

スプリングとラッキーは、それぞれが運べる数を考えて獲物《えもの》を分けた。扉《とびら》の穴をすりぬけておもてに出るころには、空はすみわたり、〈太陽の犬〉が明るく照っていた。変な感じだ、とラッキーは思った。こんなによく晴れて、暖かな気持ちのいい日だというのに、町にはいまも、いたるところにニンゲンの体が転がっている。死のにおいは強まるいっぽうだった。それでも、今日は〈太陽の犬〉が顔を出し、食べる物がたっぷりある。ラッキーは、気分が明るくなった。

リックとソーンとビートルは、くわえられるだけネズミをくわえている。はずむような足取りでかたい道を駆《か》けていた。口には、誇《ほこ》らしいのとうれしいのとで、はずむような足取りでかたい道を駆けていた。

ラッキーのとなりにいるスプリングは、少し足を引きずっていたが、傷はそこまで深くないようだ。狩《か》りが成功したよろこびで、目をかがやかせていた。

ラッキーは、口いっぱいに獲物《えもの》をくわえているせいで、あごがだるくなっていた。それでも、うれしいことには変わりない。リックは、能力があることをはっきりとスプリングに示してくれた。そして、群れにもどる自分たちは、誇《ほこ》れるほどたくさんの獲物《えもの》をしとめた。みんながきちんと役目をはたした。子どもたちもよくがんばった。

だが、スプリングと並んで三匹《びき》の子どもたちのあとを追ううちに、ラッキーは疲《つか》れてきた。〈太陽の犬〉が照りつけてくるせいで、つい、くわえている獲物《えもの》を落とし、思いきり息をつきたくなる。狩《か》りは成功したものの、これだけのネズミで群れがいつまでもつだろう？　食べ物の問題がすべて解決したわけではない。そのうちまた、テラーの森にいかなくてはならないだろう。それがむりなら、町を出て、安全な場所を探さなくてはならない。考えただけで、ラッキーはぐったりした。

また移動するのかと思うと気分が悪くなる。群れのみんなも同じ気持ちだろう。旅はいつ終わるのだろうか。自分たちの居場所をみつけなくては――狩《か》りをし、子犬を育て、安心して〈月の犬〉にむかって遠吠《とおぼ》えができる場所を。

町の中心にさしかかると、きらめく池がみえた。ラッキーはがまんできなくなった。水だ！　きっと気持ちがいいぞ！　スプリングに目で合図する。二匹《ひき》はいっしょにネズミを地面に置いて、池のふちでにおいをかいだ。

「だいじょうぶだと思う。雨は降ったけど」スプリングは、かすれた声でいった。「こんなに大きな池だし、あれくらいの雨じゃ毒にならないはず……」

「ああ、だいじょうぶだ」ラッキーは池にとびこみ、ほてった前足を冷やした。さっそく鼻先を水につけ、飲みはじめる。最高においしかった！

スプリングもラッキーに続いた。「ああ、ほっとした」うれしそうにため息をつき、しずくの垂れた口をなめた。「さ、いきましょ」

返事をしかけたとき、ラッキーはふと、険しい顔になった。においがする——よく知っているにおいだ。群れの犬のだれかだ。だが、だれだろう？　不安と好奇心で、胃がきゅっとちぢんだ。ラッキーはスプリングに声をかけた。「先にいって、子どもたちに追いついてくれ。すぐにもどる。ちょっとたしかめたいことがあるんだ」

「急いでね」スプリングはショクドウのほうをちらっと目で指し、ネズミをくわえて小走りに子どもたちを追っていった。

ラッキーは、地面に置いたネズミを前足で集めた。少しのあいだくらい、このままにしておいてもだいじょうぶだろう。まずはつきとめなくてはならない。ほんの少し前にここを通った犬はだれだろう？　群れのだれかがふらっと出かけたのだろうか。よく知っているにおいだ。スナップが、トウィッチに会いにもどったのだろうか？

だが、スナップではないようだった。そのにおいには、いまだに〈囚《とら》われの犬〉にまとわりついている、あのにおいがまじっていた——どことなく甘《あま》く、心地よさと、ニンゲンの服と、やわらかいたっぷりの食べ物を思わせるあのにおい。〈囚《とら》われの犬〉たちは、一匹《ぴき》残らず、まだそのにおいをさせている。荒野《こうや》で暮らしはじめてから、〈月の犬〉が何度も旅をするほど長い時間がたったが、それでも変わらない。ラッキーはいやな予感をかかえながら、地面に鼻を近づけてにおいをたどっていった。

いきなり、鼻が木の柵《さく》にぶつかった。ラッキーは目をしばたたかせ、どうしようかと迷いながら口のまわりをなめた。長い柵《さく》はところどころ壊《こわ》れ、あいだから枯《か》れかけた草が外にはみだしている。柵《さく》のむこうからは、死のにおいがこれまで以上に強くただよってきた。だが、しめった土のにおいと、群れの犬のにおいもする。ラッキーは、爪《つめ》で柵《さく》のすきまをこじ開け、体を押《お》しこんだ。そこは、草がぼうぼうに茂《しげ》ったニンゲンの庭だった。

危険にそなえようと体勢を整えたそのとき――悲しげな茶色いひと組の目がみえた。そして、白と黒のまだらの顔。

「ミッキー！」思わず叫《さけ》び声が出た。「ここでなにしてる？」

ミッキーはうなだれたが、ラッキーの顔から目をそらそうとはしない。さびしそうだが、なにかを決意した目つきだ。頭で指した先には、ぬれた草むらの中に転がる、息絶えたニンゲンの体があった。ラッキーは、ごくりとのどを鳴らした。

「まだ小さい」ミッキーは鳴いた。「わたしのニンゲンとおなじだよ。街でいっしょだった、わたしのニンゲンにそっくりなんだ」

「だけど……」ラッキーは自分に、がまんしろ、落ちつけといいきかせた。牧羊犬の気持ちはわかる。たとえ、その気持ちを分かち合うことはむりだとしても。雑草の中に置いていかれたニンゲンの体は、目をそむけたくなるほどあわれにみえた。「ミッキー、このニンゲンはもう助からないよ。それに、きみのニンゲンじゃない。みたこともないだろう」

「わかっている」ミッキーの表情は、悲しげだが、かたくなだった。「ちゃんとわかっているよ。だが、わたしのニンゲンにほんとうにそっくりだ。背丈《せたけ》も、髪《かみ》も、なにもかも。ここでにおいに気づいて――どうしても、このままにしておけなかった。放っておくなんて、正しいことじゃない」

ミッキーの白い前足は、土と草で汚《よご》れていた。足のあいだには、掘《ほ》りかけの深い穴がある。簡単な仕事ではなかっただろう。手入れをされなくなった庭では、草や根が伸びほうだいに伸び、からまりあっている。

「〈大地の犬〉のもとに送ろうとしてたのか」ラッキーはうなずいた。

「ほかの犬にも、わたしのニンゲンにおなじことをしてほしいんだ。自分では埋《う》めてやれないかもしれない」ミッキーの声は静かだった。

「わかるよ……」ラッキーはため息をついた。「だけど、アルファにこんなところをみつかったら――」

物音がした。ラッキーはとっさに前足をあげて振《ふ》りかえり、牙《きば》をむいた。だが、すぐに力をぬいた。よく知っている三匹《びき》が、柵《さく》の下をくぐりぬけてくる。

「リック、ビートル、ソーン」ラッキーは、けげんに思いながら子どもたちをみた。「どうしてここにきた？」

ビートルが、ちらっとソーンをみた。リックが一歩前に出る。「スプリングが追いついてきて、ラッキーはほかの犬のにおいをみつけたっていったの。たしかめにいったんだって」

「だいじょうぶかどうか、みにきたんだ」ビートルが横からいった。

ラッキーは、子犬たちがかわいくてたまらなかった。「だけど、ネズミはどこに――」

「おいてきたの。あとでとりにいく」ソーンが答え、いたずらっぽい声でつけくわえた。「ラッキーのまねっこしたの」

「ラッキーを追いかけるほうがだいじだとおもった」ビートルは気まずそうにいった。「スプリングも、だいじょうぶだっていったよ」

「だいじょうぶなのは、ぼくも同じだよ」ラッキーはおかしくなって、頭をかたむけた。「だけど、心配してくれてありがとう。きみたちは、群れの一員として大事なことをしたんだ」

ビートルとソーンは大きく胸を張った。「ふたりの話がきこえたよ」ビートルはいい、ミッキーをちらっとみて続けた。「ぼくたち、ミッキーのいうとおりだって思った」

ソーンもいった。「あのニンゲンを〈大地の犬〉にあずけたいなら、そうしなくちゃ。きっと、〈大地の犬〉も、おなじことかんがえてると思うの」

ソーンはきょうだいを肩《かた》で押《お》し、リックといっしょにミッキーの足元に走りよった。たちまち、土や泥《どろ》のかたまりが雨のように降ってきた。子どもたちがミッキーの作った穴を掘《ほ》りはじめたのだ。

ラッキーは驚《おどろ》いていたが、感動してもいた。そのあいだにも、三匹《びき》の幼い犬たちは、たくましい足で穴を広げていく。ミッキーは少し面食らっていたが、すぐに感謝をいっぱいに浮《う》かべた顔で穴掘《ほ》りにくわわった。

もしかしたら、こんなことに時間をつかっちゃいけないのかもしれない――ラッキーは考えた。だけど、ほんとうにいい子たちだ。これも群れの一員として大切なことだよな？　仲間を思いやって助けてるんだ。ミッキーがなぜ悲しんでいるのかはわかっていないけど。

ぼくだって群れの一員だ。ラッキーは複雑な思いはひとまずわきに置き、四匹《ひき》を手伝って穴から土をかき出した。

犬たちが力を合わせたおかげで、穴を掘《ほ》る作業は、ミッキーがひとりでがんばっていたときよりずっと速く進んだ。あっというまに穴は深くなり、小さなニンゲンの体がおさまるほど長くなった。ビートルが最後に土をひとけりして、穴からはいあがってきた。

ソーンがいった。「はやくミッキーのニンゲンをうめましょ。そしたら、みんなでショクドウにもどれるでしょ」

「この子はわたしのニンゲンじゃないよ」ミッキーは、ちらっとラッキーをみていった。「だが、そうだったとしてもおかしくない。だからこそ――」

リックが、なぐさめるように、年上の犬の耳をそっとなめた。「わかってる」

ラッキーは、胸に愛情がこみあげてきた。小さなフィアースドッグがかわいくてたまらない。だが、アルファがここにいないのはさいわいだった。こんな光景をみれば、顔をしかめるにきまっている。

ミッキーは、ゆっくりとニンゲンの体のまわりをまわっていたが、やがて、肩《かた》の部分の服をくわえた。ビートルがもう片方の肩《かた》をくわえる。二匹《ひき》はニンゲンをそっと引きずっていき、穴の中にどさりと落とした。息を切らしながらうしろに下がると、ソーンとリックとラッキーが、うしろ足で土をけり、穴の底の体にかぶせていった。すぐに、ニンゲンの体は完全に土におおわれた。そこにニンゲンがいたことを示すのは、しめった土の小山だけだった。小山をかこむ荒《あ》れた草地は、むかしは庭だった場所だ。

長くぎこちない沈黙《ちんもく》が流れた。犬たちは押《お》しだまり、墓をみつめていた。死のにおいはうすくなっていた。掘《ほ》りかえされた土のゆたかなにおいのほうが強い。

ソーンが首をかしげ、鼻をふくらませた。「〈大地の犬〉は、もうあのニンゲンを受けとったみたい。においがするでしょ？」

ビートルがうなずいた。「うん。きっと、ぼくたちをほめてくれてるんだ。ミッキー、ニンゲンはもうだいじょうぶだよ」

「〈大地の犬〉が、あの子を世界にもどしてくれる」リックが、そっとミッキーに頭を押《お》しつけた。

ラッキーは、胸がつまった。小さな犬たちが分別をみせてくれたことがうれしかった。ミッキーは目をしばたたかせ、頭と胸を地面につけてかがみ、鼻で土の小山にふれた。

「〈大地の犬〉よ、ニンゲンの子をおあずけいたします」ミッキーはきゅうきゅう鳴きながらすわり、一度だけ、低く悲しげな声で遠吠《とおぼ》えをした。

子犬たちは、礼儀正しく待っていた。しばらくすると、ミッキーは立ちあがり、ニンゲンの墓に背を向けて歩きはじめた。子どもたちもあとに続いた。ラッキーは、最後に土の小山をちらっとみて、仲間についていった。

ラッキーにも、ビートルとソーンとリックが、落ちこんでいたミッキーをはげまそうとしていたことはわかっていた。だが、こんなふうに時間をむだにしていいのだろうか。今回のおこないは、ニンゲンのためにはなっても、群れのためになるだろうか。ラッキーはため息をついた。新しい暮らしはわからないことだらけだ――。

ラッキーはほっとした。池にもどると、置いてきたネズミがそのまま残っているのがみえたからだ。「だれにも取られてなくてよかった。きみたちのほうの獲物《えもの》もぶじだといいけど」ラッキーは子どもたちに声をかけた。

「だいじょうぶ」リックはそういって、水面できらきらしている〈太陽の犬〉の光にじゃれついた。それから、頭をさげて水を飲んだ。すぐに、ビートルとソーンがまねをする。リックは顔をあげ、しずくの垂れる鼻をなめた。「ここじゃ、えものを盗《ぬす》まれることなんてないとおもう」

そうかもしれない、とラッキーは考えた。だけど、ずっとそうだろうか。テラーの群れは町のすぐ外にいる。フィアースドッグにもいつ出くわすかわからない。ラッキーはネズミをくわえ、ショクドウにもどる道を歩きはじめた。〈太陽の犬〉は空の一番高い場所まで駆《か》けあがり、ゆうべの雨が作った水たまりはほとんど消えかけていた。水たまりのふちを囲む黄色いかすだけが残り、かわいてひび割れていた。どちらかというと、その粉っぽいかすのにおいのほうが、ニンゲンのなきがらよりも強烈《きょうれつ》だった。ラッキーは、あちこちにある水たまりのあとには、できるだけ近づかないようにした。この町がまるごとだめになってしまったとは、とても信じられない。くずれた家はひとつもなく、かたい石の道にも目立ったひび割れはない。ラッキーはふと足をとめ、死んだジドウシャをしげしげとながめた。虹《にじ》色に光る血が地面に流れだしている。ジドウシャの血は、乾《かわ》いた水たまりのあとに流れつくと、シュウシュウ音を立てながら泡《あわ》だった。刺《さ》すようなにおいがただよってきて、ラッキーは鼻がひりひり痛くなった。

ラッキーはネズミを地面に置き、ぶるっと頭を振《ふ》って、鼻の中からにおいを追いだした。ミッキーとソーンとビートルは先を歩いているが、リックはうしろにいる。ラッキーは子犬が追いつくのを待った。

「リック」ラッキーはそっと声をかけた。「ちょっと話せるかい？」

リックはネズミを置き、きちんとすわった。「なに？　あたし、なにかまちがったことした？」

「いや、その……」ラッキーは言葉につまって耳を垂れ、しっぽの先で地面をぱたぱた打った。やがて、話を続けた。「ミッキーがいないうちに、いっておきたいんだ。きみのしたことは親切だった。だけど、あまりミッキーの味方をしすぎるのも考えものだと思う」

リックはとまどって首をかしげた。「味方？」

「ニンゲンたちのことだよ。ミッキーが、さっきのニンゲンをみてすごく悲しい気持ちになってたことはわかってる。だけど、あんなふうに悲しむのはよくない。ニンゲンと暮らしてたのはむかしのことなんだ。あんな姿をみると、ずっと囚《とら》われたままなんじゃないかと思ってしまう——心の中ではずっとニンゲンたちといっしょなんじゃないか、ってね」

「でも、心の中だけでしょ」リックは、すわったまま体をもじもじさせ、伏《ふ》せの姿勢になった。目はラッキーを見上げたままだ。「本気でもどろうとはしてない。あたしとファングとウィグルをみつけたあとは、群れをぬけようとしたこともないでしょ。なにがいけないの？」

ラッキーは思わずかっとなった。だが、リックとミッキーのどちらに腹を立てているのかわからない。ミッキーが、住んでいた街に革のグローブを置いてきたとき、これでニンゲンのことは完全に忘れたのだと思った。だが、実際はどうなのだろう。「ミッキーの忠誠心は、ふたつに引きさかれてる。わからないかい？〈野生の群れ〉の暮らしに集中できていない。きっと、どこかでぼろが出る。群れにとっては危険なことだよ」

「あたし、ミッキーはゆうかんだと思う」リックは静かな声でいった。

「なんだって？」ラッキーは、面食らって問いかえした。

「だって、自分が正しいと信じてることをしてるもの。ニンゲンたちにも、群れにも、ちゅうじつになれる。わかるでしょ？　それがミッキーなの。ニンゲンたちのことを忘れたら、ミッキーじゃなくなる」

ラッキーは、しっぽでゆっくりと地面を打ちながら、どう答えればいいのだろうと考えこんだ。

「だからって、あたしたちのことをみすてるわけじゃない」リックはそろえた前足に顔をのせ、目を伏《ふ》せた。「群れからいなくなるわけでもない。ただ、自分がどういう犬なのか、忘れたくないの。それだけ」

「ぼくは……」ラッキーはフィアースドッグをみつめたが、リックは目を合わせようとしなかった。その瞬間《しゅんかん》、ラッキーは相手が考えていることに気づき、ニンゲンにあばら骨をけられたようなショックを受けた。「リック、ほんとにミッキーの話をしてるのか？」

リックは体をこわばらせ、ぷいと横をむいた。そして、両耳を力なく垂れた。「ラッキー、いおうと思ってたの。あたし……あたし、ゆうべ夢をみたの」

ラッキーは自分の鼻をなめた。「ファングの夢か?」

「そう。でも、ふつうの夢じゃなかった。ほんとに起きてることみたいだったの。前に、なわばりの外でファングに会ったときとおなじ。あたしたち、川がわかれるところに立ってた。そしたらファングが、おれもおなじ夢の中にいるんだ、っていったの。夢とおなじばしょにきて、フィアースドッグの群れにもどれっていわれた。あたし、わかるの。あそこにいけば、ぜったいファングがいる」

うそだろ――。ラッキーは声に出さずに叫《さけ》んだ。リック、このタイミングで群れを捨てるなんて、やめてくれ。「でも、あたし、いやだっていった。自分の群れのところにいたい、っていった」

ラッキーは胸が熱くなった。「リック、きみは正しい判断をしたんだ」

「あたしもそう思う」リックは、うれしそうにしっぽをひと振《ふ》りした。「ファングはすごくおこってた。おれの群れをみすてるのか、って。あたしがひとりで会いにいかなかったら、ブレードがあたしのところにきて、おしおきするんだって」

ラッキーは体が震《ふる》えそうになるのをがまんした。夢でみた犬の大群を思いだす。氷のかけらが舞いちる中で争っていた。いや、〈アルファの乱〉は――犬たちの嵐《あらし》は――現実のことじゃない。リックの夢だって現実じゃない。自分でもそう信じたくてたまらない……。

「あたしの群れはこっち。はなれたりしない。でも、ファングだってかぞくなの。片方だけえらぶなんて、できない」リックは吠《ほ》えた。

「簡単に片づく話じゃない――とにかく、それはわかった」ラッキーはいった。だが、頭は夢のことでいっぱいになっていた。「ショクドウにもどろう」

スプリングがいったとおり、ラッキーとリックがもどるころ、アルファは朝とはうってかわってきげんがよくなっていた。すわったオオカミ犬の声にむかえられながら、最後にもどってきたラッキーとリックは、自分たちが運んできたネズミを獲物《えもの》の山にくわえた。ラッキーはうしろにさがり、部屋の真ん中に積みあがったネズミをながめた。沈《しず》んでいた気持ちが明るくなる。狩《か》りの成果は上々だ。

「よくやった」アルファが吠《ほ》えた。「だが、狩《か》りのあとで別行動をしたことはほめられん。これからは、つねにいっしょに行動するように」

ひと言いわなきゃ気がすまないんだな――ラッキーは声に出さずにぼやいた。だが、今回ばかりは、アルファの小言にもあまり重みがなかった。

　ネズミは全員にいきわたるだけあったので、食事がはじまると、犬たちは落ちついてきちんと順番を守った。自分の番を待つあいだも、きげんよくおしゃべりをしていた。マーサが、なにか小声でミッキーに話しかけている。マーサと話すと、牧羊犬は元気になったようだった。遠くをみるようなうつろな表情は消え、しっぽはぱたぱた床《ゆか》を打った。

　ラッキーは、自分の番がくると、身ぶるいしそうになった。ネズミの油じみた毛や、そこにこびりついた腐《くさ》った食べ物のにおいは無視するしかない。空腹なのはまちがいないのだ。目をつぶり、肉をかむ。思ったほど味は悪くない。

「オメガ、おなかが空《す》いているでしょう」ムーンがサンシャインに話しかけた。優しい声だ。「たくさん残ってるから、心配しなくていいのよ」

「わかってる」サンシャインはすましてすわり、ふわふわした耳を立ててみせた。「あたし、ちゃんと待てるもの」

「えらいじゃないか」ホワインがつぶやいたが、いつものようにとげとげしい声ではなかった。

「ミッキー、さっきはどこにいってたの？」ベラがたずねた。

　するとビートルが横から答えた。「さんぽ。体をほぐしにいってた。ミッキー、そうだよね？　ぼくたち、狩《か》りのかえりにばったり会ったんだ」

「ああ、そうなんだ」ミッキーは感謝をこめて子どもをみた。それから前に出て、自分のネズミを取りにいった。

「おろかなことを」アルファがうなった。「勝手に群れを離《はな》れたり、狩《か》りのあとでばらばらになったり——おまえたちは、このニンゲンの町にきてからたるんでいる。いつまでも大目にみてもらえると思うな」

「アルファのいうとおりよ」スイートがいった。「みんな、もっと慎重《しんちょう》になって。どこかにフィアースドッグの群れがいるんだし、テラーと出くわす危険だってあるんだから。のんきな〈囚《とら》われの犬〉みたいにふるまうのはやめてちょうだい」そして、ちょうど視線の先にいたマーサとデイジーを、なにかいいたげな目でみた。

「ベータ、もちろんわかっています」マーサは素直にいった。

「オメガも食べおわったわね？　じゃあ」スイートは立ちあがった。「みんなで遠吠《とおぼ》えをしましょう。それがすんだらしっかり眠《ねむ》って」

アルファは伸びをした。かたい床《ゆか》に爪《つめ》が引っかき傷をつける。「外にいけ。きちんと〈グレイト・ハウル〉をするには、こんな……ニンゲンのおりの中ではむりだ」部屋の中をみまわし、いやそうに鼻にしわを寄せた。

その〝おり〟に守ってもらったじゃないか。ラッキーは胸の中でつぶやいた。雨宿りができたことを〈天空の犬〉たちに感謝するべきだ――。だが、だまって立ちあがり、ほかの犬たちといっしょに通りへ出た。

暗くなった空には雲ひとつなく、満天の星がかがやいていた。〈月の犬〉に照らされた家々がくっきりと影《かげ》を落としている。アルファは銀色の光をいっぱいに受けた場所を選び、群れの犬たちが自分を囲んで円を作るのを待った。〈いなずまの犬《ライトニング》〉と〈天空の犬〉たちが吠《ほ》えているが、声は遠く、かすかにしかきこえない。いまのところ、雨はずっとむこうで降っている。

はじめに、アルファが遠吠《とおぼ》えをした。はじめは静かな声だ。群れの犬が一匹《ぴき》ずつ加わっていく。オオカミ犬は天を大きくあおぎ、〈月の犬〉にむかって声をかぎりに吠《ほ》えた。ラッキーは、となりのスナップの合図を待ってから、ほかの犬たちに加わった。仲間たちの声が震《ふる》え、高まり、低くなるのをきいているうちに、ラッキーの心は外にただよいだしていった。〈グレイト・ハウル〉のふしぎな力が強まるにつれ、体がだんだん軽くなってくる。銀色の〈月の犬〉がひときわ明るくなり、星が空から降ってきて群れのまわりを回りはじめたような気がした。

ぼくの居場所はここだ……ここが、ぼくたちのいるべき場所なんだ……〈月の犬〉も、〈天空の犬〉たちも、ぼくたちも、大きなひとつの命の一部なんだ……。

目をつぶっても、星はまだみえていた。群れが作った円の中を、犬の形をした黒い影《かげ》がいくつも駆《か》けぬけていく。だが、いまではラッキーも驚《おどろ》かない。〈グレイト・ハウル〉が引きおこすさまざまな感情は、いまではおなじみのものになっていた。心は自由にとびはね、遠吠《とおぼ》えが長くなるにつれて大きくふくらんでいく。すばらしい感覚だった。身をまかせていれば、昼間にためこんだ不安や空腹のつらさは、体の中から消えていく。いくえにも重なりあった遠吠《とおぼ》えが、骨の中で響《ひび》きはじめる。

そのとき、閉じた目の奥に、空に浮《う》かぶ大きな犬の姿が映った。堂々として気高いメスの犬だ。星々は、黒く巨大な体に飲みこまれてしまったかのように、その犬の体をきらきらとかがやかせた。犬は夜空を駆《か》けながら、宙をたくましい足で力強くけり、ある場所をめざしていた……星のようにきらめく場所だ。それは、銀色に光る大きな湖だった——どこまでも続いているようにみえた。ラッキーは興奮でぞくぞくし、うれしさがこみあげてきて、ひときわ大きく遠吠《とおぼ》えをした。それに合わせるように、群れの犬たちが声を高める。

マーサ？　一瞬《いっしゅん》、ラッキーは混乱した。空を駆《か》けるあの黒い犬が、宙をけり、巨大な湖にとびこんだのだ。星がしぶきのようにとびちる。

マーサじゃない――〈川の犬〉だ。いや、両方か？

とびちった星が、ぼやけて白いかすみのようになった。ラッキーは閉じた目に力をこめて、もっとよくみようとした。〈グレイト・ハウル〉は終わりに近づいていた。仲間たちの声が小さくなっていく。だがラッキーは、いつまでも続けていたかった。空に浮《う》かぶ星の湖のように、いつまでも。

ぱっと目を開けたとき、空はいつもの空にもどっていた。犬たちの吠《ほ》え声もやんでいき、最後にアルファの声だけが残った。やがて、オオカミ犬も、空をあおいでいた顔を下に向けた。あとには静寂《せいじゃく》と、いつもと変わらない〈月の犬〉のおだやかな光だけが残された。

みんなもあの犬をみたんだろうか。だけど、もしぼくとおなじものをみていたら、〈グレイト・ハウル〉をやめられたわけがない。

アルファの低い声で、ラッキーはわれに返った。「全員に知らせておきたいことがある」犬たちは背筋をのばしてすわり、耳をすました。マーサは小刻みに震《ふる》えながら、ぶるっと体を振《ふ》った。もしかして、ぼくとおなじ犬をみたんだろうか――。ラッキーは首をかしげた。マーサも、〈グレイト・ハウル〉をやめたくないようにみえた。

「ここにはろくな食べ物がない」アルファはふきげんな声で続けた。「今夜は十分に食べることができたが、おまえたちもわかっているように、ネズミの巣ひとつで群れが永遠にもつわけではない。森にいって狩《か》りをしなくてはならん――テラーが好もうが好むまいが、知ったことではない」

円陣を組んだ犬たちから、賛成するようなざわめきが起こった。

「わたしはこの目でテラーをみました」フィアリーがいった。「この犬たちもそうです」そういって、ブルーノとラッキー、スナップ、ミッキーと目を合わせた。「危険な犬ですが、あんなふうに脅《おど》されては、だまっていられません」

「そのとおりだわ」スイートが静かにいった。「きっと攻撃《こうげき》してくるでしょう。でも、ほかの犬には森で狩《か》りをさせないなんて、もってのほかよ。〈森の犬〉の掟《おきて》に反するわ」

また、賛成の声があがった。スナップが体を伸ばし、うしろ足で耳をかいた。「こっちから戦いをしかけてやりましょ。獲物《えもの》から追いはらわれるなんて、まっぴら！」

「決まりだ」アルファは立ちあがり、決意のこもった声でうなりながら牙《きば》をむき出した。「明日、全員で森へいく。われわれと戦う気になるかどうか、テラーに決めさせればいい。群れの力をみせつければ、気のふれた犬も、真の〈精霊《せいれい》たち〉に敬意を払《はら》うだろう」

ほかの犬たちも立ちあがって伸びをし、低い声でしゃべりはじめた。だが、ラッキーだけはすわっていた。群れをみまわし、首をかしげる。不吉《ふきつ》な予感がするのはぼくだけだろうか。自分は恐怖《きょうふ》で動くことさえできない。

アルファの決断は正しいように思える。だって、ここには仲間しかいないんだから——だが、ねらい通りにいくのだろうか。

10 フィアリーの決意

足下で雪がざくざく音を立てたが、足が埋《う》もれることはない。ラッキーは、白くかがやく地面をとぶように駆《か》けていた。たくさんの松の木が四方八方に枝を伸ばしているが、ラッキーのために道を開けてくれる。松の枝が分かれるたびに、目の前には、どこまでも続く雪の道がみえた。全速力で走っているせいか、雪の冷たさは感じない。

ラッキーはふと足を止め、冷たい空気のにおいをかいだ。獲物《えもの》はどこだ？　いや、獲物《えもの》だって？　自分がなにを追っていたのかも思いだせない。ウサギか？　ネズミか？　わからない。どうして忘れてしまったんだろう？

なぜって、これは夢だから……。

もちろん、夢だ。立ちどまったいまでさえ、足は冷たくならない。現実ではないのだ。

道を開けてくれていた松の木々が、まわりから迫《せま》ってきた。雪におおわれた道が隠《かく》れていく。

枝が密集しているので、かき分けながら進まなくてはならない。だが、枝に体を刺《さ》されることもなければ、とがった葉が毛に引っかかることもない。すべてが雪でできているかのようだ。遠くから、逆上した犬たちが激しく吠《ほ》えたてる声がきこえた。

あそこにいかなくちゃいけない。なぜかはわからないけど……とにかく、いかなくちゃ。

ラッキーは走りだした。目の前の松の枝が、つぎつぎと霧《きり》のように消えていく。松林は思っていたよりずっと早くとぎれ、空《あ》き地に入った。空《あ》き地は浅くくぼみ、雪がうっすらと積もっている。真ん中で、二匹《ひき》の犬が命がけで戦っていた。もつれ合ってうなり、たがいの体に牙《きば》を立てる。ラッキーの知っている犬たちだ――フィアースドッグのブレードと、テラーだ。

〈アルファの乱〉だ……ほかの犬たちは全滅したんだ！

テラーは、なぐられたりかまれたりするたびに体を震《ふる》わせたが、一歩も退《ひ》かない。力を振《ふ》りしぼって戦い、どうにか踏《ふ》みとどまっている。だが、ブレードが相手では勝ち目がない。頭の上でなにかが動き、ラッキーはさっとみあげた。暗い灰色の空に浮《う》いていたいくつもの雲が、少しずつ集まりながら、不吉《ふきつ》なうずをえがきはじめていた。すぐに、雪が降ってきた。灰色と白の無数のかけらが、くるくる回転しながら落ちてくる。もうすぐ、このあたりは雪におおわれるだろう。だが、戦っている二匹《ひき》は、気にもかけていない。形勢が変わりはじめ、ラッキーは目がはなせなくなった。今度はテラーがブレードを追いつめている。テラーが勝つのだろうか――フィアースドッグのアルファを倒すのだろうか！

雪がひとひら、ラッキーのわき腹に落ちてきた。冷たくやわらかな雪は、体にふれるとくすぐったい――と思った瞬間《しゅんかん》、刺《さ》すような痛みが走った。ラッキーは叫《さけ》んだ。だが、声は出ない。

これは夢だ。夢の中で痛みを感じるなんて、ありえない！

だが、痛みは生々しかった。雪はつぎつぎと降ってきて、全身をところかまわず鋭《するど》く刺《さ》した。なんなんだ！ ラッキーは身をよじってきゃんきゃん吠《ほ》えた。雪に体を焼かれているような気がする。そのとき、ラッキーは気づいた。雪じゃない。粉々になったガラスだ！ 足元をみると、そこにも細かいガラスの破片が積もっている。自分は皮ふを刺《さ》すぎらつく危険なガラスに取りかこまれているのだ。

頭が真っ白になり、ラッキーは走りだした。だが、どこにいけばいいのかわからない。空《あ》き地のはしをやみくもに逃《に》げまわるうちに、足の裏はぼろぼろになった。ガラスの吹雪《ふぶき》が皮ふを切りさき、毛皮を引きちぎり、一面に積もったニセモノの雪の上に血をとびちらせた。だが、ブレードとテラーは戦いつづけ、ガラスの吹雪《ふぶき》には目もくれない。ラッキーは胸が苦しくなり、息ができなくなった。追いつめられ、味方もいない。大量のガラスのかけらが降り、血がどくどく流れた。きっと、死ぬのだろう。

夢の中でも死ぬのだろうか？

だが、たしかに死にそうな気分だった。ラッキーは死にかけていた……。

✷

ラッキーはとびおき、ぱっと顔をあげた。怖《こわ》くてたまらず、うなり声と鳴き声がもれた。雪は降っていない。ガラスも降っていない。まわりを囲んでいた、凍《こお》った松の木や氷におおわれた枝もかすんでいき、あとにはただ、ショクドウの古びた壁だけが残った。

死なずにすんだんだ。〈天空の犬〉よ、感謝します。死なずにすんだ──！

わき腹があたたかいのは、リックがくっついて寝ているからだ。おだやかに眠《ねむ》っていた。腹が上下に動き、小さないびきがきこえた。ラッキーはなんどもまばたきしたが、舞いおちてくるガラスのかけらも、争う犬たちのうなり声も、頭の中から消えてくれなかった。いまもまだ、煙《けむり》のようにあたりをおおっていた霜《しも》のにおいが、鼻の奥を刺《さ》してくる。なにより恐《おそ》ろしいのは、ガラスの雪に皮ふを刺《さ》された痛みが消えないことだった。体を振《ふ》り、両方のわき腹を必死でなめる。目にみえる傷も血もない──ふさがりかけた傷口は、アナグマと戦ったときにできたものだ──が、刺《さ》すような痛みはしつこく続いた。ラッキーは鼻を鳴らしながら、腰のあたりをなめたり軽くかんだりした。

リックがぱっと目を覚まし、両耳をぴんと立てた。「ラッキー！　どうしたの？」

「なんでもないよ。ただ――」そういいかけたとき、また体が震《ふる》えはじめた。ラッキーはきゅうきゅう鳴きながら、わき腹に鼻をすりつけた。

「だれかに痛いことされたの？」リックははじかれたように立ちあがった。さっと振《ふ》りかえり、暗がりに牙《きば》をむく。「どこにいるの？　あたしが仕返ししてあげる！」

ラッキーは、まだ夢をみているような感覚で、ぼんやりしていた。あの光景が頭を離《はな》れないせいで、めまいがして気分が悪い。「リック、ちがうよ――ぼくにもわけが――」

「ひどいやつら！」リックは首の毛を逆立て、声を荒《あら》げた。「どこににげたのかおしえて！」

「ちがうよ！」ラッキーは、どうにか自分を抑《おさ》えて、毛をなめるのをやめた。「リック、待ってくれ。かんちがいしてる。だれかに襲《おそ》われたわけじゃない。夢をみただけだよ」

「ほんとに？」それでもまだ、リックは鋭《するど》い牙《きば》をみせていた。

「ああ、ほんとうだ」ラッキーは、子犬の忠誠心をうれしく思ったが、胸騒《むなさわ》ぎもした。リックは自分を守ろうとしてくれた。ためらわずに助けにきてくれた――だが、牙《きば》をむくのが早すぎる。

たぶん、問題はそこなんだ。ラッキーは考えた。たぶんリックは、少し〝ためらう〟ことを学ぶべきなんだ。せめてもの救いは、ほかの犬たちがまだ起きていなかったことだった。だれも、リックのいなずまのようにすばやい反応や、生まれもった攻撃的《こうげき》な性格を、みていない。

だが、群れの犬たちは少しずつ体を動かしはじめていた。のぼったばかりの〈太陽の犬〉のもとで、あくびをし、伸びをしている。ラッキーは、リックが逆立てた毛を静めてくれますように、と願った。

「リック、ちゃんときいてくれ」ラッキーは声を抑《おさ》えていった。「ぼくはだいじょうぶだ。ほんとうに、ただの夢だったんだ」

「わかった。だいじょうぶならいいの」だが、リックは首をかしげ、不安そうな声でたずねた。「なんだか、すごく、すごくこわがってるみたいだった」

たしかに、怖《こわ》かった。だけど、怖《こわ》がるなんてばかみたいだ。ただの夢だったんだから。

「もうすぐ出発する」アルファのうなり声で、ラッキーは現実に引きもどされた。このときばかりは、オオカミ犬に感謝した。「だが、まずは狩《か》りをする。全員、腹がへっているだろうからな」

「おっしゃるとおりです」情けない声で答えたブルーノの耳を、デイジーがなぐさめるようになめた。ダートが、賛成するようにひと声吠《ほ》える。

「わたしが猟犬《りょうけん》をまとめます」フィアリーが申し出た。あくびをしながら、うしろ足で耳をかく。「ブルーノもきてくれ。狩《か》りがしたくてたまらないらしいからな。それからスナップ、ラッキー、ミッキー。アルファ、問題ありませんか？」

アルファは低くうなって許可を出した。「気のふれた犬をむだに挑発《ちょうはつ》するな」

「わかっています。今日は気分もいいんです。獲物《えもの》をたくさん取ってきましょう」フィアリーはいった。

リックは立ちあがり、うらやましそうな顔で、ショクドウの出口に集まった猟犬《りょうけん》たちをみつめていた。尾《お》の先がぴくぴく動いている。激しく振《ふ》らないようにこらえているらしい。ラッキーはアルファの顔をちらっとみてから、フィアリーに声をかけた。

「リックも連れていったほうがいいんじゃないか？　あの子は狩《か》りがうまいから」

フィアリーは口を開いたが、答えるまもなくアルファが前に出てきた。爪《つめ》が床《ゆか》の上でかちかち鳴る。黄色い目を鋭《するど》くし、リックに鼻を近づけてふんふんかいだ。

「こいつがいきたがってるのだろう？　ほんとうに猟犬《りょうけん》にふさわしいのか？」オオカミ犬は顔にしわを寄せ、幼いフィアースドッグをにらみつけた。「いいか、おまえは〈名付けの儀式《ぎしき》〉

もすませていない。最下級の犬が名誉ある猟犬《りょうけん》になれるものか」

うそだろ――ラッキーは声にならない悲鳴をあげた。リックが、背中の毛を逆立てたのだ。やっと落ちついたところだっていうのに――。

ほかの犬たちがかたずを飲んでみまもる中、アルファは、小さなフィアースドッグのまわりを歩きはじめた。サンシャインは緊張《きんちょう》してくんくん鳴き、マーサに体をくっつけた。スプリングが心配そうに小さく吠《ほ》える。

アルファは、口をゆがめて牙《きば》をなめながら、リックのまわりをゆっくりと回っている。二周目に入るころ、オオカミ犬の尾《お》がリックの鼻に当たった。リックは警戒《けいかい》し、アルファの動きに合わせて体をひねりながら、絶対に目をそらそうとしなかった。オオカミ犬の肩《かた》がリックのわき腹に強くぶつかる。

体をひねっていたリックはあっけなくあおむけに倒れ、足をばたつかせたが、すぐにはねおきた。ためらわずに牙《きば》をむいてアルファに突進《とっしん》する。

やめろ！　ラッキーは凍《こお》りついた。

小さな犬がアルファののどに牙《きば》を立てる寸前、フィアリーがとびだし、リックの体を横につきとばした。リックは宙をかみ、うなりながら体勢を立てなおしてふたたび攻撃《こうげき》しようとした。

だが、アルファの前にはフィアリーがいた。足をふんばって立ちはだかり、目は怒《いか》りに燃えている。リックは足をすべらせながら止まり、鼻にしわを寄せてうなった。

「アルファに勝負を挑《いど》みたいのか?」フィアリーは厳しい声でたずねた。「では、正式に挑《いど》みなさい。群れの前で挑戦《ちょうせん》することを宣言し、その結果を受けいれるんだ」

リックはまだ息を荒《あら》くしていたが、顔には迷いが浮《う》かんでいた。

「そこまでの覚悟《かくご》がないなら」フィアリーは、低く落ちついた声で続けた。「頭を冷やしなさい。いますぐに」

リックはまばたきをして、口のまわりをなめた。ちらっとアルファをみて、またフィアリーをみる。それから、少し首をひねって、ラッキーと目を合わせた。

ラッキーは、自分がいつのまにか息を止めていたことに気づいた。リック、ばかなまねはよせ——。

とうとう、リックはうなだれて、おずおずと一歩うしろに下がった。

「あたし、そんなことしたくない」小さな声だった。

犬たちがほっとしてついた息を、ラッキーはほとんど体で感じることができた。サンシャインが小さく鳴いた。おびえているのではなく、緊張《きんちょう》が解けたのだ。リックは体を低くして、フィアリーとオオカミ犬から遠ざかった。はうようにラッキーのとなりへいき、床《ゆか》にあごをのせる。

「ごめんなさい」リックはささやくような声でいった。

ラッキーは、口をなめながら、だまってフィアースドッグをみていた。腹の中でふくらんでいた恐怖《きょうふ》は、いまでは怒《いか》りに変わっていた。どう声をかければいいのかわからない。アルファには、リックに罰《ばつ》をあたえる権利がある。ラッキーは、自分がリックをかばってやりたいのかどうかわからなかった。アルファが近づいてくる気配を感じて、毛が逆立った。だが、だまっていた。自分が口をはさむときではない。

「おまえは――」アルファは、敵意をむき出しにしてうなりながら、リックの前に立ちはだかった。牙《きば》がリックの震《ふる》える鼻につきそうだ。「おまえは、思いあがった身のほど知らずだ。一度、痛い目にあわせてやる――」

「待ってください」

犬たちがいっせいにフィアリーを振《ふ》りかえった。大きな犬は、アルファを正面からみすえていた。頭をまっすぐにあげ、かたい床《ゆか》の上で堂々と立っている。ラッキーは体が小さく震《ふる》えた。なにをいうつもりだろう。

「アルファ」フィアリーは、よく通る落ち着いた声で続けた。「群れの犬たちの目の前で、耳の前で、鼻の前で、わたしは、アルファの地位をかけて、あなたに勝負を挑《いど》みます」

アルファが驚《おどろ》いて息を飲む音は全員にきこえていた。だが、動く者はいない。不吉《ふきつ》な沈黙《ちんもく》が流れた。オオカミ犬は姿勢を正した。筋肉が盛りあがり、力のこもった足が震《ふる》える。体から、激しい怒《いか》りと、信じられないというショックが、においになってにじみ出していた。ラッキーにもわかるほど濃《こ》いにおいだった。

ダートは、ぽかんと口を開けてフィアリーをみつめていた。ホワインは、驚《おどろ》きと、いやしい好奇心がまざったような顔をしている。ビートルとソーンは、本能から、ムーンに体を押《お》しつけていた。そのムーンは、自分の連れ合いを、信頼《しんらい》しきった目で静かにみつめていた。ブルーノとミッキーは、まさかといいたげに目配せした。サンシャインでさえ、鳴き声ひとつもらさない。震《ふる》える体を床《ゆか》に押《お》しつけ、なめらかな毛におおわれた耳をぱたりとたたみ、目をふさいでいた。

ラッキーは、のどが閉まって息ができなくなった。フィアリー、なぜこんなことを？

フィアリーは、ゆっくりと、群れの犬たち一匹《ぴき》一匹《ぴき》と目を合わせた。「わたしは、アルファを尊敬している。これまでずっと、良いときも悪いときも、群れを導きまとめてくれた。だが、

〈大地のうなり〉はまちがいなく、たくさんのことを変えてしまった。世界が引っくり返るようなできごとだった。わたしは、この先もアルファが群れを率いていけるとは思えない。これまで何度も、逃《に》げ腰になった姿や、決断できない姿をみてきた。それに」フィアリーは、ミッキーとブルーノのほうをちらっとみた。「アルファの〈囚《とら》われの犬〉に対する態度は、群れのためにならない。見下し、せっかくの知識を大事にしようとしない。そして、リックを毛嫌《けぎら》いしていることを、隠《かく》そうともしていない。アルファのふるまいは、群れの調和を乱している」

フィアリーは、ムーンと目を合わせた。「アルファが群れのためにしてくれたことはわかっているし、それに敬意を払《はら》ってもいる。だが、わたしは、自分ならもっといいアルファになれると確信している。もっと強いアルファに。それが、勝負を挑《いど》む理由だ」

アルファは、毛を逆立て、脅《おど》すようなうなり声をのどの奥から出した。

口を開く犬はまだいない。ラッキーは、まわりの空気が震《ふる》えているような気がした。ムーンのとなりでは、ビートルが地面に伏《ふ》せていた。乳離《ちばな》れができていない子犬にもどってしまったかのように心細そうにみえた。だがソーンは、期待にかがやく明るい目をしていた。マーサが、元気づけるようにサンシャインをすばやくなめ、ちぢみあがっているデイジーを鼻でそっとなでた。

とうとうスイートが、美しい歩き方ですっと前に進み出た。ほっそりした鼻をなめながらしばらくためらっていたが、口を開いた時、その声はすんで落ち着いていた。

「全員、よくききなさい。猟犬《りょうけん》のフィアリーが、群れを率いる地位をかけて、アルファに戦いを挑《いど》みました」そこで、ちらっとムーンをみた。急に迷いが出てきたような顔だ。ラッキーは、スイートもこんな宣言をするのははじめてなのだろうかと考えた。どこかいいなれていないようにきこえる。「今回のような挑戦《ちょうせん》は、断ることも……取りさげることも、許されません。フィアリーとアルファは決闘《けっとう》をします……アルファが戦いに勝てば、自分の地位を守ることができます」

「わたしは勝ち、この先もおまえたちのアルファだ」オオカミ犬はうなった。

スイートは、それには答えずに、形のいい頭を横にかたむけた。「ムーン、前へ」

ビートルとソーンは心配そうに母犬をみたが、ムーンはすぐに立ちあがり、フィアリーの横に並んだ。

ラッキーは意外に思った。スイートの声が、優しく静かな調子にもどっていたからだ。ホケンジョで出会ったときのスイートの声だった。厳しいベータの声ではない。

「ムーン」スイートはいった。「フィアリーの連れ合いのあなたには、ベータの地位をかけて、わたしに戦いを挑《いど》む権利があるわ。そうしたい？」

ムーンはフィアリーのほうを向き、愛情をこめて、たくましい肩《かた》をなめた。二匹《ひき》が目を合わせたとき、ラッキーはその顔をかわるがわるみながら、あることにはっと気づいた。

ムーンは知ってたんだ！　フィアリーがアルファに勝負を挑《いど》むことを知ってた――きっと、前もって二匹《ひき》で話しあってたんだ。

ラッキーは怖《こわ》くなった――ムーンとスイートのどちらにも、けがをしてほしくない。

だが、すぐにほっと息をついた。ムーンが、頭を下げ、おだやかに答えたからだ。「いいえ、スイート。フィアリーが勝ったとしても、あなたをこの群れのベータと認めます」

「考えるまでもない」アルファがうなった。「フィアリーは負ける」

ムーンはそれには耳をかさず、スイートをまっすぐにみつめた。「わたしは、あなたからベータの地位を奪《うば》いたいとは思いません」

スイートは真剣《しんけん》な顔でうなずいた。二匹《ひき》は落ちつきはらっていたが、ラッキーは頭がくらくらしていた。フィアリーがアルファになればどうなるだろう。考えるだけで胸がどきどきした。勇敢《ゆうかん》で誇《ほこ》りたかいフィアリーが群れを率いるようになれば、生活は大きく変わる。ふと、あることを思いつき、ラッキーは目を見開いた。この勝負にフィアリーが勝てば、アルファは本来の名前を名乗ることになる。

考えてみれば、アルファのほんとうの名前を知らない。

だけど、もしフィアリーが負けたらどうなるのだろう？　もし……。

「注目！」スイートの号令が、静まりかえったショクドウの中に響《ひび》きわたった。「ムーンは、挑戦《ちょうせん》をしないと宣言しました。わたしは群れのベータのままよ。フィアリーとアルファは、群れを率いる地位をかけて戦います。〈天空の犬〉たちの掟《おきて》どおり、この勝負が終わるのは、片方が服従するときか死ぬときか、どちらかしかないわ」

ラッキーは、胸がどきりとした。恐《おそ》れていたとおりだった。

だが、スイートの話はまだ続いた。「決闘《けっとう》は今夜、〈月の犬〉のみまもる下でおこないます。それまで、アルファはこの群れを率いるの。指示にはかならず従いなさい」スイートは、いいたいことがあるならいえといわんばかりに、群れの犬をにらみ回した。

「もちろんです」フィアリーは答え、一歩うしろに下がりながら、スイートに頭を下げた。ほかの〈野生の犬〉たちは、うなったり鳴いたりしながら、承知しましたと答えた。だが、〈囚《とら》われの犬〉たちは、とまどった顔でラッキーをみた。

「どういうこと？」デイジーが弱々しく鳴いた。

ベラが声をひそめてたずねた。「ラッキー、あたしたち、どうすればいいの？」

ラッキーにもわからなかった。口を開きかけたとき、アルファのうなり声がすぐ耳元できこえた。振《ふ》りかえったとたん、オオカミ犬と間近で目が合い、ラッキーはハッとした。

「どうすればいいのか、だと？」アルファはうなった。「ラッキー、おまえは仲良しのフィアースドッグを連れて森へいけ。いっしょに狩《か》りをするがいい。そして、〈精霊《せいれい》たち〉に、獲物《えもの》がたくさん取れますようにと祈《いの》るがいい。狩《か》りのあとには、わたしの復讐《ふくしゅう》に備えるがいい――復讐《ふくしゅう》は長く続くぞ。わたしは、これからもずっとこの群れのアルファだからな」

11 罠《わな》

「猟犬《りょうけん》たちはわたしに続け」フィアリーの自信に満ちた力強い声がきこえた。「アルファの指示どおり、リックも狩《か》りにいく」フィアリーは、フィアースドッグを横目でみたが、ラッキーにはその表情が読めなかった。フィアリーに続いてショクドウの外へいく。うしろをついてくるリックの気配がした。かたい石の道に出ると、犬たちはいっせいに走り出した。

ラッキーもいっしょに駆《か》けていったが、頭の中はぐちゃぐちゃだった。フィアリーがアルファの座をかけて勝負を挑《いど》んだことが、まだ信じられない。オオカミ犬がフィアリーの足元に転がる姿を想像すると、うれしくて少しぞくっとした。だがすぐに、恥《は》ずかしくなって体をちぢめた。アルファはずっといばり屋だった――いまもいばり屋だ――だけど、仲間が倒される姿を想像してよろこぶなんて、それじゃぼくもアルファと変わらない。

「ラッキー、ごめんなさい」リックの息がわき腹に当たった。「ほんとにごめんなさい」

「気にしないでいい」ラッキーは低い声で答えた。「いいから、遅《おく》れずについておいで」

「あたしのせいだわ」

「ちがう」少なくとも、全部じゃない――。ラッキーは心の中でいいそえた。「フィアリーは前から勝負を挑《いど》むつもりだったんだと思う」

「でも、あたしがかんしゃくを起こさなかったら、アルファをおこらせなかったら、ちょうせんもしなかったでしょ。いまはしなかった。こんな大変な――」

「気にしないでいいといっただろう!」ラッキーは思わず声を荒《あら》げた。リックが逆らったせいで、いろいろな問題が明るみになったことはまちがいない。こうなってよかったような気もした。だが、リックはアルファにたてついたりしてはいけなかった。リックを怖《こわ》がっていた犬たちの不安をあおるようなものだ。

からっぽのニンゲンの家に、生き物の気配はなかった。ラッキーは、通りにニンゲンの死体が転がっていても、あまり気にならなくなっていた。だが、ブルーノとミッキーはいまも、死体をみるたびにびくっと身をすくめる。町を出て森に近づくと、フィアリーは速度をゆるめ、迷いのない足どりで歩きはじめた。ほかの犬たちがうしろに続く。ラッキーは、フィアリーの思慮《しりょ》深さに気づいた。慎重《しんちょう》にはなっているが、テラーを怖《こわ》がっているわけではない。ほかの犬たちも、まわりに注意を払《はら》い、狩《か》りに集中していた。みんな、フィアリーが指揮をとると安心できるんだ……。

ラッキーも同じだった。気づけば、リックに対する怒《いか》りはやわらいでいた。「どうしてあんなことをした？」ラッキーはため息をつきながら、歩調をゆるめてリックのとなりに並んだ。

「アルファはきみを挑発《ちょうはつ》してたんだ。わからなかったのか？　あれじゃむこうの思うがままだ」

リックは、しゅんとなってうなだれた。

「ラッキー、いまならわかるの。ほんとにごめんなさい。頭がまっしろになっちゃったの。がまんしなくちゃいけなかったのに……できなかった」

「リック、学ぶんだ」ラッキーはため息をついた。「きみがしたことの責任はきみが取らなくちゃ。生まれや血統のせいにしちゃいけない。アルファの見込みが正しかったなんて思いたくないんだ」

「がんばる」リックはきゅうきゅう鳴いた。

「きみは、自分でこの群れに残ることを決めた。それは、フィアースドッグたちとはもう家族じゃないということだよ。ぼくたちといれば、食事もできるし、世話もしてもらえる。だけど、きみはなによりもまず、自分自身のアルファなんだ。自分を指揮しなくちゃいけないし、自分の本能を指揮しなくちゃいけない」

「本能にはしたがわなくちゃいけないんじゃないの？」リックは、重い足を引きずりながらいった。

「自分を乗っ取られたら意味がない。簡単なことじゃないけど、できるようにならなくちゃ。挑発《ちょうはつ》されても、かっとなっちゃだめだ」

「うん、わかった」リックは前をみた。ほかの犬たちは、草地から森の中へ入ろうとしている。

「急ごう。遅《おく》れてる」ラッキーはリックをそっと押《お》した。二匹《ひき》は草むらの中を勢いよく走りだした。長い草が鼻をちくちく刺《さ》してくる。

ぼくの話をおとなしくきいてるけど、リックはほんとうに納得してるのかな――。ラッキーはふと、リックがこっそりファングと遊んでいた姿を思いだした。心からしあわせそうで、子どもらしい姿だった。それから、ミッキーのことや、ふたつに引きさかれた忠誠心について話していた口ぶりも思いだした。この子はほんとうに、フィアースドッグたちのことを忘れられているのだろうか。たぶん、ちがうのだろう。

犬たちは耳をすましながら、ひとつ目の木立《こだち》を歩き、薄暗《うすぐら》い森の奥へ向かっていった。木の上からは鳥の羽ばたきがきこえ、落ち葉の中を虫や小動物が走る音もきこえる。だが、犬たちが探しているのは、獲物《えもの》の気配だけではない。脅《おど》すようななうなり声と、大きな足音だ。いまのところはなにもきこえなかったが、絶対に油断できない。

スナップは、先頭をいくフィアリーのとなりに並んだ。「先にいっておきたいんだけど、あたし、今夜の決闘《けっとう》ではあなたの味方だから。あなたにアルファになってほしい」

ミッキーが低い声で賛成した。「わたしもだ」

フィアリーは、考えこみながらひと声うなった。だが、ブルーノがとがめるように吠《ほ》えた。

「それにはおれも賛成だが、おれたちはひとつの群れなんだ。決闘《けっとう》でどっちが勝とうと、両方を応援するべきだろ」

「ブルーノ、そのとおりだ」フィアリーはうなずいた。「よくいってくれた。だけどまあ、みんなに礼をいうよ」

フィアリーはまただまりこみ、ラッキーは、なにを考えているんだろうと首をかしげた。勝負の作戦をねっているのだろうか。それとも、狩《か》りと、危険なテラーのことで頭がいっぱいなのだろうか。決闘《けっとう》をひかえているのだから、少し緊張《きんちょう》していてもおかしくはないし、狩《か》りをする集中力が欠けていてもおかしくない。

「広がったほうがいいんじゃないか」ミッキーが提案した。

「そうだな」フィアリーは耳を立てた。「一列に並ぼう——わき腹とわき腹を並べるんだ。鼻としっぽじゃないぞ。あいだを少し空けたほうがいいが、はぐれる者が出ないように気をつけろ。鼻を利《き》かせておけよ」

ラッキーはほっとした。フィアリーは、目の前の狩《か》りにちゃんと集中している。だが、鼻を利《き》かせておけという指示は、口でいうほど簡単ではない。森の地面は、前日の雨でまだしめっている。さまざまなにおいが入りまじり、においの一部は洗いながされてしまっただろう。だが、少なくとも〈太陽の犬〉は明るくかがやき、木の葉のあいだから射しこんだ光が地面を温めていた。そのおかげで、時間とともに、においは少しずつ濃《こ》くなっていた。

ラッキーは地面に鼻をはわせていたせいで、前をうろうろしていたリックの姿がみえていなかった。二匹《ひき》は思いきりぶつかり、リックは驚《おどろ》いてとびあがった。

「上になにかいるの!」リックは声をひそめていいながら、こずえに目をこらした。「ほら、きいて」

ラッキーは首をかしげて耳をそばだてたが、きこえるのは、小鳥のさえずりと羽ばたきだけだ。ラッキーは、がまんできずに低くうなった。

「みて!」リックが叫《さけ》び、鼻で上をさした。「あそこ!」

二匹《ひき》の上に、大きな黒い鳥が一羽とまっていた。首をかしげて犬たちをちらっとみたが、すぐに顔をそむけ、つややかな羽をくちばしでつくろいはじめた。ラッキーにもわかっているように、鳥もわかっているのだ。木の上にいれば、犬に襲《おそ》われることはない。

「あれをつかまえるのはむりだ。あっちから地面におりてこなくちゃ！」

「でも、あっちは味方もいないし。すぐそこにいるのに！」

「ほら、いいかげんにしてくれ。先へいくぞ」ラッキーはうなった。「まさか木に登ろうだなんて考えてないよな。それとも、空をとぶつもりか？」

「シャープクロウっていう生き物は、木のぼりできるんでしょ」リックは不満そうにいった。

「そうだ。街にいたころは、木の上で狩《か》りをするシャープクロウを何度もみた。だけど、ぼくたちにはむりだ。犬とシャープクロウはちがう。ほら、急いで！」

ラッキーが走りはじめると、リックもしぶしぶついてきた。重い足取りだ。「じゃあ、街にはシャープクロウっていうのがいるのね。街のことは一度も話してくれなかったけど。どんなところなの？　あたしたちの〝やえいち〟とにてる？」

「少しはね。かたい石の道もあるし、ニンゲンの家もたくさん並んでる。だけど、あっちのほうがずっと大きい。ずっとずっと大きい。とても口では説明できない。ガラスでできた家もあるんだ。床《ゆか》から天井《てんじょう》まで、全部ガラスなんだよ」

「ガラスのおうち？」リックはぽかんとした。「じゃあ、狩《か》りをするニンゲンに中をのぞかれちゃうんじゃない？」

「ああ、そのとおり。だけど、のぞいてもらうために、ガラスで作ってあるんだ。ニンゲンたちは、ガラスの家の中で狩《か》りをして、獲物《えもの》をそこに並べて、ほかのニンゲンたちにみせるんだ」

「へんなの」リックはつぶやいた。

「口で説明するのはむずかしいよ。ショクドウもたくさんあったし、ニンゲンもたくさんいた」ラッキーは口のまわりをなめた。「優しいニンゲンは、獲物《えもの》を分けてくれたんだ」

「すてきね」リックはうらやましそうにいった。

「全然優しくないニンゲンもいたよ」ラッキーは、枯《か》れ葉の中を歩きながら続けた。「獲物《えもの》を分けてくれないばかりか、ぼくたちをけってくるんだ。意地のわるいキツネもよくみた。シャープクロウもたくさんいて、目が合っただけでも引っかいてきた。だけど、あそこは住みやすかったよ」

「なつかしいんでしょ」リックが鼻を押《お》しつけてきた。

「少しはそうかもしれない」ラッキーは首を振《ふ》った。「だけど、もう過去のことだ。いまのぼくは〈野生の犬〉だ」

リックは物思いにふけりながら、耳のあたりに飛んできたハエにかみついた。「そこにもどりたい？　チャンスがあったらどうする？」

ラッキーは少しだまりこみ、やがて答えた。「もどらない。なにかが——ぼくの中のなにかが——、〈街の犬〉にもどることはないといってるんだ」

リックはハエを飲みこみ、口のまわりをなめた。「そう。ラッキーがそう思ってるなら、きっとほんとなのね」

「思ってるだけじゃない」ラッキーはため息をついた。ふと、悲しい気分になった。「ほんとうのことをいうと、ぼくの街はもうないんだ。もどりたくても、もどれない」

「でも、もどりたくないんでしょ」リックは楽しげにいった。「よかった。ラッキーには群れにいてほしいもの」

そうはいうけど、リック、きみはほかの生き方を知らないんだ——ラッキーは声に出さずにつぶやいた。

少し右のほうからフィアリーのうなり声がきこえ、ラッキーははっと足を止めた。体を低くし、草のあいだをすりぬけてフィアリーに近づく。リックがあとに続き、ほかの犬たちもそれぞれのいた場所から、足を忍《しの》ばせて集まってきた。弱い風が木立《こだち》を吹《ふ》きぬけ、足元の枯《か》れ葉をかさかさゆらした。犬たちはだまりこんでいた。

「どうした？」ラッキーがそっとフィアリーにたずねた。

「わたしにもわからない」大きな犬は低い声で答えた。

ラッキーは耳をすまし、鼻をくんくんいわせた。するとたしかに、なにかの音が森の中でこだましている。すぐ先で、生き物が動きまわっているらしい。だが、敵の犬らしきにおいはしない。

「このにおいは……ジドウシャみたいだ」ラッキーは、全身がぞくりとした。「だけど、すごく弱い」

フィアリーは、片耳を立てて首をかしげた。「森にニンゲンがいるんだろうか」

ラッキーは身ぶるいした。ニンゲンだって？　ここに？　どうかちがいますように！〈大地のうなり〉が起こってから会ったニンゲンは、ひとり残らずよそよそしく、意地がわるかった。

「ようすをみましょう」スナップがいった。「むこうの正体がわかるまで動かないほうがいいわ」

「ニンゲンだとしても、駆《か》けよったりしないでくれよ」フィアリーが、ミッキーとブルーノに釘《くぎ》をさした。

「あたりまえだ」ブルーノは気を悪くしたようだった。

「確認したまでだ。待て、しっ！」

ラッキーは、震《ふる》えながらさらに体を低くした。アザミが腹を刺《さ》し、雑草が鼻をくすぐる。となりでは、リックが緊張《きんちょう》して息を荒《あら》げていたが、おとなしくしていた。リック、自分を抑《おさ》えられるってことを証明してくれよ——。

下生《したば》えを踏《ふ》む音と、雨のように降る葉とともに現れたのは——、ニンゲンだった。まっすぐこちらに向かってくる！　また、黄色い服のニンゲンたちだ。ラッキーはぞっとした。つるつるした黄色い服に、目も口もない黒い顔。そして、手にはあのぶきみな金属の棒を持っている。この棒で、〈大地の犬〉をつきさすのだ。こんなところでなにをしてるんだろう？　ぼくたちを追ってたのか？

そのとき、すぐそばから、おびえたかん高い鳴き声があがった。リックだ。本物のニンゲンをみるのはこれがはじめてなのだ。こんな黄色の怪物《かいぶつ》だったとは、夢にも思っていなかっただろう。ラッキーは安心させようとリックに頭を押《お》しつけた。

「いやな感じ」リックは声を殺していった。「いじわるなにおいがするでしょ？　ラッキーがいってたとおりだわ。ニンゲンっていやなやつね。なんだか——フィアースドッグみたいに、けんかをしたがってるみたい！」

「リック、静かに」ラッキーはあせっていいきかせた。「そのとおりだ。あのニンゲンたちは信用できない。ぼくが知ってるニンゲンたちとはちがう。だから、じっとして、むこうが通りすぎるのを待とう」

草のあいだから、ほかの犬たちの姿がとぎれとぎれにみえていた。ミッキーは、白と黒のまだらもようの毛のせいで一番目立っているが、命令に従って静かに伏《ふ》せていた。その体の上で、こもれびがちらちら光っている。ニンゲンたちは、すぐそばまできていた。ぼくたちを追ってきたわけじゃないんだ——そう気づいても、腹の底からじわじわと恐怖《きょうふ》がわいてくる。じゃあ、ぼくたちにはかまわないよな。そうだよな？

ラッキーはぞっとした。ニンゲンたちが足を止めたのだ。犬たちの鼻先からは、ウサギ狩《が》りの距離《きょり》で数えてほんの少しか離《はな》れていない。なにをしてるんだ？　話し声はきこえるが、いつも以上に、なにをいっているのかわからない。シュウシュウいう音のまじったかすれ声で話しながら、金属の棒を深々と土につきさしている。ひとりが木立《こだち》のあいだにみえるほら穴を指したが、べつのひとりが首を横に振《ふ》った。そのニンゲンが振《ふ》りかえった先は――

――ちょうど、犬たちが隠《かく》れている場所だった！

ラッキーは土にしがみつくように体を押《お》しつけた。地面の中にもぐりこんで、〈大地の犬〉に守ってもらえたらどんなにいいだろう。ニンゲンの黒い顔はラッキーとリックのほうに向けられているが、目のない顔をうかがっても、気づかれたのか気づかれていないのかわからない。これほど途方に暮れたのもはじめてなら、なにひとつ知恵《ちえ》が浮《う》かばないのもはじめてだった。

どうか〈森の犬〉よ、お願いですから、ぼくたちをニンゲンたちから隠《かく》してください！

つぎの瞬間《しゅんかん》、シューッという音のまじった鋭《するど》い叫《さけ》び声があがり、ラッキーはぎょっとして顔をあげた。黄色い服のニンゲンが、あのかすれた声でどなっている。どなりながらまっすぐに指さしているのは――身をひそめている犬たちのほうだ。

「逃《に》げろ！」ラッキーはあわてて立ちあがりながら吠《ほ》えた。

ほかの犬たちもラッキーにならい、いっせいに立ちあがって走りだした。ラッキーは無我夢中で走り、木々をよけ、茂《しげ》みやトゲだらけの下生《したば》えをつっきっていった。仲間の犬たちが、おびえて息を切らしながら、すぐそばを追いこしていった。ブルーノは低いうなり声をあげて、倒れた木をとびこえた。ミッキーはトゲでも踏《ふ》んだのか、きゃんと吠《ほ》えた。だが、遅《おく》れを取った犬はいない。全員が、力のかぎり走っていた。

となりを走っているフィアリーは、苦しげに舌を垂らしていたが、それでも鋭《するど》い声で指示を出した。「わたしが一番うしろにつく。ラッキー、おまえが先頭をいけ！」

「なぜ？」ラッキーは、息も切れ切れにたずねた。

「わからん。だが、ニンゲンどもがわたしの率いる群れを一匹《ぴき》でも傷つける気なら、このわたしを倒さなくてはならん！」

質問している時間はなかった。ラッキーは先頭に走り出たが、いくらもいかないうちに、ぬかるみに足を取られた。足がすべり、転びかける。片方の前足が深い泥《どろ》にはまり、よろめいた。だが、どうにか持ちこたえた。うしろからかん高い吠《ほ》え声がきこえ、仲間が泥《どろ》に苦戦していることがわかった。たしかめる余裕《よゆう》はない。すべる足でどうにかぬかるみをぬけだし、土手のてっぺんにはいあがった。群れのほうを振《ふ》りむき、がんばれと声をかける。

「スナップ、もう少しだ。ブルーノ、こっちだ！」叫《さけ》ぶあいだも、胸が大きく波打った。

「なんでにげるの？　たたかわなくちゃ！」リックが激しく吠《ほ》えながら、急に走るのをやめた。足は泥《どろ》で黒くなっているが、むき出した牙《きば》は白く光っていた。

「だめだ、相手が大きすぎる！　リック、早く走れ！　ニンゲンたちもきっと泥《どろ》に足止めされる！」ラッキーは、恐怖《きょうふ》のあまり、声がうまく出せなかった。

ミッキーが土手にたどりつき、前足で体を引きずりあげた。すぐに振《ふ》りむき、苦戦しているブルーノの太い首をくわえて引っぱる。スナップもぬかるみから土手にのぼり、毛にこびりついた泥《どろ》のかたまりを振《ふ》りはらった。だが、リックはいまも、小さな沼の真ん中で足を踏《ふ》んばり、迫《せま》ってくるニンゲンたちに激しく吠《ほ》えていた。

「リック、走れ！」ラッキーはどなりつけたが、すぐに胸をなでおろした。フィアリーが小さな犬に追いつき、尻《しり》を鋭《するど》くかんで追いたてたのだ。リックはしぶしぶうしろを向き、危なっかしい足取りで泥《どろ》の中を進みはじめた。まだ牙《きば》をむいている。そのとき、追手たちのくぐもった声がきこえた。ニンゲンたちがすぐうしろに迫《せま》っている。ぬかるみに入り、歩きづらそうに渡《わた》りはじめたところだ。手には棒を持っている。

さっきの棒じゃない――ラッキーは背すじが冷たくなった。ニンゲンたちが振《ふ》りかざしている棒には見覚えがある。長い棒の先には輪になったひもがついている。あの日の記憶《きおく》がぱっとよみがえった。何年も前のことのような気がするが、ほんとうは、〈月の犬〉が何度か旅したくらいの時間しかたっていない。あの日、ニンゲンたちはぼくをつかまえて、ホケンジョのおりの中に閉じこめた！　いま、追手たちが持っているのは、あの日ラッキーをつかまえた棒と同じものだった。あの輪が首にかかって締まれば、息がつまり、あっというまに動けなくなる。いったんあの輪につかまれば、絶対に逃《に》げられない。フィアリーは、急いで土手をのぼりはじめている。「リック、走れ！」ラッキーは吠《ほ》えた。

ところがリックは、土手のふもとで足を止め、ふたたびうなり出した。「あいつら、あたしたちのことこわがってる！」かん高い声で叫《さけ》ぶ。「だって、棒なんてもってるもの――こわがってるからよ！　追いはらってやる！」

「だめだ！」ラッキーは土手からとびおりてリックの首をくわえ、引きずりあげた。「逃《に》げなくちゃだめだ！」

フィアリーが近づいてきて、ラッキーを手伝って肩《かた》でリックを押《お》しあげた。ラッキーが口をはなすと、リックはよろめき、ぜえぜえ息をしながら地面に転がった。

「道を変えよう」フィアリーは、ニンゲンたちをちらっと振《ふ》りかえってうなった。「このままでは、ショクドウにまっすぐもどることになる。群れのもとにニンゲンを連れていくわけにはいかない！」

「そのとおりだ。先にいってくれ！」ラッキーが吠《ほ》える横で、リックはあえぎながらどうにか立ちあがった。

フィアリーはすばやくうしろを向き、うっそうとしげった森をめざして、力強い足取りで走りだした。ブルーノ、ミッキー、スナップがあとに続き、ふたたび枯《か》れ葉を踏《ふ》む音がきこえはじめた。ラッキーはリックを押《お》し、もっと急げとせかした。フィアリーの姿はうしろ足しかみえないが、森の中にとびこんだことはわかった。これで逃《に》げきれる――！

ラッキーとリックが木立《こだち》を駆《か》けぬけ、浅くくぼんだ空《あ》き地に入ったとき、先頭のフィアリーは空《あ》き地の中心に差しかかったところだった。頭上でなにかが動く気配を感じ、ラッキーは体をすくめて横にそれた。かまわず走りつづけたフィアリーに向かって、高い木の上からなにかが落ちてくる。

ラッキーは、不意をつかれてあわてて止まった。なにかがフィアリーに直撃《ちょくげき》したのだ。大きな犬は頭から倒れ、足をばたつかせた。フィアリーをとらえたのは、大きな網《あみ》だった。転がれば転がるほど、体が締めつけられる。転がる体は、やがて、木の根元にぶつかって止まった。

フィアリーは、からみついた網《あみ》のあいだから足をつきだし、激しく暴れた。

ラッキーはだっと駆《か》けだした。「フィアリー！」

フィアリーは、網《あみ》の中から片目だけのぞかせ、白目をむいてラッキーをみた。おびえてかん高い声で吠《ほ》え、口からよだれをとばしながら叫《さけ》ぶ。

「ラッキー！　ラッキー、助けてくれ！」

12 仲間の危機

フィアリーは、網《あみ》を振《ふ》りほどこうともがき、転がりながら地面に爪《つめ》を立てた。網《あみ》にかみついても、鼻にからまったひもがいっそうきつくなるだけだ。網《あみ》に顔の皮を引っぱられ、鋭《するど》い牙《きば》がむき出しになる。ラッキーは、はっと気づいた。網《あみ》でできたこのおりは、暴れれば暴れるほど、体をきつく締めつけるらしい。

「フィアリー、動くな！　息ができなくなる！」

犬たちはフィアリーを囲み、心配そうに鼻を鳴らしながら、つかまった仲間の体を網《あみ》目のあいだからなめた。そのうち、フィアリーはもがくのをやめた。だが、わき腹は大きく上下し、泡《あわ》になったつばが筋を作っている。しばらくは走りだそうとするかのように足をけいれんさせていたが、どうにか落ちつきを取りもどした。

「どうすればいいんだ？」フィアリーは、顔をゆがめて弱々しい声を出した。

「わからない」ラッキーは口をなめながら、あせって土を引っかいた。「わからないよ！　こんな罠《わな》、みたこともない。ニンゲンたちはいったいなにをしたんだ？」

ニンゲンのどなり声が近づいていた。すぐそばまできているらしい。ラッキーは耳をそばだて、べつの道へいってくれますようにと、最後の望みに必死ですがった。だが、望みはかなわなかった。下生《したば》えを強引《ごういん》にかき分ける音がする。この空《あ》き地に向かっているのだ。リックが、肩《かた》でラッキーを押《お》しのけ、フィアリーに近づいた。

「出してあげなくちゃ！」リックはかん高い声で叫《さけ》んだ。

「リック、待て！」ラッキーは前にとびだし、リックの前に立ちふさがった。「まだ罠《わな》がしかけてあるかもしれない。どんな仕組みかわからないだろう」

「でも、なにもしないなんてだめ。ニンゲンたちが近づいてきてるのに！」

ラッキーは、リックのむこうに目をこらし、耳をすました。落ち葉ややぶを踏《ふ》む音、不器用なニンゲンたちが立てるそうぞうしい音がきこえる。スナップもブルーノもミッキーも、おびえた目でラッキーをみていた。〈街の犬〉が名案を思いついてくれるだろうと期待している。ぼくにもむりだ。どうしようもない！

「全員、きけ！」フィアリーが苦しげに吠《ほ》え、犬たちはいっせいに振《ふ》りむいた。「ここを離《はな》れろ。わたしを助けるのはむりだ。時間がない。もどって、群れに警告《けいこく》してくれ」

「だめだ！」ラッキーは困りはてていた。「きみを見捨てるなんてできないよ、フィアリー」

「いいか」フィアリーは、口をなめるのにも苦労していた。「ニンゲンたちがわたしを殺すつもりだったのなら、とっくに死んでいる。なにか理由があって、犬をつかまえたいのだろう。理由はわからんが、命の危険はないはずだ――いまのところは。おまえたちまでつかまれば、あとで助けにきてもらうこともできん。逃《に》げて、このことを伝えてくれ。アルファに……」フィアリーは、燃えるような目でラッキーをみた。「……ムーンと子どもたちに。頼《たの》む」

ラッキーは、迷いに迷い、胃が痛くなった。群れの仲間を見捨てるなんて、ぼくの信念にそむく――。

だが、ラッキーは、フィアリーが正しいのだとわかっていた。いまできることはなにもない。

「わかった」とうとう、ラッキーはいった。「わかった、いくよ。だけど、きみを助けにもどってくる！」

「よし。ほら、いけ！」

リックがフィアリーに駆《か》けよろうとしたが、ラッキーは小さな犬の首をくわえて引きずりもどした。「リック、フィアリーのいうとおりだ。逃《に》げるんだ！」

スナップとミッキーとブルーノは、ためらいがちにうしろを向いた。ミッキーがはげますような鳴き声をフィアリーにかけたのを最後に、犬たちはいっせいに森の中へ走っていった。

ラッキーは途中で足を止め、枝のすきまからむこうをのぞいた。ニンゲンたちは空《あ》き地になだれこみ、罠《わな》にかかったフィアリーをみつけて立ちどまった。フィアリーは身をよじり、網《あみ》と格闘《かくとう》しながらさかんにうなっていた。ニンゲンたちの気を引きつけてくれてるんだ――ラッキーは気づいた。

ニンゲンの声の調子が変わった。どなり声から、あえぐような、のどを鳴らすような声になっている。街で暮らしていたときにもよくきいた。これは、おもしろがっているときの声だ。ニンゲンたちはこんな音を出して笑う。むかしその笑い声は、相手が優しいニンゲンだというしるしだった。安全で、親切にしてもらえるというしるしだ。

だがいま、ラッキーは怒《いか》りで胃がむかむかした。フィアリー、約束する。絶対にもどってくるからな――。

犬たちは森の中を走りつづけた。スナップを先頭に立て、大きく回り道をしたあげく、ようやく、ニンゲンの町とショクドウがあるほうへ向かいはじめた。スナップはやがて足を止め、荒《あら》い息をつきながら、こわごわ森のほうを振《ふ》りかえった。ほかの犬たちはそのまわりに集まり、体を振《ふ》ったり、息を整えたりした。リックが、牙《きば》をむいてラッキーに食ってかかった。

「どうして置いてきたりしたの？　ラッキー、どうしてあんなことしたの？」

ラッキーは、まだ息が切れ、わき腹を大きく上下させていた。長い距離《きょり》を必死で走ってきたせいだ。「ほかにどうしようもなかったんだ」

「そんなわけない！」

「全員がつかまったら、なんにもならないだろう？　逃《に》げれば、あとでフィアリーを助けにいける。だけどぼくたちまでつかまれば、ニンゲンに気をつけろと群れに伝える犬がいなくなる。ほかのみんなが狩《か》りに出てしまうかもしれないし、ぼくたちを探しにきてしまうかもしれない。そうなれば、あっというまに、群れ全員がつかまってしまう！」

「ラッキーのいうとおりよ」スナップがうなった。「ほかに方法はなかった」

「リック、そのとおりだ」横からブルーノもいった。

リックはまだ息を荒《あら》げていたが、落ちついてきたようだった。怒《いか》りをこめた目で、自分たちが走ってきた道をにらみつけた。「ニンゲンたちにおもいしらせてやる。いったでしょ――あいつら、あたしたちのことがこわいのよ。いたい目にあわせてやれば、もう近づいてこないはず」

「そんなに簡単なことじゃないんだよ」ラッキーは、リックの声ににじむ攻撃《こうげき》的な調子には気づかない振《ふ》りをした。小さな犬に優しく鼻を押《お》しつけ、ニンゲンの町があるほうを向かせる。「さあ、いこう」つぶやくようにいった。「はやくショクドウにもどろう」

「うそよ！」デイジーは驚《おどろ》いて悲鳴をあげた。「フィアリーがつかまった？」

ショクドウに入ると、室内の影《かげ》は長くなっていた。うす暗がりの中にいると、起こったすべてのことが、いっそう現実味をなくしていく。ラッキーは、ショックでぼんやりしていた。

「ぼくのお父さんをニンゲンのとこにおいてきたの？」ビートルはぽかんとしていた。

スナップは、すがるような目でムーンをみた。「しかたがなかったの」

ムーンはなにもいわなかった。ぼうぜんとして、悲しみに打たれている。それでも、取りみだすことはしなかった。ほかの犬たちはうろたえて大騒《さわ》ぎしていた。サンシャインは、気でもふれたようにぐるぐる駆《か》けまわり、マーサが落ちつかせようと耳をなめていた。ダートはなにかひとりごとをいいながら、床《ゆか》を引っかいていた。スイートは、腹立たしげにぐるぐるうなりながら、同じところを行ったり来たりしている。アルファは床《ゆか》に頭を寝《ね》かせ、押《お》しだまっていた。わき腹は大きく上下し、いまにも怒《いか》りを爆発させそうだ。スプリングは怒《いか》りに駆《か》られたようにくりかえし吠《ほ》え、ホワインはラッキーをにらんでいた。

「〈街の犬〉として学んだのは、裏切りだけってことか」元オメガは鼻で笑った。

「なんていった？」たちまちリックが両耳を立てた。

まずい！　ラッキーはあわてて二匹《ひき》のあいだに割って入った。一瞬《いっしゅん》でも遅《おく》れれば、リックはホワインにかみついて、死ぬまで振《ふ》りまわしていただろう。

「どういうこと？」スプリングが吠《ほ》えた。「スナップ、どうしてニンゲンが犬をつかまえたりするわけ？　あたしたちを食べるようになったってこと？」

「まさか！」ミッキーが叫《さけ》んだ。「ばかなことをいうな！」

「やつらのすることなどわからんだろう」アルファが憎々《にくにく》しげにいった。「〈大地のうなり〉は犬を変えた。ニンゲンたちを変えていてもおかしくない」

「そんなわけない」デイジーがかぼそい声で遠吠《とおぼ》えをした。「とにかく、そんなわけないの！」

「じゃあ、どうしてなの？」スナップがたずねた。「わたしにもわからない。あの場にいたけど、ニンゲンたちはフィアリーをつかまえて、おもしろがってるみたいだった」

「これで、わたしの予想が裏付けされたわけだ」アルファは立ちあがり、スイートに短くうなずいた。「移動をはじめる。すぐに出発だ。全員、準備をしろ」

それをきくと、ムーンはぱっと顔をあげた。険しい表情で立ちあがり、体を乱暴に振《ふ》る。

「アルファ？　フィアリーを助け出してから出発する、という意味ですよね？」

「すぐに、といったのだ」アルファはうなった。「群れが危険にさらされている。ここでぐずぐずしているひまはない」

ラッキーは、ぼうぜんとしてオオカミ犬をみつめた。まさか、群れの三番手を見殺しにするつもりか？

「いいえ」ムーンは前にとびだし、鼻が触れるほど近くまでアルファにつめよった。「本気でおっしゃっているはずがありません。フィアリーを見捨てるですって？　ニンゲンたちになにをされるかもわからないのに？　いいえ、アルファ」ムーンは首を振《ふ》り、口をゆがめた。ぎらりと牙《きば》が光る。「そんなことはできません」

群れの犬たちは息をつめて二匹《ひき》を囲み、にらみ合うムーンとオオカミ犬をみまもっていた。

「フィアリーは、危険を承知で森へ狩《か》りにいったのだ」アルファはかみつくようにいった。

「危ないことはわかっていた。われわれはそんな犬の――」

「怖《こわ》いのでしょう！」ムーンは相手の言葉をさえぎった。黒い目は怒《いか》りに燃えていた。「ほんとうは、フィアリーと決闘《けっとう》なんてしたくなかったのでしょう。いま見捨てていけば、勝負をする必要はなくなりますからね」

「言葉に気をつけろ」アルファは刺《さ》すようにいった。「わたしはおまえのアルファだ。今回の決断は、おまえの連れ合いのおろかな挑戦《ちょうせん》とはなんの関係もない」

ムーンが、アルファののどにかみつくそぶりをみせた。だめだ！ ラッキーはとびだし、ムーンのとなりに並んで、なだめるように相手のあごをそっとなめた。それから、アルファを振《ふ》りかえった。

「ムーンのいうとおりです」ラッキーはオオカミ犬をにらみつけた。「フィアリーは、ぼくたちに逃《に》げろといってくれました――ぼくはかならず助けにもどると約束したんです。見殺しにするわけにはいきません。リックは――」

「リックだと？」アルファがさえぎった。「今回の事件はあのちびの悪魔《あくま》のせいだと気づくべきだった。あいつが、かわいそうなフィアリーを罠《わな》に誘《さそ》いこんだのか？」

ラッキーは怒《いか》りで体が冷たくなった。「なぜ、リックのせいだと？ あの子はニンゲンのことなんか知りもしないんです。今日までみたこともなかったんですから。それなのに、どうして仲間を罠《わな》に誘《さそ》いこんだりできるんです？」

アルファはかすれたうなり声をひとつもらした。「あいつがいると、この群れにけちがつく。

どこにいっても――」

「そんなのは出まかせでしょう！」ラッキーはかっとなって吠《ほ》えた。「ばかげたことだと、ご自分でもわかっているはずです。けちがつくだの悪魔《あくま》だの、全部あなたの作り話です……」

ラッキーは息ができなくなり、アルファをにらみながらごくりとのどを鳴らした。

「続けろ」オオカミ犬はうなった。「おまえのご立派な知恵《ちえ》とやらを、わたしたちに与《あた》えてくれ」

ラッキーは歯ぎしりした。「たしかに、悪魔《あくま》のような犬はいるのかもしれません。だけど、リックはちがう。テラーのしていた〈恐怖《きょうふ》の犬〉の話を思いだしました。たとえば、ぼくは〈森の犬〉とつながっていますし、〈川の犬〉はマーサの味方です。この群れに〈恐怖《きょうふ》の犬〉と関係のある犬がいるとすれば……」

「なにがいいたい」アルファは牙《きば》をむいた。「〈街の犬〉よ、よくもそんな口の利き方ができたものだ」

ラッキーはまた口を開いたが、言葉が出てこなかった。これじゃやりすぎだ――。いいすぎた。だけど……。ラッキーは、オオカミ犬のぎらつく黄色い目を、まっすぐにみつづけた。アルファのうなり声はしだいに大きくなり、〈天空の犬〉たちの争いを予知させる、かすかな雷《かみなり》の音のようになっていた。

「そこまでにして！」スイートが二匹《ひき》のあいだに割って入り、まずはラッキーを、それからアルファを思いきりにらみつけた。「こんなことをしても、群れにとってはなんの得にもならない。上位の犬たちがしょっちゅういがみ合って、だれの役に立つっていうんです？　二匹《ひき》とも反省してください！」スイートの牙《きば》がぎらっと光った。「群れのためになる結論を出さなくては──みんなでいっしょに！」

アルファは怒《いか》りもあらわに立ちあがった。「結論はすでに出ている。この群れを率いているのはわたしだ。だれに相談するつもりもない！　おまえは何様のつもりだ？」

「あなたのベータです！」スイートは鋭《するど》く返した。

「そしてわたしは、おまえのアルファだ！　われわれはここから移動する。この町はひとつの罠《わな》のようなものだ。〈野生の犬〉のいるべき場所ではない！」

ムーンがはじかれたように立ちあがった。完全にわれを忘れていた。

「わたしは、子どもたちの父親を見捨てたりしません。だれも助けてくれないのなら、わたしはひとりでフィアリーを探しにいきます！」

つかのま、あたりの空気は、びりびりと張りつめた。群れの犬たちは、ムーンとアルファをかわるがわるみつめていた。だれも息をしていないようにみえた。

そのとき、スプリングが鼻をぴくっとうごかし、すんとにおいをかいだ。ラッキーもぱっと振《ふ》りかえった。たしかににおいがする。ほかの犬たちも、いっせいに鼻をあげた。

「なんのにおい？」サンシャインがおびえて鳴いた。

「犬だ」ミッキーが小声でいった。「いったいだれが……」

「このにおいには覚えがあるわ」スイートは、鼻をぴくぴくさせながらいった。

アルファがうなった。「戦いの隊形を組め！　敵がきた！」

13 仲間割れ

持ち場につく時間がない――ラッキーは群れのようすをみて気づいた。あわてて守備についた犬たちは、でこぼこの列を作っている。ショクドウには十分な空間がないため、きちんと並ぶこともできない。ラッキーはなんとか、デイジーとサンシャインを自分のうしろにいかせ、できるだけ危険がおよばないようにした。ホワインは、だれかに助けられるまでもなく、こそこそと安全な場所に逃《に》げている。おまえらしいよ、ラッキーは胸の中でぼやいた。ムーンはビートルとソーンの前に立ち、たけだけしくうなっている。ところが、二匹《ひき》の子どもたちは、母犬の足のあいだをくぐりぬけ、守備の列に並んだ。ムーンは一瞬《いっしゅん》だけ表情をやわらげ、誇《ほこ》らしげに子どもたちをちらっとみた。

アルファは列の中央に立ちはだかり、入り口の扉《とびら》をにらみつけながら、くちびるをめくりあげた。「わかったか？ ニンゲンの家じゃ、身を守ることもままならん。生きてここを出ることができたら、移動する——文句は受けつけん」

「その話はまたあとに」スイートが鋭《するど》く言い返し、毛をざっと逆立てた。半分開いた扉《とびら》のすきまから、影《かげ》がみえたのだ。

まず、鼻が差しこまれた。相手は、中のにおいをかいでいる。扉《とびら》がぎいと音を立てて開いた。ラッキーは、驚《おどろ》いて首をかしげた。扉《とびら》のすきまからのぞいたのは、よく知っている目と、茶色と白のまだらもようの顔だったのだ。たじろいだような表情をしていた。

「うわ……待ってくれ！　おれだ。トウィッチだ！」

緊張《きんちょう》が一気に解けた。ラッキーには、群れの犬たちが力をぬく音がきこえるような気がした。スプリングは、うなり声のまじったため息をほっともらし、ムーンは目を閉じた。

「トウィッチ？」スナップがあげた大きなうなり声には、あやしむような響《ひび》きがあった。最後に会ったときのことや、テラーの率いる群れと争ったことを思い出したのだろう。

トウィッチは三本足で近づいてきた。耳と頭を垂れ、震《ふる》えながら床《ゆか》に伏《ふ》せる。「きいてくれ。おれは、森の空《あ》き地で起こった事件とは、なんの関係もないんだ」

「だれの企《たく》みだ？」アルファは厳しい声でたずねた。「テラーとかいう犬か」

「ちがいます」トウィッチはがたがた震《ふる》えた。「テラーはなにかを企《たく》むようなことはできません。ただ――」

「なぜおまえはここにきた」アルファは声を荒《あら》げた。「まさか、群れにもどしてくれと頼《たの》みにきたわけじゃあるまいな。足の不自由な犬など必要ない」オオカミ犬は、ばかにしたような顔でトウィッチの足をみた。「裏切り者の三本足など、もってのほかだ」

トウィッチは顔をくもらせた。一瞬《いっしゅん》、傷ついたような表情になったが、それでも声は控えめで敬意がこもっていた。「アルファ、そのお願いにきたわけではありません。受けいれてもらえないことはわかっています。おれがここにきたのは、フィアリーがつかまるのをみていたからなんです。狩《か》りを終えて野営地にもどる途中に、ニンゲンたちがフィアリーをとらえるのをみました」

「それで、あざ笑いにきたのか」アルファはうなった。「みっともない真似《まね》を」

「ちがいます！　おれは――その、ニンゲンたちがフィアリーをどこへ連れていったか、知ってるんです」トウィッチは、そわそわと肩《かた》ごしにうしろをみた。「おれは、フィアリーの居場所を知ってます」

ラッキーの胸の中で、一気に希望がふくらんだ。ムーンは息を飲んでとびだした。「教えて。トウィッチ、教えてちょうだい！　どこにいるの？」

アルファは、いまいましそうに耳を大きくうしろにそらし、ゆっくりと進み出た。「なぜ三本足のたわごとを信じられる。なぜおまえたちは、こいつの言葉を信じる？　わたしにはうそだとわかっている」

ムーンは、食い入るようなまなざしで、アルファとトウィッチを交互にみた。あいまいな表情を浮《う》かべて、口のまわりをなめる。トウィッチは、頼《たの》みこむような低い鳴き声をもらした。

「トウィッチ、なにが起こってるんだ？」とうとう、ラッキーは口を開いた。「街でもニンゲンは犬を狩《か》ってた。だから、ぼくとスイートはつかまってホケンジョに入れられたんだ。だけど、街のニンゲンたちには理由があった。自分たちの道や公園で犬がうろうろするのがいやだったんだ」

「よろこんで獲物《えもの》を分けてくれたといっていたではないか」アルファが鼻を鳴らした。

「そういうニンゲンもいました。だけど、犬に食べ物をあげる仲間に顔をしかめたり、犬が自由に駆《か》けまわるのをいやがったりするニンゲンもいたんです。そいつらは、ぼくたちが街を荒《あ》らして、自分たちの大事なすみかを汚《けが》すと思ってた。だけど、どうして、森を走ってるだけの犬をわざわざつかまえるんだ？　意味がわからない」

「ほんとに」マーサが静かな声でいった。「〈囚《とら》われの犬〉を探してるわけでもなさそうね。だって、むこうからわたしたちを捨てたんだもの」

トウィッチが、一度だけしっぽで力なく床《ゆか》を打った。「むこうの考えていることはわからない。だけど、どこへいったかはわかる。きっとフィアリーもそこへ連れていかれたんだ。フィアリーは、基地にいる」

それをきくなり、犬たちのあいだから吠《ほ》え声と鳴き声があがった。「基地だって？　うそだろう！」ブルーノがどなった。

「フィアースドッグのいたとこだわ」サンシャインがかぼそい声をあげた。

ラッキーは、体がぞくっとした。できれば、あのぶきみな〝基地〟は二度とみたくない。フィアースドッグがきびしい規則に従って暮らしていた場所だ。ラッキーとミッキーは、そこからフィアースドッグの子犬たちを助けだした。その一件が火種となって、これまで、ふたつの群れのあいだにはたくさんのもめごとが起こっていた。

「ニンゲンがフィアースドッグと手を組んだってこと？」ダートが吠《ほ》えた。「それがほんとなら、かなうわけない！」

「うそでしょ！」スプリングも叫《さけ》んだ。「ニンゲンとフィアースドッグが組むなんて！」

「話は終わりか？」アルファが鋭《するど》くたずねた。「それが事件のあらましか？」

「おれにもわかりません」トウィッチは小さな声でいった。「お話できるのは、自分がみてきたことだけです。ひとりで暮らしていたときも――テラーの群れをみつける前で、まだ足のけがも治っていませんでした――、森の中で何度かニンゲンたちをみかけました」

「あなたはつかまらなかったの？」マーサがたずねた。

トウィッチは首を振《ふ》った。「群れに入っていないと困ることはたくさんある。だけど、一匹《ぴき》で動いていたほうが、相手から隠《かく》れるのはずっと簡単だ。一匹《ぴき》なら物音もほとんど立たない。ニンゲンの大半は基地のまわりにいた。あそこでなにかするつもりなんだ。むこうにとっては重要なことらしい。だけど、フィアースドッグが残っているかどうかはわからない。姿はみなかった」

ラッキーはうしろ足で耳をかき、考えこみながらしっぽで床《ゆか》をたたいた。「このあいだ、基地に忍《しの》びこんで子犬たちを助けたときには、おとなの犬たちのにおいは古くなって、ほとんど消えかけていた。フィアースドッグがいまもあそこに住んでるとは思えない」

「でも、ニンゲンがあいつらと群れを作るつもりなら……」スナップが、ためらいがちに口をはさんだ。「もどってきたかもしれない」

「おそらく、そうだろう」アルファがうなった。「フィアースドッグというのは、ニンゲンのそばにいたがるものだ。だからわたしたちは、やつらを〈ニンゲンの牙《きば》〉と呼ぶではないか」

「フィアースドッグはニンゲンをあがめているみたいだな」ミッキーがいった。「わたしたちの慕《した》い方とはちがう。あいつらは、なんというか……妙《みょう》なんだ」

ラッキーは、ファングの耳を思いだして背筋が冷たくなった。子犬の耳は、ニンゲンのやり方をまねて、かみちぎられていた。だが、いまその話をするわけにはいかない。「ブレードの群れが襲《おそ》ってきたときのことを覚えてるかい？　基地からきたにしては遠すぎる。なわばりからはるばるやってきて、子犬を取りかえしにくるとは思えない。考えるだけでおかしい」

デイジーが身ぶるいし、かん高い声で叫《さけ》んだ。「フィアースドッグの考えることなんてわからないでしょ？」

「どのみち、〈街の犬〉になにがわかる？」ホワインが、見下したようにいった。

ラッキーは元オメガに牙《きば》をむいてみせてから、デイジーに向きなおり、なぐさめるように一度なめた。「フィアースドッグは基地にいないと思うよ」ムーンを振《ふ》りかえり、付けくわえる。「だから、心配しなくていい。あいつらがフィアリーを傷つけるようなことはない」

ムーンは、覚悟《かくご》を決めた面持ちで、前に進みでた。

「それでも、助け出さなくちゃいけないわ」

「もちろん」ラッキーはうなずいた。「ニンゲンがなにをたくらんでるかわからない」

「許さん」アルファがうなった。「なにより大事なのは群れの安全だ」犬たちをにらみ回した。

「三本足の犬がうそをついていない証拠《しょうこ》などどこにある。こいつは意気地なしだ――前からそうだった。われわれをテラーの罠《わな》におびき寄せる腹かもしれん。頭のおかしい犬なら、仕返しを企《たくら》んでいてもおかしくない」

あんたならそうするだろうな――ラッキーは胸の中でつぶやいたが、口は閉じておいた。

「うそではないと約束します」トウィッチがすがりつくようにいった。「事実をお話ししているまでです。おれがここにきた理由はそれだけです」

「では、時間のむだだったな」アルファはかみつくようにいった。「われわれはもう移動する。いますぐにだ」

ホワインが、こそこそした歩き方で、真っ先にアルファのとなりに並んだ。「おれもいきます。この群れをまとめているのはアルファだ。そうだろ?」

ダートがうなずき、自分もオオカミ犬のそばにいった。スナップとスプリングは顔を見合わせてためらっていた。何歩か進んでは、また足を止める。だが、アルファが大またでショクドウの出口に向かうと、あとをついていった。ブルーノは、すまなそうにラッキーをちらっとみて、アルファたちのあとに続いた。ミッキーもそれにならった。デイジーとサンシャインも、マーサのたくましい体に隠《かく》れながら、そっと外に出ていった。

「待ってちょうだい！」ムーンが吠《ほ》えた。両わきには子どもたちがいる。「どういうこと？ほんとうに、群れの犬を見殺しにするつもり？」

犬たちは目をそらしたが、スイートだけは低い声で答えた。「それがアルファの決断よ」

だがラッキーの目には、スイートがその決断に賛成しているようにはみえなかった。

「では、もしアルファがニンゲンの罠《わな》にかかったとしたら、どうするつもりです？」ムーンは険しい顔で問いただした。「群れに助けにきてもらいたいと望むのでは？」

「そもそも、わたしは罠《わな》にかかったりしない」アルファは冷ややかにいった。

ラッキーはそれをきくと、毛がざわりと逆立ち、思わずのどの奥からうなり声をもらした。警戒《けいかい》したスイートが、さっと振《ふ》りかえって吠《ほ》えた。

「ラッキー！　静かに！」

自分でも信じられなかったが、ラッキーは牙《きば》をむいた。スイートがなだめようと声をかけてくれたことはわかっていたが、逆効果だった。胸の中では、怒《いか》りが激しい嵐《あらし》のようにうずまいていた。

「なぜ？」ラッキーは吠《ほ》えた。「ベータ、なぜきみに従わなくちゃいけないんだ？」

アルファがうなりながら一歩近づいてきた。だが、スイートが二匹《ひき》のあいだに割って入った。

「ラッキー、そのくらいにしておいて」

しばらく、ラッキーは動けなかった。怒《いか》りはおさまらなかったが、どうすればいいかわからない。どうしてスイートの指示に従わなくちゃいけないんだ？　スイートは、アルファがまちがっているとわかっていても、かならず味方をする。フィアリーのことを気にもかけていない。スイートこそ、とっくのむかしにアルファに勝負を挑《いど》んでおくべきだったんだ！

ラッキーは乱暴に口のまわりをなめた。胸の中にある考えを、すべて吐《は》きだしてしまいたかった。だが、いま重要なことはなんだろう？　いいたいことをいってしまっても、目の前の問題を解決できるわけではない。いま重要なのはフィアリーを助けることだ。アルファを説得して、フィアリーを見捨てさせないことだ。

ラッキーはスイートを肩《かた》で押《お》しのけ、相手がよろめいたのもかまわずに、通りへとびだした。外では、ほかの犬たちがアルファの指示を待っている。ラッキーは群れとまっすぐに向きあい、姿勢を正し、顔をしっかり上げた。こんなときには、群れのアルファにふさわしい犬みたいにふるまわなくちゃいけない——。

「フィアリーを助ける。やるべきことはそれだけです」ラッキーは吠《ほ》えた。「あなただってそれはわかってるはずだし、群れのみんなだってわかってるはずだ」

アルファは大またでラッキーに近づき、憎《にく》らしげにいった。「わたしがおまえの企《たくら》みに気づいていないと思うなよ、〈街の犬〉。わたしの群れを、その罠《わな》におびき寄せるつもりだろう！」

ラッキーは、あぜんとしてオオカミ犬をみつめた。どうすればそんなことを思いつくのだろう？　ほかの犬たちをみまわした。「こんなでたらめ、みんなは信じないはずだ！」

「フィアリーを助けることになれば、群れを率いるわたしが先頭に立つことになる」アルファの黄色い目は、石のように表情がなかった。「言いかえれば、ニンゲンの罠《わな》に真っ先にとびこむのはわたしだ。そして、おまえがこの群れを乗っ取る。ラッキー、そうだろう？」

「そんなわけがないでしょう！」

「そうか？　わたしは〈街の犬〉のうそにはだまされん。ほかの犬といっしょにするな」アルファはかたい道路を引っかいた。「わたしは群れを率いる者がするべきことをしている――群れを守っているのだ」

「それなら、なぜ群れの一員を見殺しにするんです？」

アルファは天をあおいで遠吠《とおぼ》えをした。

「〈街の犬〉はああいえばこういう！　むだ死にしたければすればいい。だが、ひとりでやれ。罠《わな》にとびこみたければ、ひとりでとびこめ。わたしの群れを連れていくことは許さん！」

「直接みんなにきくべきでは？」ラッキーは鋭《するど》く返した。

アルファが勢いよくうしろを向いた。オオカミ犬の尾《お》に顔を激しく打たれ、ラッキーは大きく息をのんだ。怒《いか》りで心臓の鼓動《こどう》が速くなる。だめだ、挑発《ちょうはつ》に乗るな――だれが味方になってくれるかわからないんだ。

アルファは、押《お》しだまった犬たちを一匹《ぴき》ずつにらみまわした。いまでは全員が、ニンゲンの死体が散らばる道路に集まっていた。死のにおいが、これまでになく濃《こ》くなっている。

「死を望む犬は遠慮《えんりょ》なく群れを去り、ラッキーについていけ」アルファは鼻にしわをよせ、牙《きば》をむき出しにした。「忠実な犬は、わたしとともにこい」

14 離《はな》ればなれ

ラッキーはアルファのそばに駆《か》けよった。「そんなことはしなくていいんです。それじゃ、群れがこれを最後にばらばらになってしまう。頭をつかってください！」

アルファがラッキーののどにかみつこうと身がまえた。だが、スイートが二匹《ひき》のあいだに割って入り、食い入るような目でラッキーをみた。「じゃあ、どうしろっていうの？」

ラッキーはトウィッチにうなずいてみせた。ショクドウの入り口のそばにすわり、できるだけ目立たないように、背を丸くして耳をぴたりと寝《ね》かせている。

「トウィッチに、群れの一部を基地に連れていってもらう。フィアリーがつかまっている場所をみせてもらうんだ。アルファは残りの群れを連れて、〈川の犬〉に沿って進んでいき、新しい野営地を探せばいい」

「そんなことをすれば、それこそ群れはばらばらになるわ。いやでもそうなる」スイートは、しっぽで地面をたたきながらいった。

「いや、アルファたちが、においをはっきり残してくれればだいじょうぶだ。ぼくたちは――ぼくと、ぼくといっしょにきてくれる犬たちは――それを追っていける」

アルファが口を開いたが、スイートのほうが早かった。「いい考えね。わたしたち、ちゃんとにおいのあとを残していく」

ラッキーは意外に思った。スイートはアルファの忠実なベータだ。だがいま、二匹《ひき》のあいだに流れる空気は、みているこちらの毛が逆立つほど張りつめていた。アルファはなにもいわないが、スイートの発言には大きな意味がある。アルファの方針にさからう判断をしたからだ。それは、だれもがわかっていた。だが、いまスイートの言葉をはねつければ、どうとりつくろってもアルファはおろかにみえるだろう。

ラッキーは、べつのことにも気づいた。スイートは、ラッキーがもどってくると確信している。きっと群れを探しだすと信じている。信頼《しんらい》されていると思うと、腹の中が温かくなった。

だが、アルファの感じ方はちがったようだ。オオカミ犬は、ばかにしたようにのどを鳴らした。

「ベータ、いいだろう。信じる振《ふ》りをしてみようじゃないか。ラッキーのあさはかな計画に乗ったやつらが、ぶじにもどろうがもどるまいがどうでもいい」

スイートは静かに頭を下げただけで、挑発《ちょうはつ》には乗らなかった。

スイートの信頼《しんらい》を裏切るような真似《まね》はできない――。いっしょにきてくれる犬は、かならずぶじに連れて帰ろう。だけど、ついてきてくれる犬がいるかどうか……。

まったく予想がつかなかった。犬たちは小声で話しあい、考えあぐねて、しっぽで地面をぱたぱた打っていた。ホワインはアルファのすぐとなりにすわり、にんまり笑っていた。とりあえず、あいつの助けは期待できない。ほかのみんなはどうだろう？

すぐに、ムーンがラッキーのほうに走ってきた。ビートルとソーンが、自分たちもいくと吠《ほ》えたが、ムーンは振《ふ》りかえり、静かにいいきかせた。「だめよ、残りなさい。騒《さわ》いでもだめ」

「でも、あたしたちも、お父さんをたすけたい！」ソーンが叫《さけ》んだ。

「だめ。いったでしょう、あなたたちの安全が大事なの。二匹《ひき》のことまで気にかけていたら、お父さんを助けることに集中できないじゃない。わかった？」

ビートルはしょんぼりうなだれた。「わかった」

ムーンは子どもたちの頭をかわるがわるなめてやった。「お父さんをみつけてくるから、心配しないで」

ラッキーがうなずきかけると、ムーンはとなりに並んだ。味方になってくれると確信していたのは、ムーンだけだ。ほかの犬たちはどうするだろう？　ラッキーは耳を折り、声をひそめたみんなの話し合いがきこえないようにした。あとで群れにもどることを考えると、だれのことも恨《うら》みたくなかった。

みんな、好きなほうを選べばいい。ラッキーは自分にいいきかせながら、ブルーノ、マーサ、スナップへと視線を泳がせた。判断はむこうにまかせよう。

サンシャインは顔をくもらせていたが、目をそらさないだけの勇気はあった。気にするな――ラッキーは、目配せして伝えた。小さな犬は、自分がついていけば、役に立つどころか足手まといになると自覚しているにちがいない。ついてこないからといって、ラッキーを裏切ったわけではない。

ベラはどうだろう？　きょうだいに見捨てられたら、どんな顔をすればいいのだろう。

だが、ベラの目をみたラッキーは、心配する必要はなかったと気づいた。きょうだいは、しっかりした足取りでそばにきてくれたのだ。二匹《ひき》の振《ふ》るしっぽがぶつかりあった。

スイートは群れから少し離《はな》れてすわり、一点をみつめていた。ラッキーはその姿をみると、のどにウサギの骨でも刺《さ》さったように苦しくなり、となりにいってすわった。

こちらを向こうとしないスイートをみて、ラッキーはすぐにさとった。

「アルファといくんだな」

スイートはうしろめたそうにひと声鳴いた。

「わたしはベータだもの。選べる立場じゃないわ」

ラッキーは胸がずきりと痛んだ。また、ぼくじゃなくてアルファを選ぶのか——。「どんな犬にだって選ぶ権利はある」どうしても、怒《おこ》ったような声になった。

「あなたにはわからないの」

ラッキーは立ちあがり、いきり立って体をぶるぶる震《ふる》わせた。「スイート、はじめて意見が合ったな。そのとおりだ、ぼくにはまったくわからないよ」

マーサがベラのとなりにすわった。おだやかだが、覚悟《かくご》を決めた顔だ。やさしいマーサもきてくれるのか——。マーサ、ムーン、ベラ、そしてぼく。犬を一匹《ぴき》助けにいくには十分な数だ。あまり多いと、まとめるのがむずかしくなる。ラッキーは、名乗り出た犬たちのあいだに、自分の体をそっと押《お》しこんだ。これがぼくのチームだ。

リックが、小石をけとばしながら、はずむような足取りで走ってきた。

「それで、いつしゅっぱつ？」

ラッキーは、意気ごんだ幼い犬の目をみると、腹が石のように重くなった。「リック、それはどうかな」

リックはとまどった表情ですわった。「どういういみ？　はやくいこう！」

「ちがう！　だから……」ラッキーは大きく息を吸った。「リック、きみはこないほうがいい。基地はきみが生まれた場所だよ」

「だから？　なにがいけないの？」

ラッキーは目を閉じた。こんなことをいうのは気が進まないが、教えておいたほうがいい。リックを連れていくわけにはいかない。それはたしかだ。「きみは、こういう任務につくには、まだ準備が足りてない」

「どういうこと？」リックはめんくらったように吠《ほ》えた。

「いまのきみは本能を抑《おさ》えられない。いずれできるようになるけどまだ小さいんだ。かんしゃくを起こしていただろう。それも一度じゃない」ラッキーは、言い返そうとするリックにかまわず続けた。「すぐにかっとなるし、かっとなるとすぐに行動に出る。それに……」

「なに？」リックは目をきらっと光らせた。

「ないしょでファングと会ってただろ」ラッキーは声を殺していった。「心の奥深くでは、いまもフィアースドッグの一族のことを思ってるんだ。しかたのないことだよ。こういうことには時間がかかる。だけど……」ラッキーはため息をついた。「きみを基地に連れていくのはよしたほうがいいと思う。いまはむりだ」

リックは腹を立てて毛を逆立てた。「あたしはこの群れの犬。ちゃんとしょうめいしてみせるから、つれていって！　役に立つから！」

ラッキーはムーンの気持ちが理解できた。やる気にあふれた子どもたちに向かって、ノーというのはこんな気分なのだ。ラッキーは首を振《ふ》った。「今回は群れに残ってくれ。危険すぎる。ごめんよ」

幼いフィアースドッグは長いあいだラッキーをにらみ、ふてくされて荒《あら》い息をついていた。とうとう、だまってうしろを向き、大またでラッキーから離《はな》れていった。

〈太陽の犬〉が空高くのぼり、ほこりっぽい道をさんさんと照らしつけるころ、フィアリーを助けにいく犬たちは、ほかの犬たちと別れをおしんでいた。トウィッチは、少し離《はな》れたところでじっと待っている。ムーンは、ソーンの鼻をなめ、ビートルに頭を押《お》しつけた。ラッキーはスイートをちらっとみたが、むこうはかたくなに目を合わせようとしなかった。

だが、アルファは、ラッキーをぴたりとみすえた。顔にはなんの表情も浮《う》かんでいないが、二匹《ひき》の争いに決着がついてないことはまちがいない。ラッキーはうしろを向くと、小さいほうの群れに声をかけ、トウィッチのあとについて出発した。

「ラッキー、さよなら」サンシャインが悲しげに吠《ほ》えた。

「またすぐに会おう」ミッキーの声が、ショクドウの壁に当たってはねかえってきた。

森の入り口にくると、ムーンは足を止めて振《ふ》りかえった。ほかの犬たちもそれにならう。遠くから、町を出ていく群れに指示を出すアルファの声がきこえた。スナップとスプリングとデイジーが、かん高い声でさよならを叫《さけ》んでいる。やがてそこに、ビートルとソーンの幼い声がまじった。

「子どもたち、ぶじでいてちょうだい」ムーンが遠吠《とおぼ》えをした。

ぼくたちもぶじでいられますように。ラッキーは祈《いの》った。すぐにみんなと会えますように。

木の葉が赤くなりはじめた時期にしては、〈太陽の犬〉の光が強かった。ラッキーは、涼《すず》しい森の木陰《こかげ》に入れたことがうれしかった。油断できないことはわかっている。先頭を走るトウィッチは、思っていた以上に足が速く、動きもきびきびしていた。

「足をなくしたようにはみえないな」ラッキーは驚《おどろ》いていった。

「そうだろ。不自由な足はかえってじゃまになってたんだ。いつも気になってた」トウィッチは耳を立て、松の木々をぬうようにひた走った。「いまじゃ悩みの種もなくなって、三本足でどうにかやってる。悪いことが起きても解決策をみつけられるようになったのは、〈大地のうなり〉のおかげだよ」

そのとおりだ。ラッキーは、足をなくしたことを前向きにとらえるトウィッチに感心した。アルファは、いつも相手を簡単につきはなす。だが、トウィッチがもどってくれれば、きっと群れのためになるだろう。

鋭《するど》いにおいに鼻を刺《さ》され、ラッキーははっとわれに返った。足を止め、あたりのにおいをかぐ。〈太陽の犬〉が照りつけ、空には雲ひとつないが……。

「どうしたの？」ベラがとなりにきた。

ラッキーは顔をくもらせた。まちがいない。いつのまにか、高い枝のあいだからのぞく空が暗くなり、木立《こだち》のあいだを冷たい風がそっと吹《ふ》きぬけていた。

「毒の雨だ！　もうすぐ降るぞ」

マーサもそばにきていた。「ここには雨宿りできるところがないのに。木陰《こかげ》じゃあんまり意味がない！」

「こんなときは、ラッキーが街を気に入ってた理由がわかる」トウィッチが、ぼやきながら引きかえしてきた。「あそこにはいくらでも隠《かく》れる場所があるもんな」

「ショクドウにもどってる時間はない」ラッキーはいった。「なんでもいいから、屋根を探そう」

その瞬間《しゅんかん》、雷《かみなり》が鳴った。ライトニングが〈天空の犬〉たちとじゃれあっている。いつ雨が降ってもおかしくない。犬たちはうろたえ、駆《か》けだしたかと思うと、くるっと向きを変えて引きかえした。

「どこにいく？」マーサが吠《ほ》えた。

ラッキーは薄暗《うすぐら》い森をみまわした。木々はすでに、強まる風にあおられてゆれている。松のあいだから、シダにおおわれた坂がのぞいていた。坂の上にオークの大木が生《は》えている。ねじれた古い木だ。「いこう、こっちだ！」

犬たちは坂をめざし、一気に駆《か》けのぼった。老木の根はからみあって地面からつきだし、枝はもつれるように広がっていた。

「ここに隠《かく》れるしかない」ラッキーは先頭に立って根のすきまをぬいながら、節くれ立った幹のそばにいった。ほかの犬たちもいっせいに根元に駆《か》けより、ぎゅっと身を寄せあう。ラッキーたちはおそるおそる、黒みがかった葉のあいだから空をのぞいた。

これがせいいっぱいだ――。どうか雨が強く降りませんように。〈天空の犬〉たちに祈《いの》るしかない。

ふたたび、雷《かみなり》がごろごろ鳴った。ラッキーが耳をぱっと立てたとき、大きな雨粒《あまつぶ》が、頭上に茂《しげ》った葉にぱらぱらと降りかかってきた。高い松の木々は吠《ほ》えているようにみえる。雨まじりの風が枝のあいだを吹《ふ》きぬけ、ひゅうひゅううなっている。

雨粒《あまつぶ》が地面をたたきはじめた。ムーンがあわてて後ずさり、ラッキーのわき腹にぶつかった。ラッキーは、不安で胸がどきどきしていた。ベラがおびえて鳴く声がする。雨粒《あまつぶ》は、密集した根に当たると、ジュッと音を立てた。ラッキーの体にもぽたぽた落ちてくる。

ここじゃ雨をよけられない――！　ラッキーはぞっとした。

雨のにおいが強くなり、鼻が焼けつくように痛くなる。吐《は》き気がしてせきが出る。ベラの鳴き声はおさまらない。雨の粒《つぶ》が大きくなった。勢いも強くなっている。土にふれるとシュウシュウ音を立て、草や葉は燃えたようにちぢれた。となりにいるトウィッチが、わなわな震《ふる》えはじめた。

「だいじょうぶだ」ラッキーは、雨の音に負けないように声を張りあげた。「心配するな。通り雨だ！」

「心配よ」ベラはそういいかけて、びくっと首をすくめた。前足のあいだに雨粒《あまつぶ》がひとつ落ちてきたからだ。「この雨が〈大地の犬〉にやけどをさせたらどうなるの？　怒《おこ》ってまたうなったら？」

「まさか」ラッキーは、口ではそう答えながら身ぶるいした。ほんとうは、ぼくにもわからない――。

雨水が細い流れを作って木の幹を伝い、地面にたまりはじめた。ムーンは、くんくん鳴きながら水たまりから後ずさったが、いまではもう、雨にぬれていない部分はない。ラッキーは前足で目をおおった。〈大地の犬〉よ、お願いです。いまはうなり声をあげないでください。なにも悪いことはしていません。ぼくたちを罰《ばっ》さないでください。

トウィッチはよろよろ立ちあがり、水たまりからできるだけ離《はな》れようとした。ごつごつした木の幹を流れる雨水は、どんどん勢いを増している。「まずい！」

そのとおりだった。もっとしっかりした屋根が必要だ。ラッキーは急いで立ちあがり、体を振《ふ》った。毛についた雨のしずくが皮ふをぬらす前に振《ふ》りはらいたかった。黒い雲が垂れこめ、森の中は薄暗《うすぐら》い。だが、少し先のほうで、うすい灰色のなにかがきらりと光った。ウサギ狩《が》り数回分、森の奥に向かって走ったところだ。「ぼくに続け！」

ほかの犬たちは気乗りのしないようすで立ちあがり、ためらいがちに体を振《ふ》った。だがラッキーは、それにはかまわず、木陰《こかげ》からとびだして走った。少し遅《おく》れて、大急ぎで走る足音と、荒《あら》い息の音がきこえてきた。みんながあとを追ってきたのだ。

ラッキーは、走りながら目を閉じていた。勘《かん》を頼《たよ》りに進むしかない。雨が目に入るほうが怖《こわ》い。こっちで合ってるのか――？　恐怖《きょうふ》で息が苦しくなり、心臓がぎゅっと痛くなる。足がよろめく。

やがて、爪《つめ》がかたい石を引っかくのを感じて、目を開けた。「ここだ！」

そのほら穴は、地面の大部分が土だったが、入り口の上からはある程度の長さの岩が屋根のようにつきだしていた。ラッキーは横向きに体を投げだし、ほら穴の中にすべりこんだ。すぐに、ベラの体がぶつかってくる。奥のほうへもぐってみると、ほら穴は予想よりも深く、下り坂になっていた。ほかの犬たちがつぎつぎと穴にとびこんでくる。いくつもの足と、体と、どきどきいう胸がもつれ合い、大騒《さわ》ぎになった。やがて犬たちは、せまい場所で身を寄せ合い、身をよじって外をのぞいた。雨は滝のように降り、雲のあいだで雷《かみなり》がとどろいていた。

「あぶなかったわね」ラッキーのとなりにいたムーンが、震《ふる》えながらつぶやいた。

ラッキーは首をねじり、トウィッチの一本しかない前足から目をそらした。地面はしめって冷たく、たくさんのにおいがした。腐《くさ》った落ち葉のにおいの下から、死んで長い時間がたったネズミのにおいや、ねばねばしたカタツムリのにおいがする。老いたアナグマが残したマーキングのにおいもした。ラッキーはぶるっと震《ふる》え、治りかけた傷がうずくのを感じた。

はやくここを出たい。

ほかの犬たちも同じ気持ちのようだった。そわそわした鳴き声や、震《ふる》える体をみればわかる。ほら穴の湿気《しっけ》は骨にまで届いてくるような気がした。

「この雨がすぐにやまなかったら」マーサが小さな声でいった。「泳いで出ることになりそうね」

「こんな計画、むちゃだったんだ」トウィッチがうなった。「おれが悪かった。アルファのところにもどりたかったら、いってくれ。走ればすぐに追いつく。とにかく、フィアリーを助ける努力はしたんだ」

ラッキーは歯を食いしばり、息をつめていた。ぼくは口出しできない。みんなに決めさせなくちゃいけない。

「フィアリーを見捨てられるもんですか！」ムーンがきっぱりといった。「ほかのみんなは、もどりたければもどって」

「冗談《じょうだん》はやめて！」ベラが怒《おこ》ったような声でいった。「みんなではじめたことなんだから、みんなで最後までやるの」

「そのとおりよ」マーサもいった。

ラッキーは、ほっとして肩《かた》の力がぬけた。まだ望みはある――この任務に加わってくれたのは最高の犬たちだ。こんな仲間といっしょなら、最後にはフィアリーを助けられるかもしれない。

そして、もしかしたら、黄色のニンゲンたちがなにを企《たくら》んでいるのかつきとめられるかもしれない。

15 あやしい追手

今日の〈天空の犬〉たちは、気分がころころ変わる――。ラッキーはほら穴から外のようすをうかがっていた。少し前まで、どしゃぶりの雨といっしょに黒い灰が激しく舞っていた。風景は雨にかすみ、灰や雨に焼かれて、地面がシュウシュウ音を立てた。そうかと思うと小雨になり、こずえのあいだから〈太陽の犬〉の弱い光が射しこんでくることもあった。頼《たよ》りない光は、ぬれた木の幹や葉の上でぼんやりと反射し、水たまりの上でちらちら踊った。ラッキーは口をなめた。のどがかわいているが、この雨でできた水たまりにはさわりたくもない。

とにかく、〈大地の犬〉は怒《おこ》らなかった。体をゆらして毒の雨を振《ふ》りはらうこともなかった。ラッキーはほっとして、仲間たちに声をかけた。「みんな、きいてくれ。〈大地のうなり〉は起こらなかった。急いでフィアリーを助けにいこう！」

トウィッチが、ほかの犬を押《お》しのけるように出てきた。前足一本でほら穴の入り口まで体を引きずり、伸びをしながらいった。「よし、いこう」

三本足の犬を先頭にして、犬たちは慎重《しんちょう》に坂を下り、森の中へもどっていった。〈太陽の犬〉がふれた地面は、みるまに乾《かわ》いていく。旅を続けるうちに水たまりは小さくなり、よけて歩くのは簡単になっていった。

マーサが顔をあげ、鼻をくんくんいわせた。ふいに、肩《かた》でラッキーを押《お》しのけて前に出た。目が興奮にかがやいている。「川に近づいてるわ」

「よかった。基地のそばの川じゃないか？」

マーサは鼻をふくらませた。ふと、わき腹に震《ふる》えが走った。「この川、毒が流れているところだわ。〈大地のうなり〉で汚《よご》れてしまったところ」

「じゃあ、とりあえず、どうすればいいかはわかってる」ラッキーはそういって、ほかの犬たちに声をかけた。「いいか、川についても水は飲まないでくれ。きれいな水じゃない。とにかく、これで基地に向かってることはわかった」

ムーンがうなずいた。「よかった。すごく時間がかかったもの。フィアリーはどうなってるのかしら」

長い枯《か》れ草をかき分けて進むと、やがて目の前に、銀色の川が現れた。〈太陽の犬〉の光を浴びて、こっちにおいでと誘《さそ》うようにきらめいている。見た目は問題ないのに――ラッキーはつらくなった。だけど、さわらないほうがいい。ほかのみんなものどがからからに渇《かわ》いているはずだ。ラッキーは、口の中で舌がふくれあがったように感じていた。

いきなりトウィッチがぴたりと止まった。少しうしろにいたラッキーも足を止める。

「待て！　あそこを、向こう岸をみてくれ」

「どうしたの？」ムーンがたずね、ベラとマーサも二匹《ひき》のうしろで立ち止まった。そろって毛を逆立て、危険が迫《せま》っているのかと身がまえる。

ラッキーは体を低くして草のあいだをはっていき、対岸が見わたせるところまで進んだ。ふいに、犬の群れがみえた。はっきりとみえる。トウィッチも同じものをみたのだ。

どの犬も小さく、飢《う》えて骨と皮ばかりになり、川辺でちぢこまっていた。その前で、テラーがたけりくるったように遠吠《とおぼ》えをし、同じところをぐるぐる歩きまわっている。トウィッチの群れだ――。みつかったら大変なことになる。

テラーのかん高くうわずった声は、こちらがわの岸まではっきりと届いた。「〈恐怖《きょうふ》の犬〉に敬意を払《はら》う者はいないのか！　ひれ伏《ふ》し、情けをこうがいい！　〈恐怖《きょうふ》の犬〉の怒《いか》りをあなどるな！」

「また、あのたわごとか」ラッキーはつぶやいた。「〈恐怖《きょうふ》の犬〉なんてばかばかしい！」

トウィッチがおびえた顔で振《ふ》りかえった。「じゃあ、信じてないのか？」

「あたりまえだろ」ラッキーは笑いとばした。「テラーはあんなデマをいいふらして、群れをこわがらせようとしてるんだ。ほんものの〈精霊《せいれい》たち〉に失礼だよ」

トウィッチは身ぶるいした。「だけど、ほんとうに〈恐怖《きょうふ》の犬〉がいたらどうする？　おれたちが知らないだけかもしれない」

「ラッキー、ほんとよ」マーサは声を殺していった。わめき散らしているテラーをじっとみている。「わたしたちが、〈精霊《せいれい》たち〉をみんな知っているとは限らないでしょう？　街でニンゲンたちと暮らしていたころは、わたしもベラも〈天空の犬〉たちのことさえ知らなかったのよ！」

「そのとおりよ」ベラがうなずいた。「ラッキーがそういう話を一から教えてくれた。あたしたちの知らない〈精霊《せいれい》たち〉もいるのかも」

ラッキーは、また迷いはじめた。

大きく息を吸って、はく。「たしかにそうだ。ぼくだって、犬を導く〈精霊《せいれい》たち〉のことを知りつくしてるわけじゃない。だけど、〈恐怖《きょうふ》の犬〉がほんとうにいるとは思わない」

「どうして？」ベラは納得できないようだった。

「だれかが〈精霊《せいれい》たち〉と心を通わせていたら、その犬をみればわかるだろう？　考えてごらんよ。〈グレイト・ハウル〉のことや、その最中に感じることを。あのとき、〈恐怖《きょうふ》の犬〉の存在を感じるかい？　みんな、どうだ？　マーサが〈川の犬〉と交流していると、ぼくたちにはわかるだろう。ほんとうのことだとわかる。〈川の犬〉がそこにいるんだとわかる。骨で、毛皮の下で、そうだとわかる。だけど、テラーをみてみろ」ラッキーは、逆上して対岸をぐるぐる歩きまわっている犬を頭でさした。「〈恐怖《きょうふ》の犬〉が生きてるのは、あの狂《くる》った犬の頭の中だけなんだ！」

「だけど、テラーの話では――」トウィッチが口を開いた。

「問題はそこだよ。きみは、〈恐怖《きょうふ》の犬〉の存在を感じたことはないんだろう？　テラーは〈恐怖《きょうふ》の犬〉について話さなくちゃいけない。なぜって、その姿をみることができるのは、テラーだけだから。きみの群れの犬たちは、みんなその話を信じてる。〈恐怖《きょうふ》の犬〉をみたことも感じたこともないのに、テラーに信じこまされた。あいつはただの、かんしゃく持ちのいばり屋なんだ。引きつけを起こして気絶するだけのくせに、それを〈精霊《せいれい》たち〉からの〝お告げ〟だなんていってみせる。ほんとにくだらない。どうしてあいつの群れは、テラーの話を信じるんだ？」

「口でいうのは簡単だ」トウィッチは気を悪くしたようだった。「だけど、もし――」

「トウィッチ」ベラが静かにさえぎった。「わたしもラッキーが正しいと思う。テラーみたいな犬をみたことがあるもの」

「あんな犬がほかにもいるのか？ うそだろ！」

ラッキーは信じられずに笑い、トウィッチは耳をぴんと立てた。

「ほんとにみたの。ラッキーが前に話してくれたテラーにそっくり。けいれんして、白目をむくんでしょう？ そういう犬を、獣医《じゅうい》さんのところでみたわ」

「どこですって？」ムーンがたずねた。

「獣医《じゅうい》さんのところ――街にいたころ、ニンゲンたちがあたしたちを連れていってくれたところ。具合が悪くなるといつもそこに連れていかれたのよ。そこには緑の服のニンゲンがひとりいて、祭壇《さいだん》の上であたしたちの病気を治してくれた」

「まあ。そんなところがあるの」ムーンは、面食らって鼻をぴくぴくさせた。

ベラはそれにはとりあわず、話をつづけた。「ときどき、なぜかわたしの首をとがった物で刺《さ》すこともあったけど、それがすむと気分がよくなったわ。一度、なにかよくない物を食べてしまったとき、わたしは獣医《じゅうい》さんのところの小さい部屋で、ニンゲンといっしょに待ってた。そこで、獣医《じゅうい》さんが、犬を治してくれるかどうか教えてもらうの。そしたら、べつの犬がその部屋に連れられてきたわ。白い毛の小さいメス犬。その子がテラーとそっくりだった――けいれんして、ぜえぜえ苦しそうで、おりの中でじたばた暴れて、狂犬病《きょうけんびょう》にかかった犬みたいに目を白黒させてた。ニンゲンがその子をおりに入れてたのは、かまれないようにだと思う。わたし、その犬が〈恐怖の犬《きょうふ》〉と話してたとは思わない。ただ、ひどい発作《ほっさ》を起こしてただけ。獣医《じゅうい》さんは、その犬を祭壇《さいだん》のある部屋に連れていった」

犬たちは押《お》しだまり、ベラの奇怪《きかい》な話に耳をかたむけていた。

「だけど、その犬はもう部屋から出てこなかった」ベラは悲しげに鳴いた。「だから、〈精霊《せいれい》たち〉と話してたわけじゃないのよ。ただ、重い病気だっただけ。ニンゲンたちはそういうことにくわしいの。獣医《じゅうい》さんは、賢《かしこ》くてやさしかったし。テラーは、その白い小型犬とおなじ病気なんだと思う」

ラッキーは口をなめた。いまだに、〈囚《とら》われの犬〉のふしぎな話には驚《おどろ》かされる。いっぽう、ベラの話をきいて安心してもいた。テラーの狂気《きょうき》には、どうやら理由がありそうだ。

だが、きょうだいに話しかけようとしたそのとき、対岸の群れからいっせいにうなり声があがった。ラッキーたちは、なにごとだろうと身がまえた。

「なまいきをいうな！」テラーが叫《さけ》び、黒い小型犬に突進《とっしん》した。両方の前足でとびかかり、全身の体重をかけて押《お》さえこむ。「強き〈恐怖の犬《きょうふのいぬ》〉の存在を疑うとは、何様のつもりだ？」

群れのほかの犬たちは、気が変になったようにきゅうきゅう鳴いていた。襲《おそ》われた犬は、テラーの下でちぢこまり、足をわななかせている。

「テラー」べつの一匹《ぴき》が、震《ふる》えながら進み出た。「偉大なるテラー、どうかお願いです。スプラッシュは口をすべらせただけで――」

テラーは金切り声をあげて振《ふ》りかえり、今度はその犬をくわえ、激しくゆさぶって地面に押《お》さえつけた。スプラッシュはこっそり逃《に》げだし、土に溶けこもうとでもしているかのように、地面に体を押《お》しつけた。

トウィッチは、消え入りそうな声でラッキーに、耳打ちした。「わかるだろ？　テラーはこんなふうに群れを抑《おさ》えつけてるんだ。あんな犬にだれが逆らえる？　なにをしでかすかわからないやつがアルファになると、自分でも驚《おどろ》くくらい従順になるんだ」

「あの犬たちがおかしいわけじゃない」ムーンがいった。「みんな怖《こわ》がっているだけ」

「そのとおり」トウィッチはうなった。「悪いやつらじゃない。恐怖《きょうふ》でテラーにしばりつけられてるだけだ。おれも同じだよ」

「わたしたちのために、大きな危険をおかしてくれたのね」ムーンが小さな声でいった。「いまそのことに気づいたわ。ありがとう」

「助けにいったほうがいいかしら」マーサが不安そうに身ぶるいした。「あの犬たち、かわいそう」

ベラは首を振《ふ》った。「できるだけ近づかないほうがいいと思う。なにより避《さ》けなきゃいけないのは、トウィッチがわたしたちといるのをテラーにみられることでしょ」

トウィッチはしっぽを振《ふ》りながら、感謝をこめてベラをみた。

「変な犬を見物するのはやめて、はやくフィアリーを探したいわ。もういきましょう」ムーンがいった。

「じゃあ、遠回りして基地にいこう」ラッキーがいった。「テラーにこっちの足音やにおいを気づかれるとまずい。なにをされるかわかったもんじゃない」

「いや」トウィッチがいった。「だいじょうぶだ。怒《いか》りを爆発させると、なにもみえなくなるし、においにも気づかなくなる」

ラッキーたちは、足音を忍《しの》ばせてくさむらにもぐり、やがて、ふたたび森に入った。川が近いため、歩くたびに足がぬれた土にしずみ、生き物のにおいは、ぬれた木の皮や腐《くさ》りかけた草のにおいにまぎれてしまう。だけど、これでテラーもぼくたちのにおいに気づきにくくなる——ラッキーはそう考えながら、まとわりついてくる泥《どろ》から足を引きぬいた。

音だけはよくきこえるようになっていた。犬たちは、ぬかるみの中でふと足を止め、耳をすました。ほかの生き物が落ち葉を踏《ふ》む音がきこえたのだ。

「今度はなに？」ベラがうんざりしたように声をあげた。「この森には敵がみんな集まってくるわけ？　敵だらけじゃない！」

ムーンは耳をそばだて、ゆっくりと円をえがくように歩いた。「どこにいると思う？」

ラッキーは首をかしげた。「うしろだ。このまま進めば追いつかれることはないし、敵だと思われることもない。気づいていない振《ふ》りをしよう。だけど、列になったほうがいい。ぴったり横に並んで進もう」

犬たちはラッキーの提案どおりに列を作った。進み続けながら、ときどき、ちらっとうしろをたしかめた。ラッキーの右にムーンが、左にベラが並び、一行は慎重《しんちょう》に森の中を歩いていった。仲間たちの落ち着かない視線をみるかぎり、全員がうしろの足音を気にしているようだった。

「このままじゃだめだ」とうとう、ラッキーがいった。すでに、ウサギ狩《が》りの距離《きょり》では数えきれないほど進んでいた。「だれかわからないけど、あっちはあきらめるつもりはないみたいだ。ムーンとベラはぼくたちから離《はな》れて、ゆっくり歩いてくれ。ぼくはこのまま進む。敵がぼくをねらってるなら、きみたちはそいつのうしろに回りこむことになる。そしたら、全員でそいつを取りかこもう。どうして追ってくるのかつきとめるんだ」

ムーンとベラはうなずいた。ラッキーは目のはしで、二匹《ひき》がそれぞれの方向へ離《はな》れていき、影《かげ》のように木々のあいだに姿を消すのをたしかめた。ベラの動き方は、ラッキーが誇《ほこ》らしくなるほど静かでたくみだった。〈野生の犬〉のムーンにも負けないくらいだ。落ち葉のつもる森の地面の上でも、ほとんど足音がしない。

トウィッチとマーサが近づいてきて、ベラとムーンのいた位置についた。ラッキーはうんざりしていた。いつまでも敵の犬につきまとわれているなんて、まっぴらだ。体がぴくぴくし、毛が逆立つ。だが、うしろを振《ふ》りかえってしまわないように、どうにかがまんした。静かな足音は、たしかに近づいている。強くなっているのは、犬のにおいだ。もう少し近くなれば、テラーの群れの犬なのか、フィアースドッグなのか、まったく知らない犬なのか判断できるだろう。

そろそろ、ベラとムーンは、敵のうしろにうまく回りこんでくれただろうか。ラッキーはためらいながら、足をゆるめた。ふいに弱い風が起こり、うしろの犬のにおいがまっすぐに鼻に届いた。

「いまだ！」ラッキーは吠《ほ》え、勢いよくうしろを向いた。

トウィッチとマーサが同時に振《ふ》りかえり、あとを追ってきた敵にとびかかった。相手は、ぎょっとしたように凍《こお》りついた。ラッキーは、〈太陽の犬〉の光に目がくらんでいたが、相手のつややかな毛並みと、しっかりした筋肉は見逃《みのが》さなかった。

フィアースドッグだ！　逃《に》げる時間はない。相手に向かっていくしかない。このメスの犬は、いったいなにをたくらんでいるのだろう。ラッキーはうなり、立ちすくんでいる犬に突進《とっしん》していった。敵は逃《に》げようとしたのか、体をうしろにひねった。だが、うしろにはすでにベラとムーンが迫《せま》り、牙《きば》をむいて、逃《に》げたら承知しないとうなっている。

相手がためらったのは、ほんの一瞬《いっしゅん》だった。だが、それで十分だった。最初に襲《おそ》いかかったのはラッキーだった。敵に体当たりし、下生《したば》えの中にあおむけに転がす。すぐにムーンが駆《か》けより、フィアースドッグを地面に押《お》さえつけた。相手はもがき、暴れ、たくましい筋肉を波打たせた。マーサとベラとトウィッチは、ラッキーたちに力を貸そうとまわりを囲み、うなりながら敵の逃《に》げ道をしっかりふさいだ。

一瞬《いっしゅん》のできごとで、息をするまもなかった。ラッキーがようやく息をつくと、牙《きば》のあいだからよだれがしたたった。そのとたん、相手の犬のにおいが、はっきりと鼻にとびこんできた。

ラッキーは、はっとしてとびすさった。相手が、ムーンの前足を振《ふ》りはらい、よろめきながら立ちあがる。

「リック！」ラッキーは、あっけにとられて吠《ほ》えた。

そこにいたのはリックだった。足をこわばらせて立ち、少しうつむいてしっぽを力なく振《ふ》っている。かがやく毛におおわれたわき腹は、大きく上下していた。リックは、ばつが悪そうに犬たちをみまわした。

「〈天空の犬〉にかけて、ここでなにしてる？」ラッキーは大声をあげた。ムーンとトウィッチとマーサとベラは、少し離《はな》れてすわり、小さいフィアースドッグをにらんだ。

「役に立ちたかったの」リックはきゅうきゅう鳴いた。「だけど、つれていってくれなかった」

「理由は話しただろう！」ラッキーは鋭《するど》く返した。

「アルファたちといっしょにいるのはいや」リックは、グルグルいう悲しげなうなり声を出した。「だれも止めたりしなかった。ううん、あたしがぬけだすのに気づいた犬なんていないはず」

「でも、あなたがいなくなったことを知ったら、アルファはかんかんになるでしょ！」ベラは、折れた耳のはしをぴくっと動かした。

「ううん、そんなことない」リックはうなった。「きっとせいせいしてる」

ラッキーは口のまわりをなめた。怒《おこ》ってはいるが、いっぽうで、どうすればいいのだろうという迷いもある。どうしてもリックをかわいそうに思ってしまうのだ。たしかに、アルファと一部の犬たちは、リックがいなくなればよろこぶだろう。ラッキーもしぶしぶ認めた――自分も、相手がリックだとはすぐにわからなかった。リックはもう子犬じゃないんだ。とびかかったときには、おとなのフィアースドッグだとばかり思った。

おとなの犬だというのに、リックにはまだ正式な名前がない……。

ラッキーはぶるっと体を振《ふ》った。リックのしでかしたことにも腹が立つが、自分の甘《あま》さにもうんざりだった。「そんなことは関係ない。こんなむちゃをして！　仲間にケガをさせていたかもしれないんだぞ」

「ラッキーはわかってない！」リックは、体を投げ出すように腹ばいになり、すがるようにラッキーを見上げた。「役に立ちたいんだってば。だまって待ってるだけなんてむり。頭が変になりそう。あたしにとっては、食べたりねむったりするのとおなじこと。体が、早くいけって命令するの！」

ラッキーは耳をゆらしながら首を振《ふ》り、頭をはっきりさせた。ほかの犬たちは、そろって自分をみつめ、判断を待っている。この任務をまとめているのはぼくなんだから、ぼくが決めなきゃいけない。

ラッキーは顔をしかめてすわり、牙《きば》をむいた。「リック、いまきみを帰すことはできない。帰したいけど、それはできない」

リックは、期待をこめて耳を立てた。

「群れのいるところは遠すぎるから、子どもがひとりで歩くのは危ない。だけどリック、〈天空の犬〉に誓《ちか》って、アルファにはきみをしっかり叱《しか》ってもらうからな！」

リックはきまり悪そうに鳴いて小さくなり、地面にあごをつけた。

「いまきみを追いはらえば、迷子になるかもしれないし、それどころかテラーに出くわすかもしれない。ぼくたちといっしょにこい」

リックは大よろこびで立ちあがった。

「ラッキー、ありがとう。役に立ってみせる。ほんとよ！」

「いわれたことだけやってくれ」ラッキーは厳しく返した。「ほんとうは連れていきたくないんだ！」

ムーンは口をゆがめた。

「ラッキーのいうとおりね。ほかに方法はないわ。連れていくしかない」

ベラとマーサとトウィッチは、不服そうに小さなフィアースドッグをみていた。リックには少なくとも、反省した顔をしてみせるくらいの分別はあった。だが、だからといって許せるわけではない。

「話は終わりだ。先に進もう。リックもついてこい。だけど、もし出すぎたまねをしたら、絶対に許さない。さあ、フィアリーを探しにいこう」

16 怪物《かいぶつ》たち

ガラスの雪が黒い空から激しく降っている。ラッキーは身をかわし、転がり、首をすくめ、体を刺《さ》してくる小さなかたい粒《つぶ》をよけようとしていた。ガラスの粒《つぶ》は草地に落ちるとはずんで転がり、ほんものの雪のようにつもっていく。ラッキーの足元では、〈大地の犬〉が痛みに耐《た》えかね、怒《いか》りに駆《か》られてグルグルうなりながら身をよじっていた。

〈大地の犬〉よ、どうかぼくを責めないでください。ラッキーは頼《たの》みこんだ。あなたを傷つけているのは、ガラスの雪です。

だが、またしても地面が震《ふる》えだした。〈大地の犬〉には、ラッキーの声がきこえていないのだろうか。それとも、無視しているのだろうか。

地面が急にうねり、ラッキーは走りだした。〈大地のうなり〉からも、ガラスの雪からも逃《に》げなくてはならない。森の中にとびこみ、木が屋根になってくれますようにと願った。だが上をみた瞬間《しゅんかん》、暗い空が、目もくらむような銀白色にかがやいた。また、〈ライトニング〉が吠《ほ》えた。これまできいたこともないほど大きな声だ。〈ライトニング〉が吠《ほ》えるたびに、夜空が昼のように明るくなる。細かいガラスの雪は、木の葉や枝のあいだで激しくうずまき、よけようがなかった。

これはただの夢だ。夢だ！

だが、夢にしては生々しい。恐怖《きょうふ》が泥《どろ》のように毛にまとわりついてくる。ところが、不安な気持ちにはならない。走る気にもならなければ、逃《に》げる気にもならない。どこかに……とにかくどこかに隠《かく》れようという気にもならない。感じるのは、どうしようもないほど大きな恐怖《きょうふ》だけなのだ。ここに〈恐怖《きょうふ》の犬〉はいないし、ラッキーは〈恐怖《きょうふ》の犬〉の存在を信じてもいない。しかし、〈恐怖《きょうふ》の犬〉がいないことは、不安にならないことの理由にならない。

不安にならないのは、逃《に》げられないとわかっているからだ――この〈アルファの乱〉から。

その事実に気づいた瞬間《しゅんかん》、ラッキーは、〈ライトニング〉の前足でなぐられたようなショックを受けた。事実のほうが、ガラスの雪よりずっと恐《おそ》ろしかった。ほんものの〈ライトニング〉は、ふたたび遠吠《とおぼ》えをし、するどい爪《つめ》で木の幹に切りつけた。木が大きく裂《さ》け、どうっと倒れる。〈大地の犬〉が、対抗《たいこう》して激しくうなった。

〈大地の犬〉よ、どうかそれ以上うならないでください。もういちどでもうなれば、世界は崩《くず》れてしまいます。〈精霊《せいれい》たち〉の争いに耐《た》えられるはずがありません。

〈アルファの乱〉で〈精霊《せいれい》たち〉が争えば、世界は終わってしまいます――。

✷

ラッキーははっと目を覚ました。体を振《ふ》って、ガラスの雪を払《はら》うように、毛にまとわりついた悪夢を払《はら》おうとした。恐怖《きょうふ》でまだ気持ちが悪く、頭がぼんやりしていた。しばらくかかって、ようやく、なにかが体にぱらぱら降りかかってくるのに気づいた。ぞっとして、息が苦しくなる。ガラスの雪か？　夢じゃなかったのか？

だが、すぐに気づいた。ただの雨だ。ふつうの雨だった。皮ふが痛くなったり、毛が焼かれたりするような雨ではない。一気に力がぬけ、震《ふる》えるしっぽをひと振《ふ》りした。ふと、だれかの舌が、体をなめて雨粒《あまつぶ》をぬぐってくれているのに気づいた。リックのにおいだ。なめて起こそうとしていたらしい。

「だいじょうぶ？」とても不安そうな声だった。

「だいじょうぶだよ」ラッキーは、まだ息が切れていた。ごくりとつばを飲み、リックの体に鼻を押《お》しつける。「いやな夢をみただけだ」

リックは首をかしげた。「ほんとに？　すごくこわがってるみたいだった。ほんとにいやな夢だったのね。ねむってるのに、走ってるみたいに足が動いてた。なにからにげてたの？」

ラッキーは、冗談《じょうだん》めかして答えた。「長く生きた分だけ悩みは増えるし、夢見は悪くなるんだよ」小さな犬の耳を軽くなめた。「あれから夢はみるかい？　ファングの夢は？」

「ううん」リックは小さな声でいった。「こっちの群れにいるって伝えてから、ファングは夢にでてくるのをやめたみたい。でも、あたしもさっきいやな夢をみた。だから起きたのよ」

「きみも？」ラッキーはまた耳をなめてやった。「どんな夢をみた？」

「うまくいえない。ちょっと忘れたけど、みてるときはすごくこわかった。とがったつめたい水が空からふってきて、あたしをさしたの。〈ライトニング〉が〈大地の犬〉とけんかしてたみたいだった。変よね」

ラッキーは、トゲのような不安に全身を刺《さ》されたような気分になった。不安のトゲを振《ふ》りはらい、リックにいう。「さて、そろそろ出発だ。フィアリーを探さなくちゃ」

「うん、わかった。雨なんていやね。どくじゃなくても雨はきらい！」

ラッキーは、つやつやした毛並みのリックをなめてあたためてやりながら、あることに気づいた。雨がいやなのもあたりまえだ、ぼくよりリックの毛のほうがうすいんだ――。ぼくよりずっと寒いはずなのに、この子はこれまでひとことも文句をいわなかった。

二匹《ひき》はほかの犬たちを起こした。やがて全員が目を覚まし、こわばった体をほぐし、あくびをし、地面を引っかいた。

「さて、どうする？」トウィッチが、明るい目で犬たちの顔を一匹《ぴき》ずつみわたした。「雨はすぐにはやみそうにない。このぬかるみじゃ、きつい旅になるぞ」

ベラが考えこんでいった。「それに、なにも食べずに旅なんてできる？」

「たしかに」ラッキーはいった。「そのとおりだ。だけど、時間はむだにしたくない。移動しながら、獲物《えもの》がいないか目を光らせていよう」

「賛成よ」ムーンが吠《ほ》えた。「ただでさえ基地まで遠いんだもの」そういうなり、くるっとうしろを向き、トウィッチにかわって先頭を進みはじめた。

ムーンが先頭に立ったのは正解だった。トウィッチの『きつい旅になる』という言葉はほんとうだったからだ。そしてトウィッチは、だれよりも苦心していた。三本足で、しめってやわらかくなった土の地面を歩きつづけ、何度もつまずく。

「だいじょうぶ？」リックが心配そうにトウィッチにたずねた。「おてつだいする？」

「平気だ」トウィッチはぶっきらぼうに答えた。「いいから進め。おれは自力で歩ける」

「リック、いいんだよ」ラッキーが声をかけた。「トウィッチは、ふつうの犬より問題を乗りこえるのがうまいんだ。きみはぼくの前を歩いてくれ」

「みはるつもり？」リックは不満そうに鼻にしわを寄せた。

「そのとおり」ラッキーはそっけなく答えて口をつぐんだ。いまは、言い合いをする時間もエネルギーもない。しばらく歩いても、雨はいっこうに弱まる気配がなかった。どしゃぶりがえんえんと続き、目にも鼻にも雨水が流れこみ、皮ふまでずぶぬれになった。リックは、足を前に出すたびに、つらそうにうめいた。

草の茂《しげ》る坂をのぼりきったとたん、リックが足をすべらせて転んだ。どうすることもできず、横向きのまま、坂のむこうをすべり落ちていく。先を歩いていたベラを巻きこみ、二匹《ひき》は坂の下まで転がりおちていった。

体が止まると、リックははじかれたように立ちあがり、地面を叱《しか》りつけた。「なんでこんなことするの？　なんで？」

ラッキーはぎこちない足取りで坂をくだり、二匹《ひき》のそばにいった。まずはベラを助けおこし、それからリックを鼻先でなでてなぐさめた。「だいじょうぶだよ。転んだだけだ」

リックはまだ怒《おこ》っていた。「〈大地の犬〉は、あたしたちが基地につかないように全力でじゃましてるみたい。きっと、フィアリーをみつけてほしくないのよ！」

ラッキーは、きこえただろうかとムーンをちらっとみてから、リックを落ちつかせようとした。「いいや、注意していればいいんだ。〈大地の犬〉のせいじゃない」

「ほんとに？」リックはかみつくようにいい、怒《いか》りにまかせて地面を激しく引っかいた。「なんでわかるの？〈大地の犬〉は、あたしたちのこと助けてくれたっていいのに、なにもしてくれない！」

「リック、それはちがう――」

「わからないじゃない！〈大地の犬〉は〈大地のうなり〉を起こしたんでしょ。犬たちのことがきらいで、あたしたちを殺そうとしたのかもしれない！」

ラッキーは口をなめた。雨の味がする。片方の前足で、雨が入った目をこすった。なにも答えたくなかった。急に不安になってきたのだ。そんなふうに考えたことはなかった――。まさか〈大地の犬〉がぼくたちに、そんなにひどいことをするなんて。〈大地の犬〉は犬を守るものだ……。

……ちがうのか？

✷

木々のあいだから基地のフェンスがみえたときには、ラッキーはくたくたに疲《つか》れて、よろこぶこともできなかった。前をいくリックは、足を引きずりながらぎこちなく歩いている。疲《つか》れきって前もみえていないようだ。ラッキーがうしろ足をそっとかむと、やっと気づいて足を止めた。ムーンは怖《こわ》そうに息を飲み、雨を払《はら》おうと首を振《ふ》った。

そして、ささやくような声でいった。「これが基地ね。フィアリー……」

基地を囲むものものしいフェンスは、前と同じように、夜空の雲に届きそうなほど高くそびえていた。そのむこうの暗がりには、変わった形の低い建物がいくつもある。どれも雨にぬれている。弱い月の光が、鉄ごうしのはまった窓に反射していた。

ベラが身ぶるいした。「いつきてもいやなところね。用心しとかなくちゃ」

「ここ、おぼえてる」リックが震《ふる》えながら小声でいった。白目がみえるほど目を見開いている。

ラッキーは、リックのわき腹に鼻を押《お》しつけた。覚えているのもあたりまえだ——。この子はここで生まれ、この子の母犬はここで死んだ。生まれてすぐ、この子はここで、きょうだいたちといっしょに飢《う》え死《じ》にしかけていた。そばには、死んだべつの子犬が転がっていた。

ふとラッキーは、リックを群れのもとに帰さなかったのは大きなまちがいだったのだろうか、と考えた。帰り道がいくら危険だったとしても、ここに連れてくるよりはましだったのかもしれない。基地に入ることに、リックは耐《た》えられるだろうか。

だが、もう遅《おそ》い。いまは自分がみまもるしかない。

ベラはすでに、ほかの犬たちを連れてフェンスのまわりを回りはじめていた。体を低くしてせいいっぱい注意しながら、あの穴を探している。フェンスの下に穴があるのはわかっているのだ。やがてベラは、雑草におおわれた地面を爪《つめ》で引っかきはじめた。ときどき首をかしげ、においをかぐ。やがて、とまどったような表情が消え、怒《おこ》ったようになった。

「ここだわ。とっくにみつけてたのよ。でも、ニンゲンがふさいじゃったみたい。土と石がつまってるもの」

「うそだろ」ラッキーはぼうぜんとした。ムーンとトウィッチは、破れたあとに張られた新しい金網《かなあみ》を引っかいていた。

「どうすればいいの？」ムーンは途方に暮れたような声でいった。うしろ足で立ち、フェンスに前足をかける。「どうすれば入れるの！」

「待て」トウィッチが、一本しかない前足でぎこちなく土を掘《ほ》った。「ちゃんとふさがれてるわけじゃない。もぐりこめると思う」

六匹《ぴき》の犬たちは、力を合わせて土を掘《ほ》り、金網《かなあみ》に爪《つめ》をかけて引っぱった。ニンゲンたちが新しく張った金網《かなあみ》はほかの部分よりも光り、弱い継ぎ目の部分はひと目でわかった。ラッキーとムーンが、牙《きば》と爪《つめ》でどうにか金網《かなあみ》を引きはがし、マーサが、埋《う》めなおされた穴を掘《ほ》った。以前ラッキーたちが作った穴は、フィアースドッグたちが逃《に》げだしたせいで大きくなっていた。それでも、簡単な仕事ではない。掘《ほ》るたびに、掘《ほ》りだした土の半分が、ぼろぼろと穴にもどってしまう。六匹《ぴき》がそろって息を切らしはじめたころ、ようやく、犬が通れるだけの穴が開いた。

「ぼくが先にいく」ラッキーはきっぱりといった。「みんなをここに連れてきたのはぼくだ。だから、なにか危険があるなら、まずはぼくが立ちむかう」

大きく息を吸いながら、まずは頭を穴に押《お》しこみ、足をつかって体を前に進めていった。石が耳を鋭《するど》く引っかいてきたが、もがきながら前足で体を引っぱっていると、ふと、肩《かた》が楽になる瞬間《しゅんかん》があった。

土と小石を吐《は》きだし、首を振《ふ》りながら穴の外に顔を出す。つぎの瞬間《しゅんかん》、ぞっとした。うしろ足を引っぱろうとしても、背中がうまく曲がらないのだ。

動けない――！　パニックでのどが苦しくなり、ラッキーはせきこんだ。恐怖《きょうふ》に駆《か》りたてられるようにして、うしろ足を力まかせにばたつかせる。だしぬけに体が穴からとびだし、刈りこまれた草の上に転がった。引っかかれた背中はひりひりするが、それでもぬけだせた。

ぬけだした先が基地の中だとしても――。

ラッキーは、ほっとして思わずしっぽを振《ふ》った。小さく吠《ほ》え、ほかの犬たちを呼ぶ。ムーンとベラとトウィッチ、それからリックが、順番に穴をくぐった。

「あたし、穴なんかきらい」リックはつややかな毛から土を振《ふ》りはらった。ほかの犬たちも、じゃりをはきだしたり、耳をかいたりしている。最後はマーサだった。ラッキーが期待していたとおり、先にもぐった犬たちのおかげで穴は大きくなり、マーサも通りぬけることができた。

ムーンは黒い目をかがやかせ、抑《おさ》えた声でいった。「あと一歩ね。もう少しで、フィアリーを連れて帰れる！」

「だれがフェンスを直したのかしら」マーサは不安そうにつぶやき、伸びをしながら首を振《ふ》った。「ほんとにいやなところ！」

ラッキーは、仲間たちといっしょに基地をみまわすうちに、不安で口がからからに乾《かわ》いてきた。最後にここにきたのは、ミッキーといっしょにフィアースドッグの子犬たちを助けたあの日だ。あのときは雑草がのび放題にのびていた。いま、草はきちんと刈りこまれ、手入れをされた犬の毛のようにみえる。草地はところどころ、ニンゲンのつかう明かりにこうこうと照らされて、銀色にかがやいていた。低い犬舎のひび割れていた壁は白い泥《どろ》のようなもので修理され、屋根の穴はうねのある金属の板でふさがれている。以前は汚《よご》れて散らばっていた犬用のボウルも、きれいにみがきこんで並べてあった。

「ニンゲンがたくさんいるみたいね」ベラが小声でいった。「思っていたよりずっと多いんだわ。注意しなくちゃ」

そのとおりだ、とラッキーは考えた。思っていたよりずっと大きな危険に、仲間を引っぱりこんでしまった。フィアースドッグの子犬たちを助けたときとはわけがちがう。

あの日のことを思い出すと、怒《いか》りで腹がちくりと痛んだ。子犬たちを三匹《びき》とも助けたはずなのに、一匹《ぴき》は死んで、一匹《ぴき》はブレードのところにいった。なにが〝助けた〟だ！

最悪の変化をみつけたのは、忍《しの》び足で犬舎のひとつを回りこんだときだった。基地を占領《せんりょう》しているのはニンゲンだけではなかった。ここにはジドウシャもいたのだ。

怪物《かいぶつ》たちは、かたい石の地面の上でうずくまり、眠《ねむ》っていた。ラッキーたちははっと足を止め、凍《こお》りついたように目の前の光景をみつめた。ラッキーが街でよくみたジドウシャとはちがう。もっと大きく、もっと長く、黒く丸い足もうつろな目も、たくさん付いている。

ジドウシャのにおいと犬舎のにおいは、複雑にいりまじっていた。数えきれないほどたくさんのにおいがただよい、どれが古くどれが新しいのかも、どれが近くどれが遠いのかもわからない。犬たちはそっと歩きだし、草地から、ざらざらしたかたい石の地面に足を踏《ふ》み入れた。ジドウシャのあいだを慎重《しんちょう》に進み、丸い足のつんとするにおいをかぐ。ムーンは、一番長いジドウシャのそばで鼻をあげ、怪物《かいぶつ》のわき腹に近づけて思いきりにおいをすいこんだ。

音だけは静かだった。きこえるのは、草むらにいる虫のチチッという鳴き声や、森の高い木々が風にそよぐかすかな音くらいだ。静かにしていれば、きっと――。

ふいに、ムーンが押《お》しころした悲鳴をあげた。「フィアリー！」

「ムーン！」ラッキーは驚《おどろ》いて駆《か》けよった。ムーンは大きなジドウシャのそばに伏《ふ》せ、鼻を震《ふる》わせてぼうぜんと怪物《かいぶつ》をみあげていた。「ムーン、どうした？」

「フィアリーよ！」ムーンはジドウシャに襲《おそ》いかかろうとしたが、鼻が触れる直前に身を引いた。起こしてしまうと思ったらしい。「ここだわ！　フィアリーはこの怪物《かいぶつ》の腹の中！」

「静かに！　ニンゲンたちに気づかれる。頼《たの》むから――」

だが、ムーンはがまんの限界にきていた。抑《おさ》えた悲鳴が、遠吠《とおぼ》えをするような悲しげな大声に変わった。

「生きたまま食べられたのよ！　ラッキー、助けて。フィアリーを出してあげたいの！」

17 動くホケンジョ

ムーンは夢中で怪物《かいぶつ》のわき腹を引っかいた。ドアがはめこまれているあたりだ。爪《つめ》がキイキイ大きな音を立てても、いっこうに気にしない。ドアがわずかにゆるんだが、掛け金のようなものに押《お》さえられ、大きくは開かない。ムーンは、必死でドアをなぐり、引っぱり、フィアリーの名を呼んだ。

ベラが、ムーンの首をなめながらいった。「ミッキーがいたらよかったのに。ドアを開けるのが上手だもの」

マーサがそっとムーンを押《お》しのけた。「わたしにもできるかもしれない。やらせてみて」

そういうと、ドアをくわえて力まかせに引っぱった。開いたすきまから、がっしりした前足を両方とも差しこみ、掛け金のうしろで動かす。

「ほら、こうすれば……あと少し……ここだわ！」

ラッキーとムーンは、急いでうしろ足で立って背伸びをし、動きはじめたドアに爪《つめ》をかけた。争うようにして必死に引っぱる。ドアのすき間は広がったが、せいぜいリスが通りぬけられるくらいの大きさだ。犬はくぐれない。

リックが声をあげた。「それじゃだめよ。あたしにやらせて。はやく雨宿りしたいの！」マーサの体の下をくぐりぬけ、ぎいぎい音を立てるドアのすきまに鼻と片方の前足を差しこむ。それから、金属のドアのはしをくわえた。「思いきり引っぱればいいだけ」

「そんなに簡単なら、いまごろ――」ラッキーはぎょっとして口をつぐんだ。リックのたくましい筋肉が盛りあがったかと思うと、ぎいという音とともに、ドアがこじ開けられたのだ。

「うそだろ」トウィッチがかすれた声でつぶやいた。

「リック、すごいじゃない！」マーサが歓声をあげた。

ラッキーはその場に立ちつくし、幼いフィアースドッグのうしろ足が怪物《かいぶつ》の腹の中に消えていくのをみていた。まだ子どもなのに――すごい力だ。そして、リックにはためらうようすがなかった。自分にはできるとわかっていたのだ。

だが、いまはリックの強さのことを考えているときではない。ムーンがリックに続いてジドウシャの傷口から中にとびこみ、ベラとマーサもあとに続いた。少しのあいだ、ラッキーはトウィッチと二匹《ひき》になった。

「おれが見張ってるよ」トウィッチはいった。「フィアリーを連れてきてくれ。急ぐんだぞ！」

ジドウシャの中は明かりがついていたが、それでも薄暗《うすぐら》く、目が慣れるまでしばらくまばたきをしなくてはいけなかった。ゆっくりと横を向いたラッキーは、まず、怪物《かいぶつ》の大きさに驚《おどろ》いた。大きなほら穴のような腹だ。両わきには、はしからはしまで、おりがずらりと並び、いくつも積み重ねられていた。

「ホケンジョだ」ラッキーはベラに耳打ちした。「これは動くホケンジョなんだ」

だがそこは、スイートと出会わせてくれた、〈大地のうなり〉に崩《くず》れたあのホケンジョとはちがっていた。おりに閉じこめられた生き物の中に、犬はほとんどいない。ムーンがおりのひとつに駆《か》けより、きゅうきゅう鳴きながら、金網《かなあみ》に前足を押《お》しつけた。ラッキーはそのとき気づいた。犬はフィアリーだけだ。フィアリーは、おりの床《ゆか》に横たわり、苦しそうにわき腹を上下させていた。顔をあげる力もないようだ。ムーンの姿をみると、感謝をこめて鳴いた。

べつのおりでは、鳥たちがあわてて羽をばたつかせ、とっさに逃《に》げようとした。シャープクロウのいるおりもある。シュウッと脅《おど》すような声をあげ、犬たちにつばをはいた。薄茶《うすちゃ》の毛はあぶらっぽく、もつれている。べつのおりにはみすぼらしくやせたコヨーテがいた。となりのおりに入れられたシカは、せまい空間で立ちあがることもできずにいた。おびえて逃《に》げることもあきらめ、うつろな目をしている。キツネも何匹《なんびき》かいたが、警戒《けいかい》する必要はなさそうだった。灰色のキツネたちはやせ細り、みるからに具合が悪そうだ。かさぶたにおおわれた体は、毛がところどころぬけおちている。目はにごっていた。においをたどってべつのおりをのぞくと、奥の暗がりで、二匹《ひき》のウサギがうずくまって震《ふる》えていた。獲物《えもの》なのに、どうして食べたいという気にならないんだろう——。ラッキーはそう気づいて、急に怖《こわ》くなった。

「ここは、なんなの?」マーサの声は震《ふる》えていた。

「ぼくにもわからない」ラッキーはゆっくりと首を振《ふ》った。

コヨーテのおりから、こばかにしたようなしゃがれ声がきこえてきた。「お客とはうれしいね。ゆっくりしていけ」

ベラが身ぶるいした。「ニンゲンたちはなにをしたの?」

コヨーテは、苦笑いするような耳ざわりな声をもらしたが、なにも答えなかった。ラッキーは毛を逆立て、鼻をくんくんいわせた。この奇妙《きみよう》なにおいは、いったいなんだろう。ムーンは、フィアリーのおりの前できゅうきゅう鳴き、網《あみ》に体を押《お》しつけていた。

病気のにおいだ——。ラッキーは気づいた。ここにいる生き物たちは、少し前から病気らしい。新しいが、すえたようなにおいだ。ばいきんの入った傷や、古傷から出る黄色い液体のにおいだった。

それに、息のにおいもひどい……。

「ここにいるみんなは、毒の川の水を飲んだみたいなにおいがする」ラッキーはいった。

「ここ、病気になった動物が治してもらいにくるところ？」リックがこわばった顔でいった。

「〈囚《とら》われの犬〉が話してたところ？」

「いや、ちがう」ラッキーはいった。「世話をされてるようにはみえない」

「ああ、世話などされていない」フィアリーが低いうなり声で答えた。金網《かなあみ》ごしに、せいいっぱいムーンに頭を押《お》しつけている。「ラッキー、そのとおりだ。ニンゲンたちには、わたしたちを助ける気などない。傷つけようとしている」

「どうして？」ベラが小さな声でいった。驚《おどろ》いた顔だ。「ニンゲンはいつもやさしいわけじゃないけど、つかまえた犬をいじめるような真似《まね》はしないわ！」

「ここにいるやつらはちがう」フィアリーは、苦労してムーンの鼻をなめた。舌は乾《かわ》き、はれあがっている。「あいつらはわたしたちに毒の水を与《あた》えた。飲めば病気になることはわかっていた」フィアリーは、おりのすみに押《お》しやった水のボウルを頭でさした。中には半分ほど水が入っていた。よくみると、ボウルのぐるりにはかすのまじったあぶくが立ち、水の表面にはちらちら光る膜《まく》が張っている。

「デカ犬のいうとおりだ」一匹《ぴき》のキツネがかぼそい声をあげたが、すぐに、ぐったりとして口を閉じた。

ラッキーはほかの犬たちを押《お》しのけて、ムーンのとなりに立った。「フィアリー、ほんとうにニンゲンたちはこんなことをわざとやってるのか？」

「もちろん、わざとよ」ムーンが鋭《するど》い声でいった。「フィアリーの弱り方をみて！」

フィアリーの目は赤くなり、うるんでいた。やせて、つややかで豊かだった毛は、くすんでところどころぬけていた。

「あんな水は飲みたくなかったが」フィアリーは荒《あら》い息をつきながらいった。「のどが乾《かわ》いてたまらなかった」

顔をあげて仲間たちをみる気力さえないようだった。鼻と口のまわりに、不自然に黄色く、いやなにおいのするなにかのかすがこびりついていた。

ラッキーは身ぶるいした。「だけど、どうしてだ？　なんのために、ここにいるみんなをわざと弱らせるんだ？」

「あいつらは、とがった棒を持ってくる」コヨーテは叫《さけ》んだ。「そいつでおれたちを刺《さ》してまわり、歯を調べ、毛をぬいていく」

「おそらく……わたしたちで実験しているんだ」フィアリーはいった。「水を飲むとどうなるか調べているんだろう」

「自分たちがもどってきても安全なのかたしかめてるんじゃない？　てかてかした黄色の服を着なくてもだいじょうぶかどうか」ベラがいった。

ラッキーは、みじめな姿の生き物たちをみまわした。安全じゃないみたいだ——。毒じゃない水を探す方法もないなら、もどってくるのはむりだ。

ムーンは、震《ふる》えながら金網《かなあみ》を前足で引っかいた。「なんていやなニンゲンたちなの。どこにいるの？」

フィアリーは顔をあげた。「自分たち専用の大きなジドウシャにいる。基地のむこうだ。連れてこられたときに、そのジドウシャのにおいがしたよ。むかつくようなにおいで、中で暮らしているニンゲンたちもおなじにおいをさせている」

ラッキーは鼻をあげ、くんくんいわせた。病気と毒のにおいに気を取られないように、集中して空気のにおいをかぐ。やがて、静かにいった。「ここからでもにおう。これは〝火のジュース〟のにおいだ」

希望がめばえてきた。元気づけようとムーンをなめる。「きっとニンゲンたちはぐっすり眠《ねむ》ってるし、長いあいだ起きてこない。あのジュースを飲むとよくそうなるんだ。荒《あら》っぽくなって騒《さわ》ぎはじめて、それからずっと眠《ねむ》る」ラッキーはそう話しながらぞっとした。子犬のころの記憶《きおく》がかすかによみがえってきたのだ。いっしょに暮らしていたニンゲンは、ラッキーをけったりどなりつけたりした。あのニンゲンも、〝火のジュース〟のにおいをぷんぷんさせていた。

ベラが耳をぴくっとさせ、上をみた。「雨だわ」

ラッキーも、金属的なピンという音に気づいた。ジドウシャの体を打つ雨の音は少しずつ大きくなり、そのうち、吠《ほ》えなければ話ができないほどうるさくなった。

「そろそろいこう。フィアリーをここから出すんだ！」

「待ってくれ」フィアリーがラッキーをみつめた。落ちついた目だが、疲《つか》れきり、苦しんでいることははっきりとわかる。「それはだめだ」

「なにをいってるの？」ムーンは、金網《かなあみ》のあいだから、必死で連れ合いの鼻をなめた。「わたしたちはあなたを助けにきたのよ！」

フィアリーは、となりのおりを頭でさした。「ここはただのホケンジョじゃない。もっとたちの悪い場所だ。だれであれ、こんな目にあっていいわけがない。わたしだけではなく、全員を助けてくれ」

ラッキーは迷ったすえに、うなずいた。気は進まないが、フィアリーの言葉は正しい。命のある生き物を、こんなにぶきみなジドウシャの腹の中に置いていくことはできない。

口をなめながら、並んだおりをざっとみわたした。生き物たちのほうもラッキーをみているが、中には、弱りすぎて顔をあげられない者もいる。おびえ、追いつめられた野生の生き物たちだ——おりから出したら、こっちが襲《おそ》われるかもしれない。

だが、しかたない。ラッキーはフィアリーにうなずいた。「よし、みんなを逃《に》がす——だけど、きみが最初だ。きみを助けるためにきたんだから」

「そうよ」ムーンが、ささやくようにいった。「いうことをきいて。あなたが最初よ」

「あたしにまかせて」リックが待ちかねたように、ラッキーとムーンのあいだから出てきた。たくましい前足でフィアリーのおりの掛け金を押《お》さえつける。爪《つめ》を掛け金に引っかけて強く引っぱり、足をふんばって全身の体重をうしろにかけた。ラッキーは思わず、おりが開くより先にリックの爪《つめ》が折れるのではないかと不安になった。だが、リックはすぐに、首をひねって金《かな》網《あみ》にかみついた。

ラッキーが気づいたのはそのときだった。リックにはおとなの歯が生《は》えそろってる——なのに、まだ正式な名前がないのか！

リックがのどの奥でうなった。金網《かなあみ》がたわみはじめる。おりの中からフィアリーも金網《かなあみ》を押《お》した。だしぬけに、おりの戸が勢いよく開いた。戸はがしゃんという音を立ててゆれた。リックは戸からすばやく身をかわした。

「フィアリー！」ムーンはとびだして、連れ合いの顔を一心になめた。フィアリーは、優しくうなりながらムーンに鼻を押《お》しつけた。

ほっとしたのもつかのまだった。このにおい……。ラッキーは恐怖《きょうふ》でいっぱいになった。フィアリーのにおいがおかしい。おりを出て動きだしたいま、においはむせかえりそうなほど強くなっていた。いやなにおいだ。ラッキーは、再会をよろこぶ二匹《ひき》をみまもりながら、体が震《ふる》えそうになるのをこらえていた。

フィアリーは弱っていたが、堂々と顔をあげ、一歩前に進み出た。「みんなに礼をいう。だが、いまはとにかく、ほかの生き物たちを逃《に》がしてやろう」そこまでいうと、急にぐったりと疲《つか》れたようすになり、声がききとりづらくなった。「どんな生き物もここに残していくつもりはない。敵であれ味方であれ、そして、獲物《えもの》であれ。ニンゲンたちは、ラッキーのいったとおり〝火のジュース〟を飲んでいるかもしれないが、じきにくるだろう。くるのはいつも夜だ」

ラッキーは、かすれた声で答えた。「じゃあ、ぐずぐずしてるひまはない」

「あたしと同じようにして」リックがいった。やる気にあふれて黒い目をかがやかせ、爪《つめ》と牙《きば》をむき出して、べつのおりに突進《とっしん》する。

犬たちはためらわなかった。幼いフィアースドッグが手本をみせてくれたおかげで、自信をもって金網《かなあみ》を前足で引っぱり、牙《きば》でかみちぎることができた。つぎつぎに、おりの戸は折れまがり、ゆがみ、たわみながら開いていった。マーサはたくましい前足ではぎ取り、ベラとラッキーはかみちぎった。金属の冷たさで牙《きば》がいたくなったが、気にしなかった。フィアリーは、ムーンの存在に力をもらったかのように、だれよりも夢中でおりを壊《こわ》していた。

一匹《ぴき》また一匹《ぴき》と、生き物たちはおりの中からはい出し、転がりでた。ウサギたちはおびえてちぢこまっていたが、腹ばいになっておそるおそる外に出てくると、犬たちの足の間を矢のようにくぐりぬけていった。シカは驚《おどろ》く気力もないようで、開いた戸をまのぬけた表情で長いあいだみつめていたが、最後にはおぼつかない足取りで出てきた。やがて、足を引きずりながら夜の中に消えていった。

ラッキーは、必死で金網《かなあみ》に食いつきながら、ふと目をあげた。中には薄茶《うすちゃ》のシャープクロウがいる。力をこめすぎて奥歯は痛み、決意で胸はどきどきしていた。シャープクロウのためにこんなに必死になるなんて、天敵を全力で助けることになるなんて、だれに予想できた？

戸を引っぱるラッキーをいぶかしそうにみていた。

おとなしくなっている。とうとう戸が勢いよく開くと、シャープクロウはぱっと立って背を弓なりに曲げ、尾《お》をぴんと伸ばした。毛をふくらませ、体を大きくみせている。

のどの奥で低く鳴く声がきこえた。ラッキーは身がまえた。敵を脅《おど》すときに出す声だ。だがいまは、性悪《しょうわる》のシャープクロウとけんかをしているひまはない。

相手は凍《こお》りついたように動かなかった。鳴き声が小さくなっていく。やがて、ちらっとラッキーをみあげ、黄色い目をしばたたかせた。のどを鳴らすようなごろごろいう音がきこえた。敵を脅《おど》す声ではない。だが、ラッキーが反応するより早く、シャープクロウは足のあいだをすりぬけ、ジドウシャからとびだしていった。

ラッキーは、驚《おどろ》きとおかしさのまざった気分で、天敵のうしろ姿を見送った。

シャープクロウにお礼をいわれるなんて――！

18 復讐《ふくしゅう》

目に入るおりはすべて空《から》になり、こじ開けられた戸がゆれて、ぶきみにぎいぎい音を立てていた。先を争うような足音や、追い立てられるようなひづめの音は、少しずつ遠ざかっている。牙《きば》のある動物たちは、自由になると――シャープクロウだけはべつだった――、犬たちに力を貸してくれた。ラッキーは、すべてのおりをまたたくまに空《から》にできたことに驚《おどろ》いていたが、うれしくもあった。病気とケガのすえたようなにおいは、ジドウシャの穴から夜の空気の中へ出ていきはじめていた。

コヨーテは開いたおりの入り口にじっと立ち、警戒《けいかい》するように大きな耳をぴくぴくさせていたが、ようやく、ためらいがちに外に一歩踏《ふ》みだした。ラッキーは首をひねって、そばを通りすぎるコヨーテを見張っていた。コヨーテは、ジドウシャの腹の傷から外をのぞいた。筋肉に力が入っている。ラッキーは身がまえた。コヨーテの視線の先に、逃《に》げていく薄茶《うすちゃ》のシャープクロウの姿がある。森のはしの木を急いでのぼっているところだ。

ラッキーは、のどの奥でぐるぐるうなった。おまえの考えはわかってるぞ――。だけど、いまはやめろ。そのシャープクロウは、ぼくたちがニンゲンのおりから出してやったばかりなんだ！

コヨーテは考えこむような目でちらっと振《ふ》りかえった。やがて、軽くうなずくと、ゆっくりとジドウシャをおり、雨の中をフェンスに向かって走っていった。フェンスの下の穴にもぐりこむと、すぐに尾《お》もみえなくなった。

生き物たちはほとんどいなくなっていた。ラッキーは新鮮《しんせん》な空気が吸いたくてたまらなかった。ジドウシャの腹のにおいにはうんざりだ。入り口に立ち、降りしきる雨のにおいを思いきり吸いこむ。

いい気分だ……ラッキーは息をはきながら、ふと、耳をぴくっと動かした。なにか生き物の姿がみえたのだ。どしゃぶりの雨に目をこらす。さっきのコヨーテだ。フェンスのすぐむこうにいる。そのとき、茂《しげ》みの中から影《かげ》がひとつとびだしてきて、コヨーテの耳を夢中でなめた。影《かげ》はぴたりと動きを止め、顔をあげると、ラッキーのほうを真剣《しんけん》な目でまっすぐにみた。それから、自由になったコヨーテとうれしそうにじゃれ合いはじめた。二匹《ひき》は鼻を鳴らしながら、たがいの体に鼻を押《お》しつけた。

二匹目《ひき》のコヨーテ――。ラッキーは気づいた。さっきの連れ合いか！　相手がもどってくるのをずっと待ってたんだ……。

コヨーテたちのことはあまり好きになれない。キツネといい勝負だ。コヨーテの群れにリックたちをねらわれてからは、とくにそうだった。それでもラッキーは、あのコヨーテを連れ合いのもとに帰すことができてよかったと思った。

フィアリーは正しかったのだ。全員を逃《に》がしたのは正しい選択《せんたく》だった。

そのとき、ジドウシャの腹の奥のほうから、低いうなり声がきこえた。ラッキーははっとして振《ふ》りかえり、毛を逆立てた。知らない犬の声だ！　犬はフィアリーだけではなかったらしい。急いで奥へ走っていくと、マーサが、大きめのおりの前で肩《かた》をいからせて立っていた。おりはジドウシャのずっとうしろの暗がりに隠《かく》れ、その手前にはついたてがあった。どうりで気づかなかったわけだ。

オスのフィアースドッグが、おりの戸のそばで体をわななかせながら立っていた。戸はマーサがこじ開けたあとだった。オス犬はくちびるをまくりあげ、これみよがしに牙《きば》をむき出していた。切断された短い耳には力が入り、黒い目は自分を助けてくれた犬たちをみもしない。じっとうつむき、顔をあげようとしない。

ラッキーたちは、そろってフィアースドッグをみていた。あたりは静まりかえり、ジドウシャの金属の体をたたく雨の音だけがきこえていた。リックが小さく身ぶるいした。

フィアースドッグは軽くうなり、体をひねって、毛のぬけかけたわき腹をなめた。それからまた、犬たちのほうに向きなおった。目は怒《いか》りに燃えていた。

「それで、おれを助けだしたのは……だれだ？」ようやく、フィアースドッグは顔をあげ、見下したような目でラッキーたちをみまわした。鼻にしわを寄せている。「いや、〝なんだ〟ときくべきか？」

ラッキーはかっとなって牙《きば》をむいた。

「ぼくたちをばかにする気か？　助けてもらったのに？」

「ちがう。しかし、自分がここまで落ちぶれるとは思ってもみなかった」フィアースドッグは荒々《あらあら》しく体を振《ふ》って続けた。「まあ、礼をいっておくべきだろう」

「どういたしまして」ベラがつぶやいた。

フィアースドッグは急に頭を振《ふ》りあげた。「あのニンゲンども、ただじゃすまさん！　おれたちの主《あるじ》たちとは似ても似つかぬ。主《あるじ》たちは善良で、強く、賢《かしこ》かった。だが、主《あるじ》たちは去り、いまのおれは〈自由の犬〉だ。だれであれ、アックスをおりに閉じこめる者は許さん！」

「だめだ！」ラッキーは、危険を感じて前にとびだした。「あのニンゲンたちに仕返しするなんてむりだ！　ここから出るんだ！」

「ラッキーのいうことはもっともだ」フィアリーはうなった。「こんなおぞましい場所は出るんだ。仕返しなどしようとぐずぐずしていれば、またつかまるぞ」

「おまえたち雑種は頭がおかしいのか？　フィアースドッグにこんな仕打ちをして、ぶじでいられるニンゲンなどいない！」アックスの目は凶暴《きょうぼう》に光っていた。「こんなところに押《お》しこまれていたというのに、許すつもりか？　おれは許さん。ほんとうの恐怖《きょうふ》を教えてやる！」

「恐怖《きょうふ》がどんなものかは知っているわ」ムーンが静かにいった。フィアリーにぴたりと寄りそっている。「ラッキーのいうとおりよ。逃《に》げるの。むだな争いをしてまたつかまる危険をおかすなんて、それこそ頭がおかしいわ！」

リックはアックスの前にとびだし、足をふんばって立ちはだかった。耳がかすかに震《ふる》えている。「おねがい。ラッキーのいうことをきいて。フィアースドッグじゃないけど、頭がいいの。きっとたすけてくれる」

アックスは、いま気づいたような顔で、子どもを見下ろした。さげすむように、鋭《するど》い声で吠《ほ》える。「おまえは、モーニングスターの子の一匹《ぴき》だろう？　だが、裏切り者だ！　おれたちは、格下の犬どもの命令には従わん！」

リックはのどの深いところからうなった。「ラッキーは命令なんかしてない。知恵《ちえ》をかしてくれてるだけ」胸を張り、アックスをにらみつける。「ラッキーをばかにしたら、あたしがゆるさない！」

ラッキーはいやな予感がして、とりなすようにしっぽを振《ふ》った。

「いいんだよ、リック。アックス、きいてくれ。つぎにどうするかは、この基地を出てから考えよう。いまは逃《に》げることだけに集中するんだ！」

だが、二匹《ひき》は耳もかさなかった。にらみ合い、両肩《りょうかた》を下げて前足に体重をかけ、牙《きば》をむき出す。

「あんたなんか助けなくてもよかったのよ」リックはうなった。「おりの中に放っていったってよかったの。あんたが自由になれたのは、ラッキーがきてくれたからでしょ」

リックをにらみつけていたアックスは、一瞬《いっしゅん》あいまいな表情になり、ちらっとラッキーのほうをみた。怒《いか》りで牙《きば》のあいだからよだれを流しながら、頭を激しく振《ふ》りあげる。

「おまえのいうとおりだ」アックスは憎《にく》らしげにいった。「ラッキーとやらは悪くない。おれが怒《いか》りをぶつけるべき相手は、ほかにいる。おれをここに閉じこめたニンゲンどもだ！」

そういうが早いか、アックスは腰を低くして弾みをつけ、ジドウシャの出口に向かった。向かいながら、リックを前足でなぐりたおす。だが、リックはすぐに立ちあがり、目を見開いてラッキーを振《ふ》りかえった。

「止めろ、早く！」ラッキーは吠《ほ》えた。「あいつがニンゲンを襲《おそ》えば、ぼくたちまでつかまる！」

犬たちはつぎつぎとジドウシャをおり、吹《ふ》きあれる嵐《あらし》の中にとびこんでいった。ぬれた草の上で足をすべらせながら、先を争うようにアックスを追う。だが、大柄《おおがら》なフィアースドッグは、すでに基地の反対側にたどりつき、一番太ったジドウシャに襲《おそ》いかかっていた。うしろ足で立ち、前足でジドウシャのわき腹をなぐりながら、挑発《ちょうはつ》するような声で激しく吠《ほ》える。

「おりてきて相手をしろ！　出てこい、臆病《おくびょう》者ども！」

ムーンがぞっとしたような悲鳴をあげた。「置いていきましょう。頭がおかしいわ！」

「だめ！」リックが仲間のあいだから前にとびだした。ぎょっとするラッキーをよそに、リックはアックスのほうへ駆《か》けていき、加勢するように吠《ほ》えた。「アックスのいうとおり。ニンゲンたちにおもいしらせてやるの。そしたら、森に住む犬たちはみんな安全！」

だが、リックがアックスに追いつく前に、ジドウシャのドアが勢いよく開き、中から黄色い服のニンゲンが出てきた。ふつうの顔。ラッキーははっと気づいた。黒く表情のない顔ではない。目を丸くしているのがわかった——。うしろによろめくニンゲンに、アックスは雨に打たれながら突進《とっしん》していった。

「思い知れ！」アックスはたけだけしく吠《ほ》えた。「よくもあんな目に合わせてくれたな！　群れのすみかまで奪《うば》いおって！」

ニンゲンはくるっとうしろを向いた。一瞬《いっしゅん》ラッキーは、ジドウシャの安全な腹の中に逃《に》げもどったのかと思った。だがニンゲンは、ドアのそばにあったなにかをつかみ、あわててこちらに向きなおった。その手につかまれたものをみて、ラッキーは血が凍《こお》った。毛という毛が逆立つ。

銃《じゅう》だ！

銃《じゅう》の先は、アックスの胸にまっすぐ向けられていた。

19
恐怖《きょうふ》の気配

「逃《に》げろ！」ラッキーは、足をすべらせながら止まった。「急げ！」

ぬれた草に苦心しながら、犬たちはフェンスの下の穴をめがけて走りはじめた。風が目の中に雨を吹《ふ》きつけてくる。前がよくみえない。動物たちが逃《に》げていった穴は、掘《ほ》りかえされてぬかるみ、暗い影《かげ》のようになってしまっている。ふいに、前足が穴の中に落ちこみ、体ががくんとゆれた。ラッキーは心からほっとした。シャープクロウやコヨーテやキツネのにおいがぷんぷんしている。天敵のにおいをかいでうれしくなったのはこれがはじめてだ。

「急いで外へ！　ぼくが最後になる」ラッキーは穴の中から前足を引きぬき、フィアリーとムーンに道を開けた。ベラとトウィッチがあとに続く。

リックはとなりで震《ふる》え、穴をくぐろうとするそぶりもみせない。「アックスは？」

「ああなったのは自分のせいだ」ラッキーはいった。「ぼくたちまで同じ目にあったかもしれない。置いていくしかないんだ！」

マーサは穴をくぐりぬけようともがき、うしろ足で必死に土をけった。ラッキーは肩《かた》と頭でマーサのうしろ足を押《お》した。

「犬をみすてるなんてだめ！　ラッキーだってそういって――」リックはきゃんきゃん吠《ほ》えた。「アックスには逃《に》げるチャンスがあった。ぼくたちがそのチャンスを作ったんだ！」ラッキーは体を振《ふ》り、目に入った雨を払《はら》った。マーサは、ようやくフェンスをくぐりぬけたところだ。

「命までかけて助けてやることはない」

だが、リックはその場から動こうとしないで、がたがた震《ふる》えながら横なぐりの雨に目をこらしていた。ジドウシャから出てきたニンゲンたちの数は増えていた。手に手に銃《じゅう》を持ち、荒々《あらあら》しい声でどなっている。ひとりが、しゃがれた笑い声をあげ、高い声でなにか叫《さけ》んだ。

「リック、もうむりだ！　いくんだ！」ラッキーは吠《ほ》えた。

ひとりのニンゲンが銃《じゅう》を肩《かた》にかまえた。先端が上にはねあがるのと同時に、ぴしっという小さな音がした。アックスの体がはねあがって草の上にどうっと倒れた。倒れたままけいれんし、起きあがろうとしない。あの銃《じゅう》はなんだか変だ――。ラッキーは考えた。音もちがう。耳が痛くなるような大きな音じゃなかった。犬がなぐるとき、前足が空《くう》を切る音に似ていた。

「アックス！」リックが叫《さけ》んだ。「助けなきゃ！」

「だめだ」ラッキーはきびしい声でいった。ニンゲンのひとりがジドウシャの頭にかけより、中にもぐりこんだ。「ジドウシャを起こしたぞ！」ラッキーは顔色を変えた。ジドウシャが目を開き、基地をこうこうと照らしつける。怪物《かいぶつ》の低いうなり声をきき、リックは後ずさった。いまになって怖《こわ》くなったようだ。

「あの怪物《かいぶつ》、なに？　なんなの？」

「敵にしないほうがいい」ラッキーは、フィアースドッグの首の毛を乱暴にくわえ、穴のほうへ押《お》しやった。地面におろされたリックは、よろめきながら体勢を整え、急いでフェンスをくぐりぬけた。ラッキーもすぐあとに続いた。

ほかの犬たちはじりじりしながら待っていた。「いきましょう」ムーンが叫《さけ》ぶ。

「どこにいくの？」マーサがそわそわとあたりを見回した。「ジドウシャが動きはじめてるのよ！」

フィアリーは押《お》しだまっていた。じっと立って、頭を低く垂れている。息は荒《あら》く、浅かった。ラッキーはその体をみて目を見張った。閉じかけていた傷のいくつかが開き、黄色っぽい血がにじみ出している。激しい雨が、にじんでくる血をすぐに洗いながし、みすぼらしい毛を体に張りつけていた。

「森が一番深くなってるところにいかなくちゃ。この坂をこえるの」ベラが大声でいって、上り坂を鼻でさした。「ジドウシャは、木がたくさんあるところじゃ動けない。足は速いけど、身軽じゃないから」

「太りすぎていて、木のあいだを通れないわね」マーサもうなずいた。

「いこう」トウィッチが、体を大きくゆらしながら三本足で走りだした。ほかの犬たちもあとに続く。一刻も早く森にたどりつきたかった。恐《おそ》ろしい基地からできるだけ遠ざかりたい。

しばらくすると、ラッキーはトウィッチを追いこした。長くゆるやかな坂はまだ上に続いている。永遠に続きそうに思えた。〈森の犬〉までぼくたちのじゃまをするのか？　ラッキーは心細くなった。アルファたちはいまごろどうしているだろう。新しい野営地をみつけただろうか。

足にむちを打って走るうちに、血が全身をめぐるどくどくいう音がきこえはじめた。いまも、ニンゲンたちのどなり声や、ジドウシャがきしむ音はきこえてくる。だが、少しずつ遠ざかっていることはたしかだ。あの大きな怪物《かいぶつ》は上り坂で苦労しているようだ。ラッキーたちがてっぺんにたどり着いたころ、ジドウシャのぎらつく目はほとんど暗やみにまぎれていた。犬たちは、肩《かた》で息をしながら立ち止まった。

下りになると、坂はずっと急になった。駆《か》けおりようと体勢を整えるラッキーのそばで、トウィッチが悲鳴をあげた。「むりだ！　残った前足まで折れたらどうなる？　おれにはうしろ足しかなくなる！」

ラッキーは急いで振《ふ》りむいた。「トウィッチ、がんばれ。これでニンゲンたちとおさらばできる――ふもとの森までいけばいいんだ。ぼくがついてる！」

「だけど、おれの足……」トウィッチは尻込《しりご》みした。「だいじな前足が……」

ラッキーは、軽く走って仲間のそばにもどった。入れ違《ちが》いにベラとマーサが二匹《ひき》を追いこし、坂を駆《か》けおりていく。行く手には立ち並ぶ木々が黒い線になっている。リックがベラたちのすぐうしろに続き、一番うしろのフィアリーも、足を引きずりながら仲間たちについていった。ムーンが肩《かた》を貸して支えている。

「トウィッチ、いこう」ラッキーはあせりはじめた。「なにが起こったとしても、あのニンゲンたちにつかまるよりはましだ。絶対そばについてるから。とにかく、森までいこう」

トウィッチは、おびえた目で肩《かた》ごしに振《ふ》りかえった。ラッキーの言葉が効いたようだ。

「そうだな。わかった」

二匹《ひき》はおそるおそる、岩でごつごつした坂を下りはじめた。ときどき、泥《どろ》で足がすべりそうになったり、小石を下にけり落としたりした。前を進んでいるリックは、落ちてきた小石が当たるたびに小さく声をあげた。

「もう少しだ」ラッキーは息も切れ切れにいった。

だが、二匹《ひき》は坂をようやく半分下りたところだった。ふもとにいる仲間たちが待ちわびているのがわかる。そのとき、トウィッチが前足を踏《ふ》みはずした。バランスを失って頭から転び、わき腹を下にしたまま坂をすべり落ちていく。

ラッキーは鋭《するど》く叫《さけ》んだ。「トウィッチ！　だいじょうぶか？」

どしゃぶりの雨のむこうから、声がただようようにきこえてきた。「だいじょうぶだ。もう下に着いた！」

ラッキーはほっとして、残りの坂を一気に駆《か》けおりた。「さあ、森に入ろう。またジドウシャたちの音がきこえてきた」

怒《おこ》ったようなうなり声は、まちがいなく大きくなっている。ぎらつく目が、少しむこうの木々を照らしはじめた。なんて足が速いんだ――！　ジドウシャは遠回りをして、坂を横から回りこんできたはずだ。だが、もううしろに迫《せま》っている。

「走れ！」ラッキーは声を張りあげた。そのとき、一匹《ぴき》のジドウシャが、遠吠《とおぼ》えをしながらゆるやかな坂を乗りこえてきた。怪物《かいぶつ》ににらまれると、目がくらんで前がみえなくなる。

犬たちはいっせいにうしろを向き、森をめざして走った。細い木々のあいだをぬうように走る。ラッキーは、必死で地面をけりながら、胸の中で心臓が暴れまわっているように感じた。

一瞬《いっしゅん》、ひかれる！　と恐《おそ》ろしくなった。押《お》しつぶされて、〈大地の犬〉のもとへ送られてしまう――。つぎの瞬間《しゅんかん》、草と土の感触は、枯《か》れ葉と枝の感触に変わった。低い枝が鼻先をたたく。

助かった！

そのまま走りつづけ、森の奥深くまでいった。そのころには、ジドウシャもニンゲンたちも、はるかうしろに遠ざかっていた。森の入り口から、ののしる声や、言い合いをする声がきこえてくる。犬たちは、だれからともなく、ぬかるみの中で足をゆるめはじめた。間隔がまばらになっていく。どの犬も息が荒《あら》く、わき腹が激しく上下している。フィアリーは体がふらついていた。ムーンがぴたりと寄りそい、心配そうな顔で連れ合いの体を支えていた。

「ベラ、きみは天才だよ！」ラッキーは歓声をあげ、きょうだいの耳をなめた。「うまくいった。ニンゲンたちを振《ふ》りきったぞ」

「だけど、先を急いだほうがよさそうね」マーサは、不安そうにうしろをみた。ニンゲンたちのどなり声がかすかにきこえてくる。

トウィッチがさっそく先頭に立ち、低い枝をすばやくよけながら歩きはじめた。さっきよりも進む速度は遅《おそ》くなっていた。ムーンが、心配そうにフィアリーのようすをうかがい、はげますように耳元でささやきかけている。しばらくいくと、ムーンの悲しげな声がきこえ、ラッキーは振《ふ》りむいた。

フィアリーが疲《つか》れ切ったようすで立ち止まっていた。弱々しい声でいう。「休みがほしい。すまない」

「かまわないよ」ラッキーは元気づけるようにいった。「もう安全なところまできたんだ。どこか屋根を探そう。トウィッチ、あてはあるかい？」

「雑木林がある。ここからすぐだ。岩はないけど、まあまあ雨はよけられる」トウィッチは首をかしげ、心配そうにフィアリーをみた。それから、仲間を案内して、ウサギ狩《が》り数回分の距《きょ》離《り》を歩いていった。犬たちは、密集して生《は》えた松の木立《こだち》の下に入ると、息を切らしながら崩《くず》れおちるように地面に横になった。

松の木々は枝をびっしり張りめぐらせていたが、それでも雨はぽたぽたしたたり、ラッキーたちの毛をぬらした。体を振《ふ》っても乾《かわ》かすことができない。犬たちは小さく集まって、体を温めあった。ラッキーのとなりにいるベラは、疲《つか》れで体がぶるぶる震《ふる》えていた。

「ほんとにあたしたち安全なの？」ベラは、マーサの背にあごをあずけて鳴いた。耳をラッキーのほうにぴくっと動かす。

「あいつらの声はきこえない」トウィッチが首をのばしていった。

「でも、こんなに雨と風が激しいんだから、よくわからないんじゃない？」ベラは不安そうに首をかしげた。

「そうかもしれない」ラッキーはきょうだいを落ちつかせようとした。「だけど、鼻は利《き》く。〝火のジュース〟はすごいにおいだろ。ニンゲンたちがここに忍《しの》びよってくるなんてむりだよ」

「油断しないのが一番よ」ムーンは、フィアリーの首をなめながら、木立《こだち》に目をこらした。

「においはしない」ラッキーは頭をもたげ、空気を吸いこんだ。「まちがいない。においなんか――」

ラッキーは凍《こお》りついた。なにかのにおいが鼻を刺《さ》したのだ。舌で感じられるほどはっきりしている。ジドウシャではない……。

「ラッキー」リックが声を殺してたずねた。「どうしたの？」

「ほかの犬だ」ラッキーはうなった。

立ちあがり、ベラとちらっと目を合わせる。。

「あいつよ」リックははねおき、体に力をこめて毛を逆立てた。「あの頭の変な犬！」

トウィッチがかぼそく叫《さけ》んだ。「テラー！」

ラッキーは少し移動して、その場でゆっくりと回りながら木々の中をにらんだ。夜の闇《やみ》と激しい雨のせいで、見通しが悪い。だが、影《かげ》がみえた――なにかはわかっている。さらに目をこらしていると、影《かげ》は動き、ゆっくりと忍《しの》びよってきた。犬の形をした影《かげ》が、いくつも松の幹のあいだをすりぬけてくる。

鼻をつくいやなにおいが、泥《どろ》と雨のにおいの中からただよってきた。ラッキーはぶるっと首を振《ふ》り、前足で鼻をこすった。毒の水のにおいだ――。テラーはあの水を飲んでいた。だから、頭がおかしくなったんだ。

それとも、もっとおかしくなったのか。

「〈恐怖《きょうふ》の犬〉に誓《ちか》って！」暗がりの中に声がとどろき、まわりの木々にこだました。どこからきこえてくるのか見当もつかない。「〈恐怖《きょうふ》の犬〉の名を汚《けが》すことも、おれのなわばりをおかすことも許さん！」

ラッキーは毛を逆立ててどなり返した。「なにがなわばりだ！　テラー、おまえはこの森をまるごと自分のものにするつもりか？　ニンゲンの町も自分のものだって？　〈精霊《せいれい》たち〉はそんな欲張りを許さない。ひとり占《じ》めはできないんだ！」

「気に入った場所はみんなおれのものだ」テラーは怒《いか》りを爆発させた。「なわばりには犬の血でしるしをつけておくことにしよう。おれに逆らい、〈恐怖《きょうふ》の犬〉にたてつくおろかな犬の血で！」

「どうかしてる！」ラッキーは吐《は》きすてるようにいった。慎重《しんちょう》に動きながらいくつもの影《かげ》に必死で目をこらし、どれがテラーなのかつきとめようとした。

「刃向《はむ》かう者は殺す！」テラーは遠吠《とおぼ》えをした。「それが〈恐怖《きょうふ》の犬〉のご意志だ！　まずは、裏切り者のトウィッチと仲間から片づけよう」

たくさんの影《かげ》がいっせいに動いた。敵の犬たちが森の中から突進《とっしん》してきたのだ。激しく吠《ほ》えながら、あらゆる方向から先を争って向かってくる。とびかかろうとしたラッキーは、まちがえてマーサにぶつかった。しばらく、〈群れの犬〉たちはうろたえて右往左往するしかなかった。

「戦うんだ。囲まれてる！」ラッキーが吠《ほ》えた。

小さな群れは、息を弾ませながら急いで集まり、円陣を組んだ。そのあいだも、しゃにむに襲《おそ》ってくるテラーの群れをむかえうつ。ラッキーはわき腹をねらってきた犬を爪《つめ》と牙《きば》で追いはらったが、すぐに、スプラッシュと呼ばれていた小さな黒い犬が、もう片方の腹に食らいついてきた。ラッキーはスプラッシュを振《ふ》りはらい、ベラののどにかみついていた敵をくわえて引きはなした。きょうだいが痛みで悲鳴をあげるのがきこえたが、だいじょうぶかとたずねるひまはない。べつの犬がわき腹に突進してきたのだ。ラッキーは身がまえた――。

ちがう！　リックだ！　ラッキーは、あやういところでリックをよけた。暗がりと雨のせいで、敵と味方の見分けがつかない。

ところが、テラーの群れは、そんなことでは迷わなかった。動く者に片っぱしからかみつき、引っかくだけだ。自分の群れの犬か、ラッキーの群れの犬か、たしかめることもしない。

ラッキーは、うしろ足をかまれ、地面を転がって振《ふ》りきろうとした。だが、敵はしつこく食らいついてくる。ラッキーはどうすることもできずに、敵を引きずったまま、ぬかるみや枯《か》れ枝のあいだをはっていった。そのとき、腰がべつの犬の足にぶつかり、相手を倒しそうになった。リックだ。だが、リックはすぐに体勢を立てなおし、うなりながら自分の敵に襲《おそ》いかかった。戦いになると、リックは恐《おそ》ろしくなるほど凶暴《きょうぼう》だった。だが、わき腹はこきざみに震《ふる》えている。寒さと恐怖《きょうふ》のせいだ。そして、恐怖《きょうふ》のせいでいっそう凶暴《きょうぼう》になっていた。リックは、すぐに自分をコントロールできなくなる。

ラッキーは足をくわえていた犬をやっとのことで振《ふ》りはらい、リックのもとに駆《か》けよると、敵の肩《かた》にかみついた。「リック、逃《に》げろ！　あとで探しにいくから」

「やだ！　にげない！」

「リック、頼《たの》むから――」

「助けて」

ラッキーは、仲間の悲鳴をきいてはっと顔をあげた。ムーンが木の根元に追いつめられている。

「ムーン、いまいく！」ラッキーは、のどをねらってとびかかってきた敵をなぐりたおした。面食らった顔で地面に転がる敵を放ってムーンのいるほうへとびだしたが、またしてもべつの敵が、かん高い声で吠《ほ》えながらかみついてきた。じれったくてたまらず、うなりながら相手を振《ふ》りはらおうとした。小さな犬だが、ヒルのようにしつこい。「ムーン！」

ムーンと敵のところまであと少しだ。敵の二匹《ひき》がよだれを垂らしながら牙《きば》を鳴らしている姿もはっきりとみえる。テラーは、そのうしろでいったりきたりしていた。憎《にく》しみに光り、血にうえた目だ。ムーンがいくら抵抗《ていこう》しても、この三匹《びき》にかかればひとたまりもないだろう。ラッキーは、小さな犬をようやく押《お》さえつけて耳にかみついた。そのとき、またムーンの叫《さけ》び声がきこえた。さっきよりもせっぱつまった声だ。

「だめよ、フィアリー！　やめて！」

ラッキーがさっと振《ふ》りむくと、牙《きば》をむいたフィアリーが、よろよろとムーンの敵に向かっていくところだった。大きな体はみるからに弱り、血まみれだ。それでも、勇ましくテラーののどにとびかかっていく。テラーは、怒《いか》りにまかせて金切り声をあげた。

「殺せ！　このおろか者を殺せ！」

20 戦うリック

ラッキーは戦う犬たちのあいだをつっきり、向かってくる敵を夢中で押《お》しのけた。だが、テラーと二匹《ひき》の敵は、すでにフィアリーを襲《おそ》っていた。大きな体が横向きに倒れ、木に激しくぶつかる。ムーンが悲しげに遠吠《とおぼ》えをするそばで、フィアリーの体に敵の牙《きば》と爪《つめ》が容赦《ようしゃ》なく食いこむ。

ラッキーは横すべりしながら止まった。雨は滝のようだ。フィアリーの姿はほとんどみえない。ぬれた毛のかたまりの下敷きになっているからだ。そのかたまりは、テラーと、テラーの群れの二匹《ひき》の犬だ。前足が振《ふ》りおろされ、爪《つめ》と牙《きば》がぎらっと光る。なにより恐《おそ》ろしいのは、フィアリーの血が雨とまざりあい、地面にたまっていくようすだった。においもする。たくさんの傷から、汚《よご》れた血と病のにおいがもれてくる。

「フィアリー！　やめて！」ムーンがもつれ合う犬たちにとびかかっていった。だが、敵の一匹《ぴき》が振《ふ》りむき、襲《おそ》いかかってきた。二匹《ひき》目の敵も加勢し、ムーンを引きずって地面に押《お》さえつけた。テラーは、ぐったりしたフィアリーに容赦《ようしゃ》なくかみついている。

だが、これでねらうべき相手がはっきりした。テラーだ。ラッキーが身がまえたそのとき、なにか黒い影《かげ》がそばをかすめ、追いこしていった。リックだ。テラーに体当たりし、首をがっちりくわえると、力ずくでフィアリーの体から引きはがす。

二匹《ひき》はもつれ合うように地面に転がった。リックはまだ、テラーの首をくわえている。爪《つめ》を土に食いこませ、敵の体から荒《あら》っぽく口をはなすと、上にのしかかって押《お》さえこんだ。かみつこうとしてくる牙《きば》にも、引っかこうとしてくる爪《つめ》にも、ひるむようすはない。テラーのうしろ足はむなしく地面をけり、二匹《ひき》の体に泥《どろ》の雨をふらせた。リックは、敵のわき腹を引っかきながら、全身の体重をテラーの頭にかけ、ぬかるみの中にくぎづけにした。

ラッキーは口を開け、やめろと吠《ほ》えかけた。だが、言葉はひりひりするのどの中につかえて出てこなかった。やらせておこう——。フィアリーの仇《かたき》だ。

フィアリー！　ラッキーは仲間を振《ふ》りかえった。そのとき、ムーンが敵の片方の鼻を鋭《するど》くひとかみして二匹《ひき》を追いはらった。ラッキーよりもひと足先にフィアリーのそばに駆《か》けよる。となりに腹ばいになると、血だらけの傷を一心になめた。

「フィアリー、わたしはここよ！　そばにいるわ」きゅうきゅう鳴きながら、連れ合いの口をなめる。ラッキーが泥《どろ》をはね上げながら走りよると、ムーンは牙《きば》をむいてさっと振《ふ》りむいた。だが、仲間だと気づくと、すぐにフィアリーに向きなおった。

ラッキーはフィアリーをみつめたまま立ちすくんでいた。わき腹はいまも呼吸に合わせて上下しているが、その動きは弱々しい。力なくはみ出した舌が、掘《ほ》りかえされた泥《どろ》の上に垂れていた。ムーンはまたフィアリーの傷をなめはじめた。舌を動かすあいまに、つばを吐《は》きだしたり、せきこんだりしている。やがて、困りはてたような顔でラッキーを振《ふ》りかえった。

「血に――毒がまざってる。フィアリーはどうなってしまったの？」

「わからない。ニンゲンたちが……」

「ええ、そうよ。どうすればいいの？」ムーンは、途方に暮れたようすでフィアリーの体にあごを乗せた。

「ぼくにもわからない」ラッキーはかぼそい声でいった。「わからない」

腹立たしげな悲鳴がきこえ、ラッキーはさっと振《ふ》りかえった。リック！　子犬は横向きに倒れていた。テラーが力ずくで逃《に》げだしたらしい。リックを地面に押《お》しつけ、よだれを飛ばしながら首にかみつこうとする。だが、リックはすばやかった。首をひねって牙《きば》をよけ、しなやかな体をくねらせて敵の体の下から逃《に》げだし、寝返《ねがえ》りを打って腹ばいになる。

「だめだ！」ラッキーは走りだした「背中をみせるな！」

だが、遅《おそ》かった。テラーはリックの上にとびかかり、押《お》さえつけて首の横にかみついた。リックが苦しげに遠吠《とおぼ》えをする。

ラッキーはひと声吠《ほ》え、テラーに襲《おそ》いかかりながら、夢中で相手の体に牙《きば》を立てた。かみついたのがぶかっこうな耳だったことに気づくと、思いきり口に力をこめた。テラーは悲鳴をあげ、リックをはなして横向きに倒れた。ラッキーは敵といっしょに転がったが、やわらかい耳からは口をはなさず、テラーを引きずってリックから遠ざけた。

テラーは身もだえしながら足をばたつかせ、とうとう自分から耳を引きちぎった。血しぶきがラッキーの鼻にかかる。テラーはぬかるみの中でずるずる足をすべらせ、やっとのことで立ちあがった。憎々《にくにく》しげにうなっている。

もう、痛みも感じないのか——。ラッキーは気分が悪くなった。テラーは頭も体も完全にいかれてる。それとも、〈恐怖の犬《きょうふ》〉が痛みを感じさせないのだろうか？　でたらめだと決めつけていた話は、もしかしてほんとうだったのか？

ラッキーは身ぶるいした。だが、考えている時間はない。テラーが金切り声をあげて突進《とっしん》してくる。

ラッキーは身がまえた。頭を低くしてうなる。だが、テラーがラッキーに襲《おそ》いかかる寸前、リックがとびだしてきて、テラーを正面からにらみつけた。二匹《ひき》はもみ合いながら転がり、もうれつな勢いでかみつき、引っかき合った。

なんて勇敢《ゆうかん》な子だ！　ラッキーはリックが誇《ほこ》らしかったが、いっぽうで不安にもなった。すばらしい戦士なのか、ただの向こう見ずなのか——気をぬけば殺されてしまう！「リック、やめろ！」

一瞬《いっしゅん》、目の前が銀色になった。まばゆい光の中で、リックとテラーの姿がくっきりと浮《う》かびあがる。〈ライトニング〉だ。〈精霊《せいれい》たち〉が空をはねまわり、ライトニングの光が枝のあいだから射してくる。その中で、二匹《ひき》の犬はふたたび相手に突進《とっしん》していった。口と口が激しくぶつかる。

ラッキーは目がくらんでなにもみえなかった。ライトニングが消えると、少しずつ視界がはっきりしてきた。みると、リックの口がテラーの顔にしっかりかみついている。そのまま地面に倒れこむのと同時に、リックが激しく体をひねった。

ラッキーは息が止まった。幼いフィアースドッグは、荒《あら》っぽく首を振《ふ》って、ぬかるみに肉のかたまりを捨てた。わき腹は波打ち、雨と汗と血で黒くぬれていた。勝ちほこった顔で敵をみおろす。

ラッキーは駆《か》けよった。テラーが体勢を整え、またリックを襲《おそ》うのではないかと心配になったのだ。だが、敵は起きあがらなかった。倒れたままけいれんし、ぬれた地面の上で口のあたりから血をどくどく流している。

そのとき、はっきりとみえた。テラーの下あごが、顔からもぎ取られている。血走った黄色い目はぐるぐる回り、のどからはごぼごぼいうぶきみな音がもれてくる。

ほかの犬たちが争う音はしだいに静かになり、やがて消えた。きこえるのは激しい雨音、疲《つか》れきった犬たちが肩《かた》で息をする音、そして、死にかけたテラーが立てる首を絞《し》められているような音だけだ。

おびえ切った悲鳴がひとつ、夜の空気を切りさくように響《ひび》きわたった。テラーの群れは、パニックを起こしてやみくもに走りまわり、足をすべらせた。逃《に》げていく者もいる。

「テラー！」

「おれたちのアルファが！　アルファが死んだ！」

「早く逃《に》げろ！」

敵の犬たちは、泥《どろ》をけちらしながら一目散に逃《に》げだした。わき目もふらずに仲間を押《お》しのけていく。最後の一匹《ぴき》が鼻を鳴らしながら茂《しげ》みにとびこんでいくと、ラッキーは震《ふる》える足で一歩踏《ふ》みだし、テラーをみおろした。きこえるのは、弱々しいうなり声と、ぜえぜえいう自分の息の音だけだった。しばらくかかって、ようやくまわりの音がきこえはじめた。さっきよりもはっきりときこえる。

トウィッチがおびえたように鼻を鳴らした。「死んだのか？」

「まだだ」ラッキーは、テラーの崩《くず》れた顔から流れだした血が、土にしみこんでいくのをみていた。「だけど、死にそうだ」

マーサは身ぶるいして顔をそむけた。だがリックは、自分が倒した敵のすぐそばに近づいた。どうでもよさそうに前足をのばし、テラーのわき腹をつつく。もう震《ふる》えていない――。ラッキーはそう気づいて、なぜか怖《こわ》くなった。もう、寒さも感じていないみたいだ。

リックは、なにかを期待するような顔でラッキーをみあげた。「この頭が変な犬、とどめをさしちゃったほうがいい？」

ラッキーは背筋が寒くなった。リックの声はむじゃきだった。知りたいことをたずねただけだ。この子は役に立とうとしてるんだ――ラッキーは自分にいいきかせ、子どものすんだ目をまっすぐにみた。ぼくたちを守りたいだけなんだ――。

ラッキーはぶるっと首を振《ふ》った。「いや、いいんだ。この傷じゃ助からない。あとは〈大地の犬〉にまかせればいい。すぐに引きとってくれるよ」

「よろこんで引きとるわ」リックは憎《にく》らしげにいって、テラーの血まみれの耳の付け根を前足ではじいた。「おしおきしてくればいいのに」

ラッキーが口を開いたそのとき、取りみだした声が宙を切りさいた。

「フィアリーが死んでしまう。死んでしまうわ。助けて！」

21 ムーンとフィアリー

犬たちははっとわれに返り、ムーンのもとに急いだ。ムーンは連れ合いのそばで腹ばいになり、悲しみに打ちひしがれていた。フィアリーは、きっと宙をにらみ、前足で体を持ちあげようとした。だが、むりだった。地面にくずれ落ち、とびちった泥《どろ》が二匹《ひき》にふりかかる。雨はようやく小降りになっていた。弱い風が、枝についたしずくをぱらぱらと散らし、フィアリーの血のにおいを運んできた。ラッキーは、心が石のように重くなった。まるで〈森の犬〉が、フィアリーは助からない、とささやきかけているようだ。ベラの話していたジュウイでもいれば、まだ希望があったかもしれない……。

だが、ここではむりだ。ここは森の真ん中で、近くにはフィアリーを傷つけたニンゲンしかいない。

ムーンは連れ合いに顔を押《お》しつけ、悲しみに暮れた声できゅうきゅう鳴いた。やがて、ささやくようにいった。「フィアリー、お願い。あなたは強いでしょう。いつだって強かったじゃない。テラーとだって戦った……お願いだから、もう一度戦って」

「テラーは体の外にいる敵だった」フィアリーはのどに血をつまらせてむせながら、かすれた声をやっとのことで出していた。「これは体の中にいる敵だ。戦えない」

「いいえ、戦える。強いフィアリー。お願いだから、がんばって」ムーンは目をきつく閉じ、連れ合いにぴったりと寄りそった。

フィアリーは力を振《ふ》りしぼって頭をあげ、ムーンに鼻をすり寄せた。「この戦いには勝てない。わたしはじきに死ぬ」

ムーンは悲痛な叫《さけ》び声をあげた。「そんなことをいわないで。あなたが死にたがっていると思って、〈大地の犬〉が連れにくるわよ！」

「そうだ、ムーン」フィアリーはおだやかにいった。「連れにくる。しかたがないんだ。その時がきた」

小雨が降る物悲しい音が続いていた。犬たちは雨と血にぬれて立ちつくし、足のあいだに尾《お》をはさんでいた。月の光がひとすじ、枝のあいだからしたたるようにこぼれ、水たまりを照らしていた。トウィッチはぎこちなく腹ばいになった。苦しげな顔だ。そのそばではリックが、死にかけたテラーの上に立って番をしていた。フィアリーとムーンをみつめて震《ふる》えている。

「ラッキー、助けてあげて」リックはささやくような声でいった。

マーサが、フィアースドッグをやさしく押《お》した。「むりなのよ。悲しいけれど」

「そのとおりだ」ラッキーは小さな声で答え、一歩うしろに下がった。首をのばし、仲間たちを見回した。「二匹《ひき》だけにしてあげたほうがいい。ムーンにさよならをいう時間をあげるんだ。それから……」ため息が出た。「それから、先に進もう。群れをみつけなくちゃいけない」

トウィッチがぎくしゃくした動きで立ちあがった。マーサとベラといっしょに、いたましい光景からそっと離《はな》れていく。だが、リックは残っていた。フィアリーをみつめているが、テラーの上から動こうとしない。

「リック」ラッキーは振《ふ》りかえった。「おいで」

「テラーをみはらなきゃ」

ラッキーはため息をついた。「どこにもいかないよ。ムーンとフィアリーをふたりにしてあげよう」

「でも――」

「早く」ラッキーはかすかにうなった。

リックは、軽べつをこめてテラーをひとにらみすると、しぶしぶ敵から離《はな》れた。ラッキーたちは、連れ合いたちのじゃまにならないように、少し離《はな》れたところにいった。ラッキー、マーサ、ベラ、トウィッチはすわり、たがいの顔や地面に視線を泳がせていた。やがて雨がやみ、〈月の犬〉が空高くにのぼった。ラッキーは、リックがもたれかかってきたのに気づいた。しばらくすると、子犬はいごこちよさそうにうずくまった。わき腹があたたかくなる。リックはまるで、むかしにもどったように、眠《ねむ》たげに甘《あま》えていた。ほんとうにこの犬は、フィアースドッグの戦士なのだろうか。敵のあごをかみちぎったあの犬だろうか？

とても信じられない。自分の目でみていなければ、そんな話をした相手を、作り話をするなと笑ったにちがいない。ぬれてつやつやしたリックの頭からふと顔をあげると、悲しげな表情のベラと目が合った。

きょうだいは小さく鳴いた。「ラッキー、むだな旅だったわね。けっきょく、フィアリーを失った」

ラッキーはごくりとのどを鳴らした。だが、目はそらさなかった。「時間をむだにしたとは思わない。フィアリーを放っておくことはできなかった。黄色のニンゲンたちに毒を飲まされてたなんて」

「でも、救えなかった」

「わかってるよ。それでも、救おうとした。ある意味では、救ったんだ。フィアリーは安らかに死ぬことができる。連れ合いもそばにいる」

「テラーも殺せたしね」リックがうとうとしながらつぶやき、血まみれの口をなめた。

ラッキーは背筋が寒くなったが、うなずいた。「テラーの群れも、これで強くなれるかもしれない。あんなアルファがいたら、まともな群れにはなれない」

「フィアリーが犠牲《ぎせい》になるなんて思わなかった。テラーの群れと――」ベラが沈《しず》んだ声でいった。「――あの生き物たちを助けるために」

「ぼくもだ」ラッキーは、きょうだいをなぐさめようと、そっと鳴いた。「だけど、そうなった。いまのぼくたちは、黄色のニンゲンたちがどんなに危険なのか学んだ。あいつらの野営地の場所も学んだし、なにがあっても絶対に近づいちゃいけないことも学んだ。つかまればどんな目にあうかも学んだ」鼻をあげ、木立《こだち》から吹《ふ》いてくる風のにおいをかぐ。「ほかの生き物たちだって――まあ、キツネもコヨーテもシャープクロウも、味方とはいえないけど――」ベラが顔をしかめるのがわかった。「――だけど、あいつらだって、森をうろついてくれてたほうがまだいい。悪いニンゲンに、いじめられたり毒を飲まされたりしてほしくない」

ならないわ」

「そうね」ベラは地面に頭を寝かせてつぶやいた。「でも、フィアリーが死んでいい理由にはならないわ」

「ああ、ならない。ぼくたちには、学んだことを忘れないで、これから群れを守っていくことしかできない。大切なことだろう？」

「ラッキーのいうとおりよ」リックが急に立ちあがった。ラッキーは、この子はほんとうに眠《ねむ》っていたのだろうかとあやしんだ。「フィアリーが死ぬのはすごくかなしい。でも、群れはフィアリーの死から、だいじなことをまなべる。のりこえれば、群れはもっと強くなるの」

この年にしてはしっかりしてる――。ラッキーはリックの鼻をなめた。リックの記憶《きおく》は、母犬が死に、べつの死んだ子犬のそばで何日も置きざりにされたところからはじまっている。〈大地のうなり〉のことは知らないが、リックは生まれたときから、〈大地の犬〉の影《かげ》におびやかされてきた。同じ年の子どものようには死をこわがらないのかもしれない……。

いいことなのか悪いことなのか、ラッキーにもわからなかった。

すすり泣くような吠《ほ》え声がきこえ、ラッキーは現実に引きもどされた。犬たちがいっせいに振《ふ》りかえると、ムーンは、動かなくなった連れ合いのそばにすわっていた。

「フィアリーが」打ちひしがれた声で吠《ほ》える。「フィアリーが死んだわ。わたしの連れ合いが死んだ」

　ラッキーはそっとそばにいき、震《ふる》えるムーンに寄りそった。なぐさめようと肩《かた》をなめ、静かに声をかけた。「ムーン、残念だ。こんなことは起こっちゃいけなかった。だけど、これからは〈大地の犬〉がフィアリーを守ってくれる」

「〈大地の犬〉にあずけなくちゃ」ムーンは声をつまらせた。「このまま置いていけないわ」

「もちろんだ」ラッキーはムーンの首に鼻を押《お》しつけた。「いっしょにやろう」

　地面はやわらかく、泥《どろ》と松葉でできた沼のようになっていた。穴を掘《ほ》るのは簡単だったが、かわりに、穴の底に少しずつ水がたまっていった。マーサとベラも手伝いにきた。みんなで土のかたまりをかき出していく。深い穴のそばには土が小山になっていった。トウィッチが体をゆらしながら近づいてきた。きのどくそうな顔だ。

「ムーン、力をかせなくて悪い。前足が……」

「いいのよ」ムーンは穴を掘《ほ》るのをやめ、土に汚《よご》れた顔をあげてトウィッチを軽くなめた。「あなたがフィアリーを好きだったのは知っているもの。もしできれば手をかしてくれたにちがいないわ」

　犬たちは、フィアリーのなきがらをそっとくわえて引っぱってくると、穴のふちから中へ転がした。長いあいだ、動かない仲間の体をみつめていたが、しばらくすると、しめった土をためらいがちにうしろ足でけり、穴を埋《う》めていった。

「〈大地の犬〉よ」ムーンはすがるような声でいった。「わたしの連れ合いをおあずけします。大切にしてあげてください。フィアリーを、世界の一部にしてやってください」

ラッキーは、ムーンの背に頭をあずけ、仲間の死をいたんで目を閉じた。「〈大地の犬〉は、きっとそのとおりにしてくれる」

心の中では、自分の言葉がほんとうらしくきこえますように、と願っていた。生まれてはじめて、〈大地の犬〉に対する信頼《しんらい》があやうくなっていた。〈精霊《せいれい》たち〉はどうしてぼくたちにこんな仕打ちをするんだ？　ほんとうにいるのなら、ほんとうにぼくたちをみまもってくれているのなら、どうしてこんな目にあわせる？　ラッキーは、やり場のない思いをどうすることもできず、ただ小さく鳴いた。

「テラーはどうするの？」ベラは、フィアリーの墓から少し離《はな》れてたずねた。

ラッキーはそのとき、リックの存在を忘れかけていたことに気づいた。フィアリーを埋《う》めるという、悲しく、骨の折れる仕事に集中していたせいだ。顔をしかめて振《ふ》りかえると、リックがみえた。穴を掘《ほ》る手伝いにこなかったのか——。なぜだろう？

リックは、テラーのぐったりした体をまたいで立っていた。

「この変な犬、死んだわ。やっと死んだ。穴をほったほうがいい？」リックはきゃんきゃん吠《ほ》えた。

ラッキーは、目をしばたたかせ、リックとテラーをかわるがわるみた。死んだアルファは、泥《どろ》と血にまみれ、なにかのかたまりにしかみえなかった。ひと目みただけでは犬だとわからない。雨にとけてしまったようにみえる。

あの犬は死にかけてた——。ラッキーは自分にいいきかせた。みんな知ってるじゃないか。

顔をあげて、リックをみた。落ちついた表情だ。目はおだやかにすんでいる。ラッキーが食い入るようにみつめると、ふしぎそうに小首をかしげて耳を立てた。

テラーは、あんな傷を負ったのだから、命を取りとめたはずがない。それはまちがいない。

リックはおずおずとしっぽを振《ふ》った。とまどった顔で、問いかけるように小さく鳴く。

テラーは死んだほうがよかったのかもしれない——。

それでも、そこに転がった死体のなにかが、ラッキーを不安にさせた。もういちど、テラーに視線を移す。さっきと位置が変わったような気がする。力なく伸びた体のかっこうが、どこかちがう気がする。目をむいた顔に、さっきとはちがう表情が浮《う》かんでいる気がする。

リックがなにかしたわけがない。その必要はなかったのだから。

ほんとうに、そうだろうか？


〈太陽の犬〉が松の上で金色にかがやきはじめるころ、小さな群れはふたたび出発した。どの犬もくたくたに疲《つか》れ、しめった土の上で重い足を引きずっていた。先頭はムーンだ。一度も振《ふ》りかえらず、頭をまっすぐにあげている。だが、耳と尾《お》は垂れていた。その少しうしろをトウィッチが歩き、そのあとにラッキーが続いた。一番うしろはマーサとベラだ。二頭は肩《かた》をならべて歩いていたが、押《お》しだまっていた。

リックは、トウィッチとラッキーのあいだをひとりで歩いていた。しっぽを小さく振《ふ》り、危険にそなえて耳を立てている。ラッキーは、追いついていっしょに歩く気になれなかった。リックは物思いにふけっているようだ。なにか怖《こわ》いことを考えているのだろうか――。リック、きみのことがよくわからなくなった……。

ラッキーは少し足をゆるめ、きょうだいとならんだ。ベラがちらっとこちらをみる。

「あの子のこと、ほんとにしつけられるの？」

ラッキーは不意を打たれて片耳をぴくっとあげたが、そのまま前を向いていた。リックのうしろ姿をみつめ、落ちついて歩きつづける。

「わからない」しばらくして、ラッキーはつぶやくようにいった。「しつける必要もないのかもしれない。あの子はまちがいなく強い戦士になる。みんな、自分のやるべきことをやって、生きのびていくんだ。そうだろ？」

「ほんとにそれだけ？」ベラは両耳を立て、きびしい顔をラッキーに向けた。

ラッキーはため息をついた。「戦いの最中はぼくたちだって荒《あら》っぽくなる。獣《けもの》の本能が目覚めるんだ」

「それとこれとはちがうでしょ」ベラは引き下がらなかった。

「そうかもしれない。だから……」ラッキーは悲しそうに首を振《ふ》った。「あの子には殺し屋の本能がある。その本能に従ってテラーと戦ったんだ。べつにおかしなことじゃない」

だけど、どうしても、あそこでなにかが起こったような気がする。戦いが終わったあと、ぼくがむこうを向いているすきに、なにかが起こった……。

ほんとうにそうだとしたら？　ぼくには、吠《ほ》える声も、かみつく音もきこえなかった。相手をあわれんで殺してやったのだとしても、殺し屋は殺し屋なのだろうか。

少し先でムーンが足を止め、空をみあげて小さくため息をついた。「〈太陽の犬〉はもうすぐ旅を終えるわ。赤い葉の季節には少ししか空にいてくれない。きっと、霜がきらいなのね。熱で木を燃やそうとしてるみたい。火がつくことは決してないけれど」

ラッキーは思いやりをこめてムーンの耳をなめた。「暗いあいだは休もう。みんな疲《つか》れてる」

「また雨になるかしら」

ラッキーは心臓がどきんとした。ムーンの声が、あまりにもさびしそうだったのだ。「降らないと思う。くもってないから。このあたりの木陰《こかげ》で眠《ねむ》ろう。夜が明けたらすぐに出発だ」

「フィアリーのために遠吠《とおぼ》えをしたいわ」ムーンはつぶやくようにいった。「群れがひとつになったら、みんなでいっしょに」円をひとつえがき、疲《つか》れきった体を枯《か》れ葉にうずめる。目を閉じて続けた。「フィアリーをいたんで〈精霊《せいれい》たち〉に遠吠《とおぼ》えをしましょう。そして送り出しましょう」

22
特別な犬

日の光が消えると、森はいちだんと静かになった。犬の眠《ねむ》りをじゃまするものは、虫がはうかさかさいう音や、弱い夜風の音くらいしかない。だが、ラッキーの眠《ねむ》りは浅かった。なんども目を覚まし、姿勢を変え、そわそわ動きつづけた。体に当たる小枝や小石が気になってしかたがない。頭の中には、くりかえし、ふしぎでおぞましい光景が浮《う》かんできた。〈アルファの乱〉の夢と、テラーの群れとの激しい戦いが重なりあってみえるのだ。ぐっすり眠《ねむ》りこむのがこわかった。また、あのいやな夢をみるかもしれない。森が静かすぎることさえ気になった。

うとうとしかけたとき、なにか物音がきこえて顔をあげた。足音だ――。近くにいる。音を立てないように立ちあがった。疲《つか》れているムーンを起こしたくない。テラーの群れが、仕返しをしに忍《しの》びよってきたのだろうか。

ちがう――。相手はこっちに向かってるわけじゃない。ラッキーは、目をぱちぱちさせて暗やみに目をこらし、動いている影《かげ》の正体をつきとめようとした。リックだ！　どこにいくつもりだろう。

体をほぐしたいのかもしれないし、用を足したいのかもしれない。だがラッキーは、幼いフィアースドッグから目をはなさないほうがいい気がした。そっとあとをつけ、ゆるやかな坂をおりたところで追いついた。リックは、きょとんとした顔で振《ふ》りかえった。驚《おどろ》いたようすも、やましそうなようすもない。

「なにをしてるんだい？」ラッキーはたずねた。

リックは視線をさけるように、木立《こだち》のほうをみた。「なんでもないの。ひとりになりたかっただけ。あたし……悪いことをした気がして」そういって、ため息をつく。

ラッキーは、またいやな予感がして、毛が逆立った。

「悪いことって？」

「なんとなく。みんなのふんいきがいやなの。おかしいんだもん。うまくいえないけど、わかる。あたしが悪い子だって思ってるんでしょ？　テラーみたいに、あぶない犬だって」

ラッキーは、乾《かわ》いた口のまわりをなめた。胃が痛くなった。「正直にいうと、テラーとの戦いぶりにはびっくりした。だめだといってるわけじゃない」急いでつけくわえた。「ただ、手加減をしていなかっただろう。これっぽっちも」

「したほうがよかった？　あたし、あぶない犬？」リックは心配そうに黒い目でラッキーをみあげた。

「まさか！　そんなわけない」ラッキーはすわり、リックをまっすぐにみた。「きみは怒《いか》りを抱《かか》えてるけど、それは当然だと思う。そのうえ、とびぬけて忠実で、やる気にあふれて、仲間を守りたいと願ってる。あぶない犬なわけがない！」

「でもあたし……もしかしたら……」リックはぶるっと震《ふる》え、目をつぶった。「ブレードみたいになるかもしれない」

ラッキーは、リックにそっと鼻を押《お》しつけた。「だからぼくのそばにいてほしいんだ。ぼくたちのそばにいてほしい。こっちの群れにいるんだ。群れを離《はな》れたら、怒《いか》りにのみこまれて、支配されてしまうかもしれない。わかるかい？」

リックは土を引っかきながらぺたりと伏《ふ》せ、すがりつくようにラッキーをみあげた。「ブレードみたいになりたくない」小さな声だが、激しい調子だ。「ぜったいいや！　あたしは、いい戦士になりたいし、いい群れの一員になりたい。ざんこくな殺し屋にはなりたくない。いい犬になりたい！」

ラッキーは、愛情をこめて、子犬の頭に鼻先をのせた。目をつぶり、消えようとしない不安を追いはらおうとした。頭のなかで、声がしつこく鳴りひびいている。生まれつきの殺し屋がいい犬になれるのか、となんどもなんども問いつめてくる。

アルファならなんといっただろう？　そう考えると、体が震《ふる》えた。テラーと戦うリックをみたらなんといっただろう？　スイートはなんといっただろう？

やがて、しつこい声は小さくなり、かわりにアルファとベータに対する怒《いか》りがわいてきた。二匹《ひき》がなにをいうかはわからない。だが、なにをいうべきかははっきりとわかる。

リックに礼をいうべきだ。感謝するべきだ。ぼくたちが生きて帰れるのも、リックのおかげなんだ――。

「よくきくんだよ。ぼくたちはフィアリーを救えなかった。だけど、きみがいなかったら、全員が死んでたんだ。ぼくが、群れのみんなにそのことをちゃんと話す」

リックはぱっと顔をあげ、悲しげだった目をうれしそうにかがやかせた。「ほんと？」

「ほら、いこう」ラッキーは静かにいうと、リックをそっと押《お》して立ちあがらせた。それから、眠《ねむ》っている仲間のもとへ連れてかえった。

「ありがと、ラッキー」リックはあくびをし、寝床《ねどこ》の上で円をえがいた。

二匹《ひき》は腹ばいになり、いっしょに丸くなった。リックの体から力がぬけ、呼吸が深くなる。すぐに、ぐっすり眠《ねむ》りこんだのがわかった。

ラッキーは、自分も眠《ねむ》れたらいいのにと思った。リックをなぐさめたものの、いまも頭の中にはあの声がひびいている。目を閉じても、リックの姿が浮《う》かんでくる。テラーの死体の上に立ちはだかっていた姿だ。テラーは、血を流しながらゆっくりと死にかけていた。それがなぜ、あれほど急に、完全に息絶えてしまったのだろう。

リック、なにがあった――？　なにをした？

夜明けの光が枝のあいだからかすかに射しこんでくると、犬たちは体を伸ばしながら起きあがった。ラッキーは、あまり眠《ねむ》れなかったせいで頭がぼんやりしていた。だが、くよくよしていてもしかたがない。疲《つか》れを忘れ、目を覚ます方法はひとつだ。

「ベラ」ラッキーは鼻できょうだいを押《お》した。「朝食を調達しにいこう」

ベラは勇んで立ち、ラッキーと並んで走りだした。深い森にはウサギはいない。鳥たちは、腹立たしくなるほど木の上から離《はな》れない。犬たちをあざけって楽しげにさえずっている。だが、がまんして探しつづけていると、最後には太ったリスをつかまえることができた。葉が赤くそまるこの時期、リスたちは眠《ねむ》くなって逃《に》げ足が遅《おそ》くなるのだ。

「リスが三匹《びき》に、イタチが一匹《ぴき》」ベラは集めた獲物《えもの》のにおいをかいだ。「もっといる?」

「これだけあれば、しばらくはもつ」ラッキーは、動かなくなったイタチを前足でつついた。

「十分じゃないけど、もう出発したほうがいい」

二匹《ひき》がもどると、犬たちは序列は気にしないで獲物《えもの》を分けあった。ムーンだけは、半分に分けられたリスのにおいをかいだだけで、顔をそむけた。

「おなかが空《す》いていないの」ムーンは小さな声でいった。「みんなで分けて」

「だめだよ」ラッキーは心配になって、ムーンの鼻をなめた。「これから長い旅に出るんだ。食べなきゃもたない」

ムーンはリスの肉を少しかじったが、いじっている時間のほうが長かった。シャープクロウがネズミをつつき回すのと変わらない。やっとのことでふた口ほど食べると、また押《お》しやった。横を向いて、激しくせきこむ。

「むりよ。これでかんべんしてちょうだい」

ラッキーはムーンの首に鼻をすり寄せた。「いいんだ。わかるよ」

だけど、きみのことはぼくがちゃんとみまもっておく。ぼくたちから離《はな》れないように――。

もう、仲間を失いたくない。

犬たちはいまもくたくたに疲《つか》れ、足を引きずり、体のあちこちにうずきや痛みを抱えていた。それでも、ふたたび出発した。今度はマーサが先頭を歩く。少しいくと、マーサは〈川の犬〉をみつけた。ラッキーは、傷だらけの体が少しだけ元気づくのを感じた。目の前に、銀色にかがやく水が流れている。

「あとは川をたどっていけばいい」ラッキーは弱々しくしっぽを振《ふ》った。「すぐにニンゲンの町に着くから、そうしたら群れのにおいをたどろう」

やがて、足の下のやわらかい草と土は、町のざらざらしたかたい地面に変わった。行く手には、家の影《かげ》がいくつものびている。道を歩きながら、犬たちは地面のにおいをかいで、群れが歩いたあとを探そうとした。ラッキーは、心なしか死のにおいがうすれているように感じた。

赤い葉っぱの季節が少しずつ寒さをましてきたせいだろうか。それとも、〈大地の犬〉がやっとニンゲンたちの死体を連れていったのかもしれない。ふいに、ラッキーは悲しくなった。ひとりぼっちで墓にいるフィアリーのことを思い出したのだ。

「みんながどっちにいったのかなんてわからない」リックがしょんぼりして鳴いた。

「絶対にわかる」ラッキーは吠《ほ》えた。「スイートが――ベータが――においの跡《あと》を残していくって約束したんだ。ぼくはスイートを信じてる。だいじょうぶだ。鼻をつかえ」そういった先から、ラッキーは明るい顔になった。「ほら！　仲間のにおいがするだろ？」

リックはためらいがちに地面のにおいをかぎ、ぱっと顔をあげた。「サンシャイン！　ベータのにおいも！」

「裏切ったりしないってわかってた」ラッキーは数日ぶりに楽しい気分になった。「においがあれば、みんなをみつけられる。まちがいない！」

体が痛み、足の裏がひりひりしはじめたころ、一行はにおいに導かれるまま、ニンゲンの町を出てせまい谷間に入っていった。アルファたちはどういうつもりだろう――？　ラッキーはとまどっていた。足をむりに動かしているが、一歩進むのもひと苦労だ。立ち止まったが最後、二度と歩けなくなりそうだった。そのままうずくまり、永遠に眠《ねむ》ってしまいそうだ……。

ところが、なにかに鼻の奥をくすぐられ、ぴたりと足が止まった。前足を宙に浮《う》かせたまま声をあげる。「これは？」

ベラが首をのばした。「なにかしら」

「こんなにおい、かいだこともない」トウィッチが鼻にしわを寄せ、ふしぎそうにいった。

奇妙《きみょう》なにおいだ。塩気をふくんだ、つんとしたにおいだ。ただよってくるのは、草原からでも、川からでも、森からでもない。広々として、人の手が入っていない場所だ。どこか遠くにある。上くちびるをまくりあげ、においのもとをつきとめようとした。だが、においはじれったくなるほどかすかだ。歩きつづけるしかない。体中が痛い。トウィッチがつらそうに足を引きずっているのをみて、ラッキーは心配になった。

〈太陽の犬〉はすんだ空のむこうに隠《かく》れようとしている。夕闇《ゆうやみ》の中では〈月の犬〉が伸びをし、空をのぼろうとしている。完ぺきな円ではないが、大きく白かった。ラッキーは、ゆっくりと空をのぼる〈月の犬〉を目で追った。今日中にアルファの群れと合流するのはむりだった。みんなもぼくと同じくらい疲《つか》れてるし、すぐに真っ暗になる。〈太陽の犬〉は、地平線のむこうで丸くなって眠《ねむ》り、空を金色と黄色にそめていた。

そろそろ休んだほうがいい。だけど、仲間をみつけられなかったと知れば、みんなが落ちこむかもしれない。どうすれば元気づけられるだろう。

力をかしてください――ラッキーは、銀色にかがやく〈月の犬〉をみあげた。

ふと、名案が浮《う》かび、ラッキーはしっぽを振《ふ》った。元気がもどってくる。

「みんな、止まってくれ。今夜はここで眠《ねむ》ろう」

犬たちは立ちどまり、疲《つか》れた顔でラッキーをみた。

ラッキーはリックのほうを向いた。「遅《おそ》くなったけど、あれをやろう。特別な儀式《ぎしき》を」

リックは息をのんで期待に目をかがやかせ、そわそわと口をなめた。「もしかして……」

「そのとおり」ラッキーは、そばにあった平たい岩にとびのった。ほかの犬たちの視線がいっせいに集まる。好奇心のおかげで、目に元気がもどっていた。「みんな、リックをみてくれ。もう、赤ん坊じゃない。こんなに大きくなった。ぼくたちと長い旅をして、恐《おそ》ろしい危険も乗りこえてきた。そして」言葉を切り、一匹《ぴき》一匹《ぴき》と目を合わせる。「ぼくたちの命を救ってくれた」

ムーンが静かに吠《ほ》えた。「そのとおりよ」

「リックは、自分はりっぱな群れの一員だと証明してみせた」ラッキーは深く息を吸った。「ここにアルファがいたって、今なら、リックに名前を与《あた》えるなとはいわなかったと思う」

マーサが、疑わしそうな顔でベラと目を合わせた。「ほんとう?」

ラッキーは険しい顔になった。「そんなことをいわれたら、ぼくがだまってない。必要なら牙《きば》だってつかう」

ラッキーはみんなの反応を待った。沈黙《ちんもく》が流れる。ベラがマーサの表情をうかがい、マーサはトウィッチをみた。リックは身じろぎもせずにすわっていた。

みんな、まだ早いと思ってるのか？

マーサが空をみあげた。「満月じゃないわ」

トウィッチがせき払《ばら》いをした。「白いウサギもない」

ムーンだけは、だまって考えこんでいた。この中で一番位《くらい》が高いのはムーンだ。決めるのはムーンだ。

ムーンはしっぽを軽くゆらしていた。やがて、心を決めたようにしっぽで地面を打ち、顔をあげた。

「ラッキー、とてもいい考えだと思うわ。それに、だれが儀式《ぎしき》のやり方を変えてはいけないといった？　儀式《ぎしき》のためにわたしたちがいるのではなくて、わたしたちのために儀式《ぎしき》があるのよ。大事なのは、リックに心がまえができているかどうか。そして、儀式《ぎしき》をやりたいと願っているかどうかよ」そういうと、幼いフィアースドッグを振《ふ》りかえった。「リック、どう？　だいじょうぶ？」

リックはムーンに一度頭を下げ、目をかがやかせてみあげた。ささやくような声で答える。

「一番したかったことなの」

「じゃあ、ここにおいで」ラッキーは岩からおりた。ビートルとソーンが儀式《ぎしき》をした岩にくらべると小さいが、月明かりに白くかがやき、銀色のしまもようが浮《う》かびあがっていた。「ウサギの毛皮をあげることはできないけど、贈《おく》り物ならできる。みんな、なにかお祝いの品を探してこよう。ぼくたちをテラーから守ってくれたこの子に贈《おく》るんだ。みんなでリックの新しい名前をたたえよう！」

小さな群れは、まるでライトニングに打たれたように、元気いっぱいになった。疲《つか》れを忘れたように、楽しそうに森に駆《か》けこみ、リックにあげる贈《おく》り物を探しはじめた。

〈月の犬〉の光に照らされ、青白い物が目に付きやすくなっていた。マーサは、すべすべした白い小石をくわえてもどってくると、かちゃんと音を立てて、リックの前に置いた。ムーンは茂《しげ》みの中をいったりきたりしていたが、やがて白い花をみつけ、茎《くき》を折って岩に運んできた。青白い花びらは一枚も欠けていない。木立《こだち》から出てきたトウィッチは、木の枝をくわえていた。カバの木の枝で、銀色の皮がきれいに残っている。ベラが選んだほっそりした灰色の葉っぱは、〈月の犬〉の光を浴びてきらきらかがやいていた。

みんな、すごいじゃないか――ラッキーは少し驚《おどろ》いていた。ぼくはなにをもっていこう？考えあぐねて、地面をきょろきょろ見回す。

あれだ！　白くはないけど、完ぺきな贈《おく》り物だ。

森のはしに、節くれだった大きなオークの木が生《は》えていた。とびだした根は土の上でからみ合っている。ラッキーはオークの木の根元に近づき、小さなドングリをひとつくわえた。帽子《ぼうし》もついている。岩に運んでいき、リックの足元にそっと置いた。

「リック、受けとってくれ」ラッキーは静かにいった。「きみはまだ小さい。だけど、いつか立派な存在に、強い存在になると思う。きみは、群れの中でも、特別な血統の持ち主なんだ」

フィアースドッグは、平たい岩の上にじっとすわっていた。なにもきこえていないようだった。長いあいだ押《お》しだまり、目をつぶって〈月の犬〉のほうに顔を向けていた。だがラッキーには、その胸が高鳴っているのがわかった。なにを考えているんだろう?

ラッキーの頭の中で、記憶《きおく》のかけらがうずをえがきはじめた――ニンゲンたちの走る足。群れで一番小さい子どもの金色の髪《かみ》。つんとしたにおいの、先が赤い小さな棒。家をいっぱいにした恐《おそ》ろしいにおい。悲鳴やどなり声が頭の中によみがえってくる――あの騒《さわ》ぎの中で、ラッキーは自分の名前をみつけた。ラッキー。ぼくはラッキーだった。いまだってそうだ。ぼくを気に入ってくれて、尊敬してくれて、仲間だと思ってくれる群れといっしょにいる。そしてぼくは、一匹《ぴき》の子犬に力をかしている。この子が自分の運命を理解し、世界のしくみを理解できるように。この子に、どうすれば群れの一員になれるのか教えている。気高《けだか》く、役に立ち、愛される存在になれるように。

フィアースドッグは、ぱっと目を開けた。新たに降りはじめた雨が、リックの鼻をぬらし、毛をしめらせていった。まばたきをしながら、仲間の犬たちをみまわす。ラッキーは、待ちかねて胸が苦しくなった。

遠くの空ではライトニングが駆《か》けまわり、頭の上からはごろごろいう音がきこえてくる。リック、急げ！〈天空の犬〉たちが争いをはじめる前に。〈月の犬〉が隠《かく》れてしまう前に……。

リックは胸を張り、うれしそうに吠《ほ》えた。

「嵐《ストーム》。あたしの名前はストーム」

犬たちはわっと歓声をあげてとびだし、名付けの儀式《ぎしき》を終えた仲間を祝福した。ムーンでさえ、悲しみを忘れたように新しい名前をたたえて吠《ほ》え、リックのためによろこんでいた。ラッキーだけが、根が生《は》えたように立ちつくしていた。まるで、あのオークの大木のように。

骨に震《ふる》えが走った。まさか……ただの偶然《ぐうぜん》に決まってる……。

だが、もし偶然《ぐうぜん》ではなかったら？〈アルファの乱〉が——犬たちの入り乱れる嵐《ストーム》が——

これからはじまるのだとしたら？

ストーム、きみが争いの中心になるのか？

作者
エリン・ハンター
Erin Hunter
ふたりの女性作家、ケイト・ケアリーとチェリス・ボールドリーによるペンネーム。大自然に深い敬意を払いながら、動物たちの行動をもとに想像豊かな物語を生みだしている。おもな作品に「ウォーリアーズ」シリーズ（小峰書店）、「SEEKERS」シリーズ（未邦訳）などがある。

訳者
井上 里
いのうえ さと
1986年生まれ、早稲田大学第一文学部卒。訳書に『オリバーとさまよい島の冒険』（理論社）、『それでも、読書をやめない理由』『サリンジャーと過ごした日々』（柏書房）、『涙のあとは乾く』（講談社）などがある。

サバイバーズ 4
嵐の予感

2016年5月24日　第1刷発行

作者　エリン・ハンター
訳者　井上 里
編集協力　市河紀子
発行者　小峰紀雄
発行所　株式会社 小峰書店
〒162-0066 東京都新宿区市谷台町4-15
電話 03-3357-3521
FAX 03-3357-1027
http://www.komineshoten.co.jp/
印刷所　株式会社 三秀舎
製本所　小髙製本工業株式会社

NDC 933　370P　19cm　ISBN978-4-338-28804-0

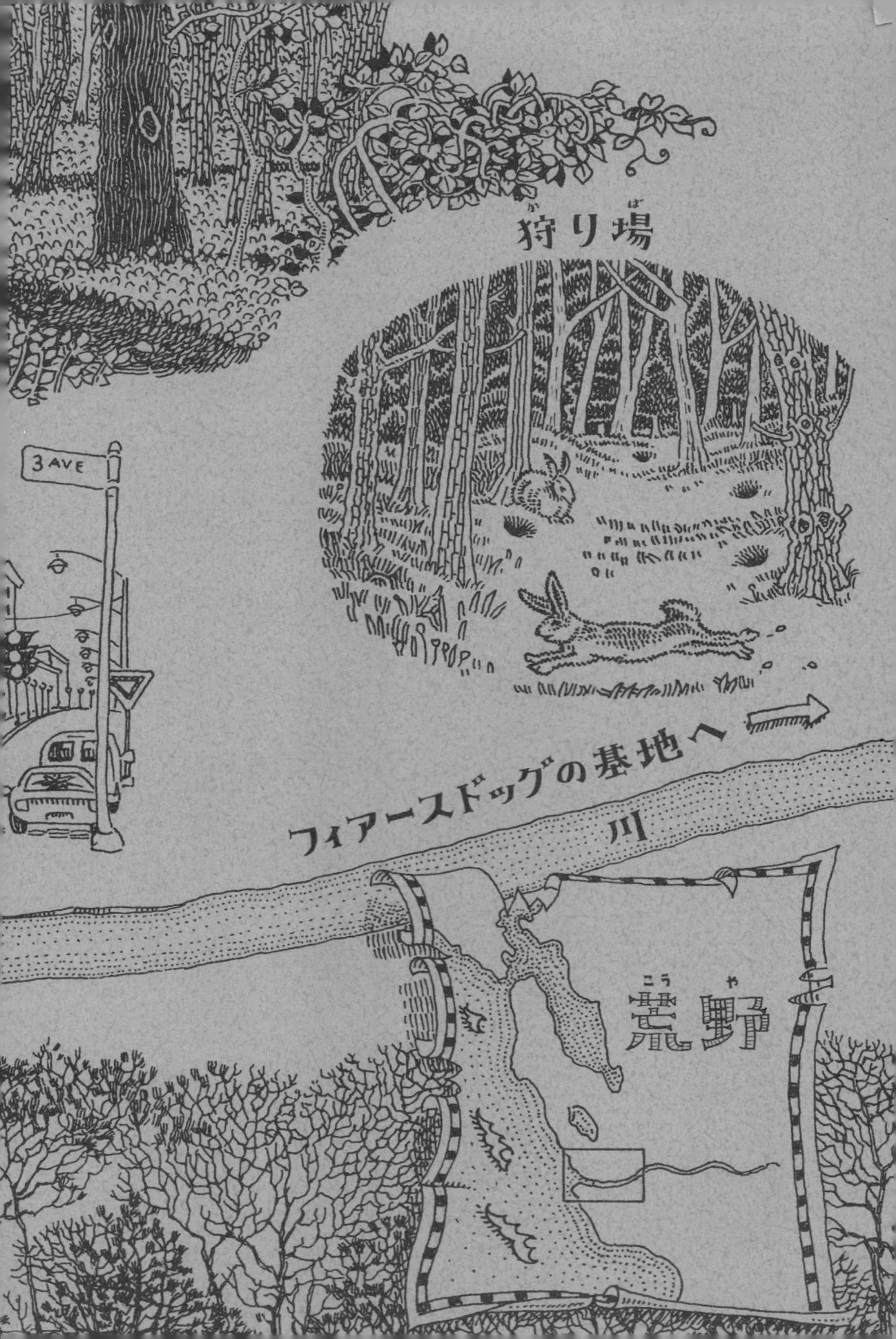
狩《か》り場《ば》
3 AVE
フィアースドッグの基地へ
川
荒《こう》野《や》